KB114461

너의 옷이 보여

너의 옷이 보여 6

킹묵 현대 판타지 소설

초판 1쇄 찍은 날 § 2020년 1월 17일
초판 1쇄 펴낸 날 § 2020년 1월 23일

지은이 § 킹묵
펴낸이 § 서경석

총괄팀장 § 노종아
편집책임 § 박현성

펴낸곳 § 도서출판 청어람
등록번호 § 제387-1999-000006호
등록일자 § 1999. 5. 31
어람번호 § 제1-3077호

주소 § 경기도 부천시 부일로 483번길 40 서경B/D 3F (우) 14640
전화 § 032-656-4452 팩스 § 032-656-4453
http://www.chungeoram.com
E-mail § chungeorambook@daum.net

ⓒ 킹묵, 2019

ISBN 979-11-04-92119-3 04810
ISBN 979-11-04-91989-3 (세트)

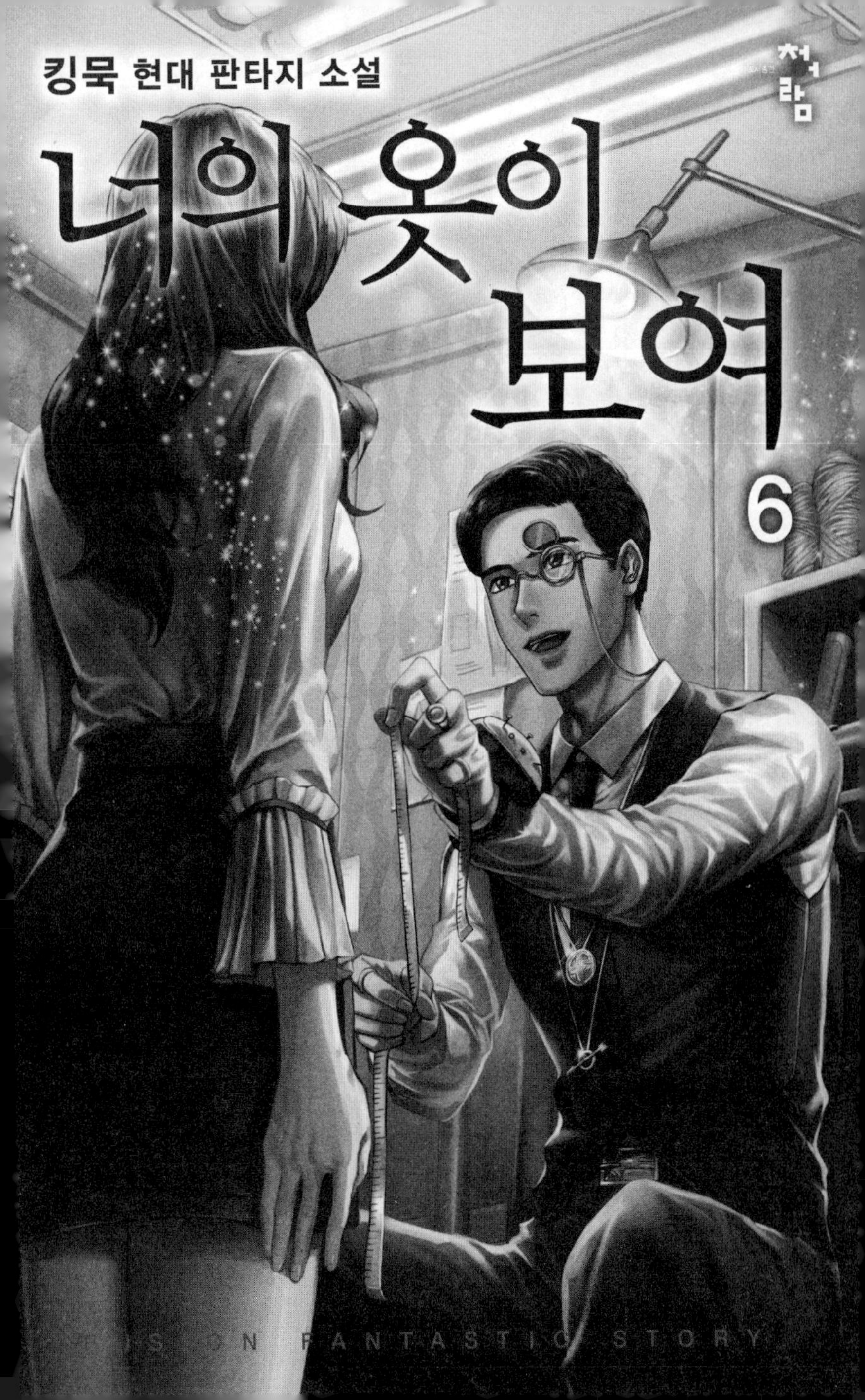
킹묵 현대 판타지 소설
청어람
너의 옷이 보여
6
ON FANTASTIC STORY

Contents

제1장
별점 주는 제프ll

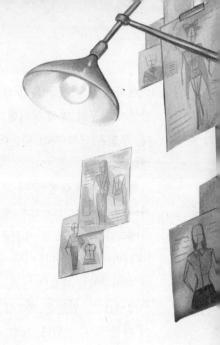

스위스 취리히에 도착한 우진 일행은 도착해서 하루가 지나서야 호텔에서 나왔다.

"이제야 눈이 그쳤네. 우진아, 어디부터 간다고?"

"빌르레요. 취리히에서 두 시간 정도 가야 해요. 일단 거기에 다섯 분 계시네요. 전 그분들부터 만나보려고요. 매튜 씨랑 가면 되니까 다른 분들은 그냥 구경하시는 게 어때요?"

"어떻게 그러냐. 같이 왔으면 같이 다녀야지."

"오래 걸릴 것 같아서 그래요. 알아보니까 다 돌려면 저녁쯤?"

"그래도, 그냥 다 같이 움직이자."

해외에 나온 게 처음인 성훈과 홍단아도 따로 다니는 게 불안한지 세운의 말에 동의했고, 미자는 이미 차에 오른 상태였다. 우진은 괜히 자신 때문에 여행도 못 하는 건 아닐까 미안했다.

하지만 차가 출발한 뒤 그런 걱정은 사라졌다. 차가 이동하자마자 창가에 자리 잡은 홍단아와 성훈은 잠시도 쉬지 않고 카메라와 휴대폰으로 사진을 찍어댔다.

"대박! 아레강이다! 너무 예뻐요! 한 실장님! 저랑 사진 번갈아 찍어주기로 해요!"

그 뒤로도 촬영은 계속됐고, 덕분에 여행하는 분위기도 들어 다들 들떠 보였다. 낯선 나라에서 눈에 띌 수도 있겠다는 생각에 단안경 대신 렌즈를 착용하고 있던 우진은 지나가는 사람을 보며 어떤 옷을 입고 있는지 구경했다. 그러던 중 차가 고속도로에 진입하자 다들 말이 줄어들었다.

"고향 가는 느낌이네."

"맞아요. 고속도로는 비슷비슷하구나…… 좁은 거 빼고."

말이 점점 줄어들더니, 어느새 한두 명씩 잠에 들기 시작했다. 예상했던 두 시간을 넘겨서야 고속도로를 빠져나왔고, 우진은 창밖의 풍경을 보며 뒤에 있던 사람들을 깨웠다.

"일어나세요. 거의 다 왔어요. 잠 좀 깨시고 밖에 한번 보세요."

다들 기지개를 켜더니 고개만 돌려 창밖을 봤다. 그러고는 동시에 자세를 고쳐 앉았다.

"와……."

"절경이로고만."

"와… 너무 예쁘다! 산에 눈 쌓인 거 봐. 어떻게 높은 건물이 하나도 안 보이지? 집들도 너무 예쁘다……."

"우진아! 우리 잠깐 내려서 사진 좀 찍고 가면 안 될까? 장미한테도 보여주고 싶은데……."

"그래요! 딱 한 장만 찍어요!"

우진은 매튜에게 거리가 얼마나 남았는지 물었고, 곧 도착한다는 대답을 들었다.

"그럼, 가기 전에 잠깐 쉬었다 가요."

"굿!"

차를 세우자 홍단아와 성훈은 곧바로 튀어 나갔다. 그러고는 신나서 사진을 찍어댔다. 차에 남아서 그 모습을 보던 우진은 피식 웃고는 휴대폰을 꺼냈다.

"오늘 취리히로 다시 돌아갈 수 있겠죠?"

"네, 가야죠. 내일 약속 맞추려면 가야 합니다. 스위스 사람들은 약속에 민감해서 조금이라도 미루면 안 좋습니다."

명단에 적힌 사람들의 스케줄에 맞추다 보니, 동선이 취리히를 중심으로 양쪽으로 퍼진 상태였다. 하루는 동쪽 끝으로, 하루는 서쪽 끝으로 가야 하는 상황이었다.

"계약할 수 있을까요?"

"그건 저도 장담할 수 없습니다. I.J가 지금 한창 떠오르고 있긴 해도, 길게는 몇백 년을 이어온 사람들이 어떻게 볼지는 알 수 없습니다."

우진도 예상하고 있었다. 초조한 건 아니지만, 이곳까지 온 이상 작은 성과라도 얻고 싶었다. 그때, 차 창문을 두드리는 소리가 들렸다.

"선생님! 우리 출장 기념 단체 사진 찍어요!"

"아! 그럴까요?"

"매튜 실장님도요!"

매튜까지 차에서 내렸다. 다들 홍단아의 지시대로, 눈 쌓인 산봉우리를 배경으로 삼고 사진을 찍었다.

"히히! 완전 예쁘다! SNS에 올려야지."

"홍 대리님, 저한테도 보내주세요."

"어? 유 실장님도 SNS 하세요?"

"아니요. I.J SNS에 올리려고요."

"아! 아……."

홍단아는 자신만 생각한 게 미안했는지 주변 눈치를 살폈다. 그러고는 미안한 얼굴로 입을 열었다.

"제가 올릴게요! 공항에서부터 찍은 사진들 다 올려도 돼요?"

"제가 올려도 되는데. 단체 사진만 올리세요."

"네! 예쁘게 보정하고 올려야지."

홍단아는 고개를 끄덕이더니 곧바로 사진을 보정하기 시작했다. 다른 일행은 그 모습을 보고 피식 웃으며 스위스의 풍경을 바라봤다.

그렇게 한참 밖을 바라보던 우진은 일행에게 출발하자고 알렸다. 차에 올라타자 아직까지 휴대폰을 만지고 있는 홍단아가 보였다.

"나중에 올려도 되니까 천천히 하세요."

"아! 그게 아니라요……. 조금 이상해서요……."

"뭐가요?"

"원래 이렇게 팔로워가 많았나요? 댓글도 엄청 많은데."

우진은 고개를 갸웃거리며 홍단아의 휴대폰을 건네받았다. 그리고 휴대폰을 본 순간 우진의 눈이 동그래졌다.

"30.1m이면 삼천만이네요……?"

"뭐? 우리 며칠 전만 해도 백만도 안 됐는데?"

우진은 곧바로 매튜에게 휴대폰을 보여줬다.

"팔로워 수는 제프 우드보다 더 많아졌군요."

"그게 중요한 게 아니라… 네?"

"아마 세계에 있는 패션 브랜드 중에서 팔로워 수는 1위일 겁니다."

각자 휴대폰으로 SNS를 살피던 사람들은 전부 입을 쩍 벌렸다. 사진 하나당 '좋아요'가 10만 개를 넘어섰다.

"갑자기 왜 이렇게 늘었지? 쇼가 유명해진 건가? 우진아, 무슨 일인지 알아?"

"저도 몰라요."

그때, 미자가 알았다는 듯 고개를 끄덕였다. 그러고는 각자 휴대폰에 링크를 보냈다. 우진도 미자가 보낸 링크에 들어가고 나서야 그 이유를 알 수 있었다.

바로 제프 우드의 평가.

사람들의 반응이 굉장히 뜨거웠다. 제프는 가끔 가다 자신의 평가를 SNS에 올리곤 했다. 지적하는 데 일가견이 있다 보니 대중들의 반응도 좋았다. 거기까지만 해도 이해할 수 있었다.

하지만 그렇다고 해도 제프 우드보다 I.J에 사람들의 관심이 더 많아진 게 이상했다. 그러던 중 어떤 사람이 올린 글이 보였다.

제프 우드가 그동안 평가했던 기업 브랜드 및 개인 디자이너 브랜드를 정리해 놨다.

평점 순서로 나열되어 있었고, 그 꼭대기에 I.J가 있었다.

1. I.J ★★★★★ S+
2. 헤슬 ★★★★★ S
2. 제프 우드 ★★★★★ S

같은 별 개수였지만 평가 등급이 달랐다. 그러다 보니 사람들의 관심이 쏠린 것이었다.

"선생님, 축하드려요!"

"이야, 대박이네. 우리 오늘 파티해야 되는 거 아니야?"

다들 들뜬 목소리로 축하했다. 하지만 우진은 작게 한숨을
뱉었다. 대중들의 평가를 원했는데, 제프 우드의 평가로 공정
한 평가를 기대하기는 힘들어졌다. 아나나 다를까, 이번에 새
로 선보인 옷들에 달린 댓글들은 전부 극찬뿐이었다.

"뭐야, 이 사람은? 그렇게 협박할 땐 언제고 이상한 사람이
네. 선생님, 이거 한번 보세요!"

이번엔 홍단아가 링크를 보내왔고, 그 글을 읽은 우진도 고
개를 갸웃거렸다.

―그저 눈속임이라고 생각했는데 실제로 보고 나니 생각이
완전히 바뀌어 버렸다. 제품들 모두가 색채감은 기본이며, 전체
적인 밸런스가 굉장히 잘 어우러졌다. I.J의 쇼로 인해 앞으로
세계의 다른 유명한 브랜드에서도 홀로그램을 이용한 쇼를 많
이 선보일 것으로 예상한다. 이런 디자이너가 대한민국에서 더
욱 발전할 수 있도록 정부 기관에서도 힘을 실어줘야 할 것이
다.

협회장의 인터뷰였다. 마지막으로 통화했을 때도 좋은 대화
가 없었는데, 이번 인터뷰는 전부 좋은 말들뿐이었다. 옆에 있

던 매튜도 궁금했는지 우진에게 물었다.

"그렇군요. 적의를 가진 사람도 선생님이 기획하신 쇼로 태도를 바꿔 버리다니, 역시 존경스럽습니다."

"하하……."

"한국에 가시면 인사라도 하는 게 좋을 것 같습니다. 고개를 숙이실 필요는 없지만, 적으로 둘 필요도 없으니까요."

우진도 그래야겠다는 생각으로 고개를 끄덕였다. 나쁜 말을 하던 사람이 쇼를 보고 바뀐 것이 제프 우드의 평가보다 우진을 더 기운 나게 만들었다.

＊　　　　＊　　　　＊

'이장호 디자인'의 직원들이 모인 술집 테이블에는 큰 소리가 오갔다.

"정말 너무하네!"

"맞아요. 실장님 따라서 저희도 그만둘게요! 가르쳐 준 것도 하나도 없으면서. 아! 진짜 열받네!"

"그만두면 어디 가려고. 그럼 이름 있는 숍에 못 들어가잖아. 우리 유학파 출신도 아니라 따로 뭐 하기도 힘들 텐데. 더러워도 참고 경력이나 쌓아. 그다음에 해도 충분하니까."

"실장님들은요!"

"우리들은 뭐 숍을 차리든지 해도 돼. 일단은 그동안 못 잔

잠부터 자야겠다."

"그런데 윤 매니저님도 그만두시는 거예요?"

"아마 그러실 거야. 우리보다 준식이 형이 걱정이지. 솔직히 준식이 형이 지금까지 숍 운영한 거나 다름없는데."

"그러니까요! 확 망해 버려라!"

"하하, 숍이 망하면 너 좋아하는 술은 어떻게 사 먹으려고 그래."

매니저라는 사람은 씁쓸하게 웃기만 했다.

실장이라는 사람 역시 분위기를 가볍게 만들려 농담을 했지만, 본인 속도 편하지 않았다. 거의 십 년을 붙어 있으면서 이렇다 할 디자인을 만들어본 적이 없었다. 마치 공장의 미싱사처럼 시키는 대로 옷만 만들었을 뿐이다. 제프 우드의 평가대로 변하지 않는 디자인을.

그러다 보니 잘린 게 오히려 잘됐다는 생각도 들었다.

"에이, 인터넷에 욕이나 한 바가지 해야겠다!"

"하하, 티 안 나게 잘해. 괜히 욕먹지 말고."

그것까진 말리진 않았다. 그러던 중 휴대폰을 보고 있던 테일러 한 명이 얼굴을 붉히며 술잔을 들이켰다.

"하… 지가 한 게 뭐 있다고. 이것 좀 봐요! 와 열받아! 영감탱이!"

['이장호 디자인'의 대표 겸 디자이너 이장호입니다]

디자이너 제프 우드의 평가를 보고 많이 반성했습니다.

파리 DI 컬렉션 이후로 자만하고 안주하던 저 자신을 돌아보게 되는 시간이었습니다. 고객 여러분의 질타와 충고를 가슴 깊이 새기고 겸허한 자세로 받아들입니다.

또한, 디자이너 협회장을 겸임하다 보니 숍에 신경 쓰지 못한 점 사과드립니다. 그래서 전 이 시간부로 디자이너 협회장에서 물러나려 합니다. 제가 없는 동안 숍이 이렇게 될 줄은 생각하지 못했고, 그로 인해 고객분들에게 피해를 드린 점 다시 한번 사과드립니다.

저희 '이장호 디자인'은 초심으로 돌아가 기존의 낡은 디자인을 버리고 새롭게 나아갈 것입니다. 기존의 테일러들 대신 해외 유명 테일러들을 앞세워 시대에 맞는 패션을 선보일 예정입니다.

기본이 나쁘다고 생각하진 않습니다. 기본을 지키며 앞으로 더욱 나아가는 '이장호 디자인'이 되겠습니다.

테일러들은 SNS와 홈페이지에 올린 사과문을 보고선 얼굴을 찡그렸다. 잘못이 전부 직원들에게 있다는 말처럼 들렸다.

"이건 아닌 거 같은데."

"그렇죠! 이래 버리면 실장님 낙인찍혀서 다른 데 가기도 힘들 거 같은데요. 진짜 너무하네."

실장들도 짜증이 나는지 술잔을 들이켰다. 연거푸 술잔을 들이켜던 중 매니저가 갑자기 테이블을 내려쳤다.

"노인네가 한 게 뭐 있다고. 내가 입만 벙긋해도 금방 망할 주제에."

"윤 매니저님, 취하셨네. 진정하세요."

"열받잖아요! 내가 벌어다 주고 기획한 게 얼마나 많은데 사람들 앞에서 따귀를 때려! 따귀를! 우리가 왜 호정 모직 원단 쓰는 줄 알아요? 그거 전부 다 공짜예요. 공짜! 전부 남는다고요!"

"진짜요?"

"그런 게 한두 개가 아니에요! 여긴 망해야 해. 가만있어 봐, 내 휴대폰!"

"매니저님, 진정하세요. 그러다가 앞으로 이쪽 일을 아예 못하실 수도 있어요. 영감탱이 파워. 장난 아니잖아요."

"파워? 내가 더러워서. 이따위 짓 안 하지. 치킨을 튀기든, 분식집을 차리든. 더러워서 안 해요."

매니저는 잔뜩 취해 화도 냈다가 울기도 했다. 그동안의 매니저가 얼마나 열심히 했는지 옆에서 지켜본 직원들은 그를 안쓰럽게 바라봤다.

*   *   *

며칠 뒤.

협회에 나와 있던 이장호는 후배 디자이너들과 대화가 한창이었다.

"선생님, 별일도 아닌데 이렇게 물러나시면 어떡하십니까."

"크흠……."

"금방 지나갈 겁니다. 너무 신경 쓰지 마십쇼. 건강부터 챙기셔야죠."

이장호는 혀를 차며 고개를 저었다. 분명 큰 위기였고, 최대한 빠르게 지금 상황을 타개해야 숍에 돌아오는 타격이 그나마 적을 것이었다. 그래서 사과문까지 올렸건만 여전히 예약 취소가 줄을 이었다.

망하기 일보 직전이기에 협회장이라는 자리는 보이지도 않았다. 이장호는 불안한지 곧바로 오늘부터 출근할 매니저에게 연락하려 휴대폰을 꺼냈다.

띠리리리―

"어, 그래요. 마침 전화하려고 했어요."

―저 선생님, 죄송한데 숍을 맡지 못할 것 같습니다.

이장호의 얼굴은 종잇장처럼 구겨졌다.

*　　　*　　　*

이장호는 애써 침착함을 유지하며 이유를 물었다.

"김 MD, 무슨 일인데 그래?"

―딱히 무슨 일 있는 건…….

"그럼 왜 그러나! 조건도 마음에 든다고 하지 않았나."

―저 선생님… 아직도 모르고 계시는 것 같네요. 누구인지 알 순 없는데, 인터넷에 내부고발 같은 글이 올라와서…….

"음? 그게 무슨 말인가?"

―저도 자세히는 모르죠. SNS에 엄청나게 퍼지고 있는 중이니까 한번 보시는 게 나을 거 같네요.

이장호는 얼굴을 찡그리고는 일단 확인하고 다시 연락한다는 말을 하며 전화를 끊었다. SNS에 익숙하지 않았던 이장호는 옆에 있던 후배 디자이너들에게 부탁했다. 그리고 몇 분 지나지 않아 곧바로 이유를 알 수 있었다.

['이장호 디자인'의 실체]

이장호 디자인이라고 하면 많은 신혼부부들이 찾는 유명한 숍이라는 인식이 박혀 있죠. 과연 이름만큼 좋은 옷을 만들까요?

8년간 봐온 바로는 절대 그렇지 않습니다.

보통 숍에 가서 고객분들이 원단을 정할 때 이태리 원단과 영국 원단, 한국 원단까지 3종류를 보여주는 곳이 많죠. 물론 '이장호 디자인'도 여러 원단은 보유하고 있습니다. 하지만 고객분들에게 유독 한국 원단을 보여 드리고 추천합니다.

남는 돈이 많거든요. 엄청 차이가 납니다. 왜냐? 호정 모직

원단은 무료로 제공받고 있으니까요. 그래서 호정 모직을 추천하는 거고요.

계약 자유의 원칙상 법적으로는 아무런 문제도 없습니다. 그렇다 보니 아예 한국 원단을 추천하라는 지시를 내리죠. 솔직히 신혼부부가 맞춤옷을 얼마나 맞춰봤겠습니까? 그냥 실장들이 추천하는 그대로 하는 분들이 대부분이죠.

그렇다고 직원들 월급이 많냐? 절대 아니죠. 유명한 숍이다 보니 경력을 쌓고 싶어서 붙어 있을 뿐입니다. 이건 직원들이 스스로 정한 결정이라서 뭐라고 따지긴 힘들어요. 그래도 사람답게는 대우해 줘야 하는데, 이건 무슨 아오지 탄광에 끌려온 것도 아니고 야근은 밥 먹듯이 시키는 데다 얼마 전에는 따귀까지 때리더군요.

"이 미친 새끼!"

이장호는 단번에 매니저가 올린 글이란 걸 알아차렸다. 곧바로 매니저에게 연락을 해봤지만, 연결이 되지 않았다.

브랜드가 이름을 쌓는 건 어렵지만, 무너지는 건 한순간이기에 이장호는 마음이 급해졌다. 더 늦기 전에 해결해야 했기에 변호사부터 알아보려 휴대폰을 꺼내 들었다. 그때 마침 휴대폰이 울렸다.

"왜!"

—여보, 이게 무슨 일이야? 당신 이름 앞으로 경찰 출두 명

령서인가 이상한 게 왔는데.

"뭐? 그게 무슨 말이야!"

—나도 몰라. 별일 아니지?

이장호는 대답도 하지 않고 곧바로 전화를 끊어버렸다. 생각지도 않았던 일을 겪자 화가 치밀어 올랐다.

"이 쓰레기 같은 새끼가…… 기껏 데리고 있으면서 키워주니까!"

"선생님, 무슨 일 있으십니까?"

일단 당사자인 매니저부터 만나서 다시 바로잡아야 했기에 이장호는 붉어진 얼굴로 곧바로 일어났다.

협회 사무실부터 빠른 걸음으로 숍에 도착한 이장호는 숍 앞에 펼쳐진 광경에 미간을 찡그렸다. 숍 외부를 촬영하고 있는 사람들이 가득했고, 숍 문은 닫혀 있었다. 숍으로 들어가려고 한 걸음 내딛자 이장호를 발견한 기자들이 벌 떼같이 몰려들었다.

"이장호 씨! 직원들이 올린 글이 사실인가요?"

"이장호 씨? 새파랗게 어린……."

이장호는 질문한 기자를 노려보다가 주변 시선이 많은 걸 깨닫고 입을 닫았다.

"직원을 폭행했다는 말이 사실인가요? 조사는 언제 받을 예정이신가요?"

"숍 문은 왜 닫은 겁니까?"

이장호는 기자들의 질문을 뒤로하고 잠겨 있던 문을 열고 안으로 들어간 뒤, 밖에서 볼 수 없도록 블라인드를 내려 버렸다.

카운터에는 전화가 계속 울리고 있었지만, 직원들이 한 명도 보이지 않았다. 테일러들이야 잘랐다고 하지만 늘 보이던 수습 테일러들도 없었고, 카운터를 보는 직원들도 보이지 않았다.

그때 2층에서 익숙한 얼굴이 내려왔다.

"너, 윤준식이 이 새끼야!"

"오셨습니까?"

"뭐? 오셨습니까? 너 뭔 짓을 한 거냐!"

이장호는 일을 이렇게까지 만든 매니저를 보자마자 멱살을 잡았다.

"그리고 네 녀석이 무슨 낯짝으로 여기 있는 거야!"

매니저는 멱살이 잡힌 채로 들고 있던 가방에서 서류를 꺼냈다.

"사직서입니다. 저하고 실장들은 이미 해고하신 상태고, 나머지 직원들의 사직서입니다. 그리고 그동안 지급하지 않으셨던 야근수당에 관한 진정서입니다. 증거는 보셨죠? 직원들 감시하시려고 달아놓으신 CCTV. 곧 지급 명령서가 나올 겁니다."

"…뭐? 이 자식이!"

이장호는 CCTV를 확인하고선 멱살을 내려놓았다. 그러고는 매니저가 들고 있던 서류를 낚아챘다. 그동안 지급하지 않아도 된다고 생각했던 내역이 정리된 문서부터 직원들의 이름이 적힌 사직서까지 들어 있었다.

"윤준식이! 네가 이러고 이 바닥에서 밥 먹고 살 수 있을 거 같아?"

"조만간 경찰서에서 뵙죠."

매니저는 언제나처럼 허리를 숙여 인사를 했고, 그 모습이 이장호를 더 화나게 했다.

매니저가 나가자 밖이 시끄러워졌다. 이장호는 애써 귀를 닫고 곧바로 휴대폰으로 협회와 관련해 법적인 일을 봐주던 법무법인에 연락했다.

―단순 폭행뿐이라면 문제가 되지 않는데… 이번 건은 폭행보다 시민들의 관심이 쏠린 사건이라 곤란하군요.

"임금이야 당장에라도 주면 되는 거 아닙니까?"

―그런 문제보다, 지금 제가 간단하게 찾아봤는데도 SNS에 디자이너님 직원들로 추정되는 사람들이 글을 올리고 있습니다. 폭행한 증거도 명확하고… 음… 하루빨리 경찰 조사부터 받으시고 인정하시는 편이 좋습니다. 이런 경우일수록 빨리 합의해야 사람들의 머릿속에도 금방 잊히는 법이거든요. 일단 만나시죠.

이장호는 일부터 해결하면 가만두지 않겠다는 생각으로 자리에서 일어났다.

＊　　　　＊　　　　＊

다음 날.

I.J 숍에서 TV를 보던 팻사라곤과 댕은 옆에 앉아 있는 제프를 힐끔거렸다.

"왜 그렇게 봐! 인생 똑바로 안 살면 저렇게 된다? 유명해질수록 똑바로 살아야 하는 거야. 바로바로 통역이나 해줘."

TV에는 경찰 조사를 받고 나오는 이장호가 나오고 있었다.

─'이장호 디자인'의 디자이너 겸 한국 디자인 협회장을 맡은 이장호 씨가 숍의 최고 경영자라는 지위를 이용해 직원들을 핍박하고 폭행한 사실이 밝혀졌습니다. 이에 갑질에 대한 시민들의 분노가 극에 치닫고 있습니다.

화면에는 이장호가 매니저의 따귀를 때리는 CCTV 화면이 나오고 있었고, 그 장면이 끝나자 카메라를 향해 고개를 숙이는 이장호의 모습이 잡혔다.

─심려를 끼쳐 드려 죄송합니다.
─경찰 관계자는 인터넷과 SNS에서 돌고 있는 호정 모직

과의 또 다른 거래가 있었는지에 대해서는 혐의가 없음을 밝혔습니다. 그럼에도 이장호 디자인을 이용했던 시민들은 무료로 제공받은 원단을 비싸게 판매한 이장호 디자인에 고소를 준비 중이라고 밝혔습니다.

그리고 화면은 스튜디오로 넘어왔다.

―고소가 가능한 건가요?

―호정 모직과 어떤 계약을 했는지 모릅니다. 하지만 법에 정해진 몇 가지 원칙을 위배하지 않았다면 계약은 당사자끼리 이뤄지는 것이라 현행법상 법적 책임을 묻는 것은 어렵다고 봅니다.

―그렇군요. 그럼 숍을 이용했던, 그리고 앞으로 이용하려고 했던 시민들의 반응은 어떻습니까?

―일부 고객들은 환불 요청을 준비하고 있지만, 이것 또한 쉽진 않을 것으로 보입니다. 그에 일부 단체에서는 개인 디자이너의 숍에서도 정찰제를 도입해야 한다는 목소리가 커지고 있습니다.

댕에게 전해 들은 제프는 피식 웃었다.

"정찰제? 말도 안 되지. 내가 우진이 보고도 조금 웃겼거든? 기본 100만 원에서 추가하거나 마이너스하면서 가격이 변하잖아. 솔직히 우진이가 다른 거로 돈 안 벌고 옷만 만들었으면 금방 망했을 거야."

"아닐걸요!"

"아니긴. 아무튼 생각보다 일이 커졌네, 하하."

지금 벌어지고 있는 일의 원흉이라고 할 수 있는 제프는 아무렇지도 않게 웃었다. 댕은 그런 제프를 보며 고개를 저었다. 옷에 대해 잘 모르는 자신이 보기에도 TV에 나오는 사람이 망했다는 걸 알 수 있었다.

*   *   *

기자들을 피해 집으로 온 이장호는 곧바로 살 곳을 찾기 시작했다. 사람들의 반응이 이 정도라고 생각하지 못했는데 TV를 보고 나서야 체감이 되었다. 온통 자신에 대한 얘기뿐이었다. 그래도 아직 협회장을 맡고 있어 그나마 안심이 됐다.

그때 마침 TV에서 협회에 관련된 소식이 들려왔다.

―사단법인 한국 디자이너 협회 FDK가 협회장 이장호 씨를 경질한다고 밝혔습니다. 그리고 이번 일을 계기로 유통 및 생산 환경 개선 등에 모든 노력을 기울일 것이라 표명했습니다. 또한 한국 패션 산업의 뿌리를 튼튼하게 하기 위해, 신인 디자이너 발굴 및 육성을 적극적으로 장려하여 패션 대국으

로 거듭나기 위해 노력하겠다고 밝혔습니다.

협회에 남아 있어야 그나마 버틸 수 있는데, 자신이 알지도 못하는 사이에 쫓겨나게 생겼다. 다급한 이장호는 손까지 떨어가며 어디론가 전화를 걸었다.

"날세! 오 선생!"

―선생님? 선생님, 어떻게 된 겁니까!

전화 너머로 들려오는 후배 디자이너의 목소리에 이장호는 고개를 갸웃거렸다.

―지금 호정에서 받은 원단으로 판매하던 숍들 전부 문 닫게 생겼다고요!

"…그게 무슨 말인가?"

―선생님이 데리고 있던 직원들이 호정에서 받은 원단들 판매한 거 걸렸다고요!

"하… 협회는! 협회는 뭐라고 하나!"

―협회에서 주도해서 하는 건데 무슨 협회를 찾으십니까! 이거 선생님이 괜찮다고 그랬다가 이게 무슨 꼴입니까!

이장호는 털썩 주저앉았다. 협회에 붙어 있어야 그나마 살길이 있었는데, 그마저도 사라져 버렸다.

*　　　　*　　　　*

차 안에서 풍경을 바라보던 우진은 조그맣게 한숨을 내쉬었다.

며칠째 스위스 전역을 돌아다녔지만, 성과는 없었다. 유니폼이 보이지 않는 건 문제가 아니었다. 이렇게 분업화가 되어 있는 줄은 생각도 하지 못했다. I.J 이름으로 시계를 만들려면 적게 잡아 분야별로 다섯 명은 필요했다. 게다가 시계를 만들어본 적이 없는 우진으로서는 누구를 영입해야 할지 감이 안 섰다.

결국 아무도 구하지 못하고 시계 공장만 구경하다, 내일이면 벌써 한국으로 돌아가야 했다. 자신 때문에 같이 온 사람들이 관광도 한번 제대로 하지 못한 것도 미안했다. 그래서 오늘만은 각자 여행하기를 권했다.

"어디 가지? 마 실장님! 저랑 같이 다니시면 안 돼요? 독일어 하시잖아요."

"어딜 가려고."

"인터넷으로 찾아볼게요! 잠시만요. 취리히로 검색하면 되나."

홍단아는 곧바로 휴대폰을 꺼내 들었다. 그러더니 갑자기 고개를 갸웃거렸다.

"왜 그래?"

"협회장 무슨 일 있나 봐요. 뉴스들이 전부 협회장 뉴스들인데요?"

앞자리에서 생각에 빠져 있던 우진도 고개를 돌려 홍단아를 봤다.

"직원을 폭행했다고 그러는데요? 게다가 호정 모직에서 받은 원단으로 옷 만들어 팔았다고 난리도 아니네요."

"그 노인네 우진이하고 전화할 때도 성격 더럽더니 기어코 문제 일으키네. 그런데 옷 만드는 건 뭐가 문제야."

"공짜로 받은 걸 비싸게 팔았대요. 뭐 그래서, 여기 기사 보면 시민 단체들도, 디자이너도 정찰제를 도입해야 한다고 막 그러네요."

"웃기고 있네. 정찰제를 어떻게 해. 하하, SPA도 아니고."

"아무튼 그래요. 호정에서 고소한다고 그러는데요. 계약 위반이라고. 자기네들한테 받은 거 다른 데다가 팔았다면서……. 완전히 망한 거 같아요. 부당이득, 탈세. 완전 쥐 잡듯이 잡고 있어요."

무슨 일이 있었는지 전혀 알지 못하던 IJ 식구들은 딴 나라 얘기처럼 떠들어댔다.

당연히 그중엔 우진도 있었다. 자신에 대해 좋은 인터뷰를 해줬던 사람이라는 것밖에 모르던 우진은 안타까움에 입맛을 다셨다.

"그건 됐고! 어디 갈지나 찾아!"

"형님, 저도 따라가도 되죠?"

"그래. 성훈이도 가고. 또 같이 갈 사람? 상무님은요? 우진이는?"

"전 마지막으로 가보고 싶은 데가 있어서요."

"어딜 가려고?"

"바이에르 박물관이요. 온 김에 어떤 시계가 있나 한번 보고 싶어서요. 매튜 씨랑 다녀오면 돼요."

우진이 말을 끝내자 조용히 미자가 손을 들었다.

"선생님, 저도 따라가도 될까요?"

"그래요. 같이 가요."

세운도 고개를 끄덕이더니 입을 열었다.

"하긴 거기도 가볼 만하지. 홍 대리, 우리도 그냥 같이 움직이자."

"좋아요! 박물관 갔다가 다른 데도 가요!"

"다 같이 가자! 오케이?"

제2장

바이에르

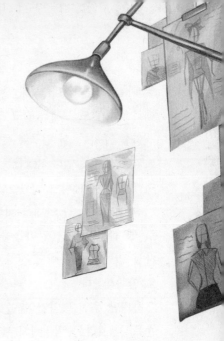

　시내로 들어서고 나서 조금 지나자 건물들이 보이기 시작했다.

　"취리히도 자꾸 보니까 동네 같아요!"

　"하하, 홍 대리는 그럼 여기서 살아. 그런데 저기가 바이에르 박물관인 거 같은데, 내가 옛날에 왔을 때하고 변한 게 거의 없네."

　"우리도 시계 만들 수 있어요?"

　"모르지. 나 때는 됐는데."

　앞에 앉아 있던 우진은 세운이 말하고 있는 건물을 봤다. 박물관이라고 해서 한국에서 익숙한 박물관 생각했는데, 전혀 다른 모습이었다. 시계 상점이 많은 반호프 거리답게 바이에르 박물관도 시계를 팔고 있었다.

차를 주차한 뒤 입구로 들어서자 박물관보다는 매장 같은 느낌이 물씬 들었다. 유리로 된 진열대 안에 시계들이 전시되어 있었고, 판매하는 직원들도 상당히 많이 보였다.

잠시 뒤 박물관 안내를 위해 가이드가 왔다. 설명을 독일어로 했기에 일행 중 알아들을 수 있는 사람은 세운뿐이었다. 다들 알아듣진 못해도 신기한 모양의 시계를 보는 것만으로도 만족해했다.

하지만 우진은 약간 씁쓸했다. 박물관이다 보니 일상적인 손목시계보다는 탁상시계부터 회중시계까지, 커다란 시계들 위주로 전시되어 있었다. 괜히 온 건 아닐까 싶었다.

일행은 가이드를 따라 한참을 이동하며 설명을 들었다. 과연 지금 보고 있는 것이 시계가 맞는 건지 싶을 정도로 다들 독특했다. 시계들을 보던 우진은 자기 생각과 다른 시계 모습에 한숨을 쉬었다. 그러자 세운이 우진에게 조용히 속삭였다.

"왜 그래?"

"그냥 좀 생각하던 거하고 달라서요. 예전에 여기서 시계 만드는 체험을 하셨다고 그래서 손목시계들 위주로 있는 줄 알았어요."

"하하, 손목시계도 있긴 있잖아. 체험할 수 있는지 한번 물어볼게."

세운이 가이드에게 가더니 말을 걸었고, 가이드가 고개를 젓는 거로 봐서 체험은 없어진 것 같았다.

"요즘은 직접 만들어본다는 사람이 별로 없어서 여기선 안 하고, 근처 매장에서 해볼 순 있대. 그런데 별로 추천은 안 한다네."

"그래요?"

"어. 대부분 매뉴팩처라 그냥 가서 조립해 보는 게 끝이래. 한 군데가 있긴 있다는데 여기서 조금 떨어져 있다네. 반호프 거리 제일 끝에 있는 'Ciel' 매장에 오트 오클로제르가 있다는데, 가볼래?"

스위스에 와서 줄곧 들었던 말이었다. 지금에야 분업화가 되어 부품들을 각자 수작업으로 만들고 있지만, 예전에는 오트 오클로제르라는 장인들이 직접 수작업으로 만들었다고 했다.

"다들 어디 가실 거예요?"

"나야 모르지. 홍 대리가 가자는 대로 가지, 뭐. 하하."

그러자 성훈이 머뭇거리며 입을 열었다.

"시계도 많이 봤는데… 그냥 다른 데 가보고 싶네……."

홍단아만 동의한다는 듯 고개만 끄덕거렸고 다른 일행은 고개를 절레절레 저었다. 특히 장 노인은 혀까지 차며 성훈을 나무랐다.

"휴가 겸해서 온 여행이니까 내가 그동안 꾹 참았는데… 이

보게, 한 실장! 일주일 내내 왜 그러는 게야. 스위스 와서부터 계속!"

"아니에요. 죄송합니다."

"아니기는. 공장 갔을 때도 혼자 나가 있질 않나. 태도가 영… 쯧쯧."

장 노인의 말에 다들 고개를 끄덕였다. 우진 역시 그동안 성훈을 보며 같은 생각을 했다. 하지만 애초에 업무가 아닌 휴가차 온 여행이기에, 자신을 따라다니느라 제대로 된 휴가를 즐길 수 없었던 성훈의 마음도 이해가 갔다.

우진은 갑자기 이상해진 일행의 분위기에 앞으로 나섰다. 성훈을 나무라던 장 노인도 우진이 나서자 고개를 돌리며 말을 멈췄다.

"저도 어차피 가는 길이 그쪽이면 가고, 아니면 말려고 그랬어요. 그만들 하세요. 홍 대리님, 어디 가려고 그랬어요?"

일행이 박물관을 나섰을 때부터 조금 전까지 계속 휴대폰으로 갈 곳을 검색하던 홍단아가 분위기를 살피며 조심스레 입을 열었다.

"그냥 선생님 가시는 데 따라가려고……."

"아, 정말 괜찮아요. 내일 돌아가야 하니까 보고 싶었던 곳 있으면 말씀해 주세요."

"그게… 여기서 조금 가까이에 뮌스터 브릿지가 있대요……. 거기로 가면 수도원하고 교회랑 시계탑까지 많이 볼 수 있다고 하지만… 안 가도 괜찮은데……."

"그러면 거기로 가요. 여기서 얼마나 걸려요?"

"걸어서 가도 된대요."

"그럼 구경하면서 걸어가요."

일행은 우진의 말대로 걸어서 이동했고, 가벼운 부딪힘 때문인지 분위기는 냉랭했다. 성훈은 미안한 얼굴을 한 채 걸음을 옮겼다.

우진이 분위기를 어떻게 풀어야 하나 난감할 때 익숙한 브랜드가 눈에 들어왔다. 쇼핑으로 유명한 거리답게 익숙한 명품 브랜드들이 가득했는데, 그 가운데 제프 우드의 매장이 있었다.

"저기 보세요. 제프 우드는 여기에도 있네요."

다들 제프 우드를 실제로 보고 대화도 나눠봐서인지 고개를 돌렸다. 반응이 그게 다였기에 우진은 머리를 긁적였다.

어느덧 반호프 거리의 끝까지 오자 한 블록 너머로 홍단아가 말했던 뮌스터 브릿지가 보였다. 수많은 사람들이 지나다니는, 굉장히 아름다운 광경이었다. 일행은 다들 말없이 풍경을 바라보며 신호를 기다렸다.

한 발 뒤에서 일행의 뒷모습을 바라보던 우진은 피식 웃었다. 그러다 혹시 박물관에서 체험할 수 있다고 한 곳이 이 근처인가 싶어 주변을 두리번거렸다.

"뭘 그렇게 두리번거려?"

"아니에요. 체험할 수 있는 곳이 이쪽인가 싶었는데 반대였나 봐요."

"거기? 여기 맞아. 저기 큰 매장 있잖아. 우리 맨날 가던 'Ciel' 매장. 거기서 시계 만드는 체험을 할 수 있다고 그랬어."

큰 매장에서 체험이 가능할 줄은 생각하지 못했다. 게다가 안내가 독일어로 되어 있어 당연히 알아볼 수 없었다. 반호프 거리에 있는 매장들 중 가장 큰 규모였다.

"어떻게, 들렀다 갈래?"

우진은 횡단보도 앞에 서 있는 사람들을 본 뒤 입을 열었다.

"혼자 다녀올게요."

"괜찮겠어?"

"영어 할 줄 아는 분들도 많으니까 괜찮을 거예요. 그냥 다른 분들은 구경하세요."

그때 우진을 주시하고 있던 미자가 일행 사이에서 뒤로 한 걸음 물러났다. 그러자 세운이 피식 웃고는 입을 열었다.

"유 실장도 시계 만들게? 그래, 혼자보단 둘이 낫지. 내가 매 튜는 책임지고 데려갈게. 하하, 무슨 일 있으면 바로 전화하고."

미자가 붉어진 얼굴로 고개를 가볍게 숙일 때, 마침 신호가 바뀌었다. 그러자 세운은 일행을 이끌고 재빨리 신호를 건넜다. 미자와 함께 Ciel 매장 앞에 남게 된 우진은 머리를 긁적거렸다.

"그냥 혼자 다녀와도 되는데."

"아니에요. 저도 시계를 만들어보고 싶어서 그래요."

우진은 살며시 웃고는 매장 앞으로 향했다. 유리창 너머로 손목시계들이 전시되어 있었다. 우진이 몇몇 시계를 살펴보다가 매장 안으로 들어설 때였다.

"우진아! 우진아!"

고개를 돌려보니 성훈이 횡단보도를 다시 건너고 있었다.

"왜 오셨어요?"

"나도 같이 보려고……."

"그냥 시계만 만들어보려고 하는 거니까 관광하셔도 괜찮은데."

"아니야. 상무님 말 듣고 나니까 틀린 게 하나도 없더라고……. 유 실장, 나도 같이 가도 괜찮지?"

미자가 수락하자 성훈은 먼저 걸음을 옮겨 숍 문을 열었고, 우진은 그런 성훈을 보며 멋쩍게 웃었다. 숍 안으로 들어가자 유니폼을 입은 직원이 다가왔다.

"바이에르 박물관에 물어보니 이곳에서 시계 만드는 체험을 할 수 있다고 해서 왔는데, 가능한가요?"

영어를 하지 못하는 직원은 우진과 미자를 잠시 앉히더니 영어가 가능한 직원을 데리고 왔다.

"안쪽으로 오시죠. 그런데 체험은 6시까지라서 세 분 모두

하시기에는 시간이 부족할 수 있는데, 괜찮으신지요?"

우진이 성훈과 미자에게 통역해 주자 두 사람은 괜찮다며 우진만 체험해 보라고 했다. 직원을 따라 안쪽으로 이동하자 I.J의 응접실보다 조금 큰 장소에 도착했다. 그곳에 말끔히 정장을 차려입은 남자 한 명이 서 있었다.

"이쪽으로 오시지요."

남자는 별다른 말 없이 우진을 앉히더니 이미 어느 정도 완성된 시계를 내밀었다.

"지금 만드실 시계는 스위스의 전통적인 형식에 오토매틱을 더한 시계입니다. 안에 들어간 로터가 팔 동작에 따라서 동력을 얻어 움직이는 형식이죠."

우진도 이미 시계의 종류에 대해선 들어본 적이 있었다. 값좀 나간다고 하는 시계들은 대부분 오토매틱 방식을 사용했다.

우진은 장인의 안내에 따라 하나하나 조립해 갔다. 별다른건 없었다. 우진이 하는 거라고는 부품에 관해 설명을 듣고, 부품을 제자리에 올리는 것이었다. 그러고 나면 직원이 수평을 맞추거나 고정하는 일을 반복했다.

한참 시계를 만들던 우진은 체험한 시계를 가져갈 수 있는지 궁금해졌다.

"이거 만들면 제가 가져갈 수 있는 건가요?"

"구매하셔야 합니다."

"그렇구나. 얼마나 해요?"

"체험용이라서 로터, 무브먼트나 중요 부품들이 다른 시계들에 비해 싼 부품으로 들어가 있죠. 구매하신다고 하시면 부품은 교체해 드립니다. 가격은 500프랑입니다."

한국 돈으로 50만 원이 넘는 금액에 약간 고민했지만, 이왕 온 김에 구매하는 편이 좋을 것 같았다.

"그럼 완성하면 가져갈게요."

"네, 알겠습니다. 완성하고 가져가실 수 있도록 준비하겠습니다."

그때, 뒤에 있던 성훈이 머뭇거리며 입을 열었다.

"우진아, 혹시 지금 그거 사려고 그러는 거야?"

"네? 아… 네."

"얼만데?"

"500프랑이래요."

"500프랑이면 얼마야. 와… 물가가 비싸서 그런가? 엄청 비싸네. 그거 딱 봐도 싸구려 부품만 들어간 거 같은데."

"어? 어떻게 아세요? 안 그래도 그렇게 말해주던데."

성훈은 잠시 머뭇거리더니 우진이 조립하고 있는 시계를 가리켰다.

"무브먼트가 너무 허술하거든. 들어간 나사도 원래 시퍼런 게 아니라 도색한 거 같고. 원래는 도색이 아니라 고온에서 작업해서 자연적인 진한 파란색을 띠거든. 게다가 아까 열린 거 보니까 무브먼트 고정판도 그냥 플라스틱이던데. 그럼 몇 번 부딪히다 보면 깨질 수 있어. 저 정도면 동대문에서 비싸봤자 3만 원? 그 정도면 살 수 있어."

시계에 관해서 관심 없는 줄 알았던 성훈의 입에서 전문가 같은 말이 나왔다. 성훈은 말을 끝내고선 머쓱한지 딴청을 피웠고, 우진은 그 말이 맞는지 앞에 앉은 직원에게 그대로 물었다. 그러자 직원이 미소를 보이며 입을 열었다.

"맞습니다. 아까 말씀드린 대로입니다. 구매하신다고 하면 무브먼트 고정판 같은 경우는 다른 재료로 교체해 드립니다. 말씀하신 대로 부러지기 쉽거든요. 게다가 'Ciel' 고유의 방식으로 제작한 메인 스프링으로 교체해 드리고, 팔레트 같은 경우도 인조 루비로 제작한 부품으로 교체해 드립니다. 구매하시겠습니까?"

"아, 네. 구매할게요."

성훈은 여전히 딴청을 피웠다. 우진은 직원의 말을 들으면서도 얼떨떨했다. 어떻게 성훈이 시계에 대해 잘 알고 있는지 궁금해졌다.

*　　　　　*　　　　　*

체험을 마친 우진은 시계를 기다렸다. 잠시 뒤, 직원이 우진이 만든 시계와 함께 바이에르 박물관의 이름이 적힌 박스를 가져왔다. Ciel의 상표명이 아님에도 비싼 가격이었지만, 고급스러워 보이는 박스를 보니 인정할 수밖에 없었다. 성훈 역시 교체한 부품에 대해 듣자 가격을 인정했다.

다만 누가 보더라도 Ciel의 제품이라는 걸 알 수 없었다. 시계 뒷면에도 Ciel이란 이름 대신 바이에르 박물관이라는 이름이 대신했다.

직원은 일일이 설명을 해주며 시계를 포장했다. 그때 매장 안으로 누군가가 들어왔다. 그 순간 우진은 직원들의 표정이 일그러지는 것이 보였다. 이유가 궁금해 고개를 돌려보니 검은 머리의 젊은 백인 남자가 보였다. 직원들이 빠르게 그 사람을 매장 밖으로 내쫓고 있었다.

"이거 왜 이래! 놓으라고! 뭐야! 또 그딴 쓰레기 시계를 파는 거야!"

젊은 남자가 독일어로 소리치는 통에 알아듣지 못했지만, 분위기상 행패를 부리러 왔다는 것이 느껴졌다. 게다가 자신을 향해 손가락질까지 하는 모습에 우진은 무슨 일이 벌어진 건가 싶었다.

"뭐야, 왜 우리한테 손가락질해? 아는 사람이야?"

"저도 처음 봐요."

"아, 우리한테만 손가락질하는 게 아니네. 미친놈인가?"

난동을 피우던 남자는 직원들에 의해 매장 밖으로 내쫓겨졌다. 하지만 밖에 나가서도 계속해서 난동을 피웠다. 우진의 앞에 있던 직원은 그제야 사과를 건넸다.

"죄송합니다. 고객님. 가끔 가다 이런 일이 있네요."

우진은 이해한다며 고개를 끄덕였다.

*　　　　*　　　　*

매장을 나온 우진은 일행과 다시 합류하기 위해 전화를 들었다. 홍단아의 주도하에 근처 명소를 돌아다니고 있다는 말을 들었고, 뮌스터 브릿지에서 만나기로 했다. 곧 뮌스터 브릿지에 도착한 우진은 아직까지 딴청을 피우며 눈을 피하는 성훈을 살폈다.

시계에 대해 잘 아는 것 같은데 왜 모르는 척하고 있는지 궁금해졌다.

"삼촌, 시계 만들어보셨어요?"

"아, 아니. 그런 건 아니고."

"너무 잘 알고 계시는 거 같아서요."

성훈은 곤란한지 잠시 머뭇거리더니 조심스럽게 입을 열었다.

"사실 원래 하던 공장이 단추 공장이 아니었거든. 시작은 시계 부품을 만드는 공장이었어."

우진은 놀랍다는 듯 성훈을 보다가 문득 예전 부모님께 단추 공장을 아냐고 물었을 때가 떠올랐다. 정확히 기억나진 않았지만, 언뜻 시계 부품을 만드는 일이라고 한 것 같았다.

"아… 사기를 당하셨다고……."

"아! 아니야, 아니야. 사기는 무슨……."

성훈은 손사래까지 쳤다. 그러더니 한국말을 알아듣는 사람이라고는 미자와 우진뿐임에도 두 사람조차 들리지 않을 정도로 조그맣게 말했다.

"뭐라고요?"

"그러니까……."

그러자 함께 있던 미자가 먼저 알아차렸는지 답답해하는 우진에게 큰 소리로 말했다.

"짝퉁 만드셨다는 거 같은데요."

"아니, 아니! 유 실장! 그게… 휴……."

우진도 약간 놀란 얼굴로 성훈을 봤다.

"정말 이미테이션 만드셨어요?"

"아니야, 정말 아니다. 그냥 난 시계 들어가는 일부 부품만 만들었거든. 그냥 돈이 많이 된다고 그래서……. 사실 그게 짝퉁인지도 몰랐어. 정말이야. 그리고 거래하는 사람이 경찰에 잡혀가 버려서 돈도 못 받았고……."

성훈은 죄지은 사람처럼 미안한 얼굴로 변명을 하듯 말을 뱉었다.

"왜 그러세요. 지금 만드시는 것도 아닌데."

"아니, 그래도… 혹시나 너한테 피해가 갈까 봐. 정말 그걸로 돈을 벌어본 적은 없어. 정말이야!"

"알았어요. 단지 부품을 만드셨다면서 시계에 대해 잘 아시는 것 같아 물어본 거예요."

성훈은 목덜미를 긁적이면서 입을 열었다.

"원래 젊었을 때는 시계 공장에서 일했었거든. 그때만 해도 우리나라 시계가 꽤 유명했어. 돌체, 로만손 그런 것만 들어봤지? 난 조금 떨어지는 엘마에 있었거든."

성훈은 여전히 어색한 미소를 지은 얼굴로 말을 이었다.

"그래도 꽤 잘나갔는데 갑자기 힘들어지더라고. IMF 알지? 다들 힘드니까 대기업들은 전부 시계에서 손 떼고. 그러다 보니까 투자도 없어지더라고. 당연히 공장은 망하고. 그때 사장이 어떻게 해서든지 살아보려고 발버둥 쳤는데 그게 되나? 명품으로는 스위스가 있지, 가격 면에서는 중국이 있지. 그냥 어중간하다 보니까 점점 망하는 게 보이더라고."

"그럼 그때 배우신 거예요?"

"응. 그때는 내 일, 남 일 가리지 않고 했거든. 무브먼트를 일본에서 가져오면 연구 팀이 맨날 해체해 보고, 만드는 방법을 연구해서 우리한테 부품 제작 시키고 그랬지. 그러다 보니까 좀 아는 거지, 뭐."

세운은 머쓱하게 웃었다. 우진도 이유를 듣고 나니 성훈이 시계에 대해 알고 있는 것이 이해되었다.

"그런데 짝퉁 공장은 어떻게 하시게 된 거예요?"

"짝퉁… 큼… 그게 정말 몰랐거든. 회사 망하고 일거리가 없어서 일 년 정도 쉬었는데. 마침 공장 다닐 때 공장장이 시계 부품 납품할 생각 없냐고 연락 오더라고. 그런데 아예 공장을 차리라는 거야. 물론 돈이 없었는데, 그게 되나. 여하튼 그래서 거절했는데, 공장장이 같이 공장 다니던 사람들하고 같이하자 그러더라고."

"그럼 그때 기계들 다 사신 거예요?"

"어. 그때 망하는 공장이 한두 군데가 아니어서 좋은 기계들도 완전 똥값으로 나온 게 잔뜩 있었거든. 세 명이서 있는 돈, 없는 돈 다 털어서 샀지. 살아보려고. 하하, 지금 우리 숍에 있는 선반 있지? 그것도 그때 산 거야."

그러자 옆에서 듣고 있던 미자가 툭하니 말을 뱉었다.

"사기당하신 거네요."

"사기… 그냥 그렇게 볼 수도 있지. 아무튼 기계들까지 들어오고 나니까 공장장이 필요한 부품들을 보내주더라고. 우린 그거 만들어서 다른 데 보내고. 그런데 공장장이 한 달이 지나도 결제를 안 해주는 거야. 대금을 받아야 공장이 돌아가는데. 이미 시작은 했지, 멈추면 돈은 다 날리지……. 그러다 보니까 놓을 수가 없더라고. 거의 세 달을 그렇게 지냈는데 갑자기 공장장이 연락이 안 되는 거야."

"도망갔어요?"

"차라리 도망이라도 갔으면 잡아서 돈 내놓으라고 했겠지.

경찰에 잡혔어. 그때 알고 보니까 중국산 무브먼트에, 우리한 테 받은 부품으로 짝퉁을 만들고 있었더라고. 그래도 어떻게 해서든지 돈을 챙기려고 변호사도 알아보고 그랬지. 그런데 돈을 받으려면 제조에 관련했다는 걸 밝혀야 하고, 그럼 공범 은 아니더라도 벌금을 먹더라고. 하하, 받은 돈도 없는데 벌금 이 더 셌던 걸로 기억해. 그때 우리 장미 엄마랑 신혼이었는 데, 그날로 집에서 쫓겨날 뻔했지. 하하."

우진은 성훈의 말을 듣고 나니 그가 왜 항상 가게가 망할까 노심초사하는지 어느 정도 이해했다.

"그럼 단추 공장은 어떻게 하시게 된 건데요?"

"우리가 얻었던 공장 근처가 전부 단추 공장이었거든. 하하, 손 놓고 있을 순 없어서 시작은 해봤지. 기계가 다른 공장에 비해 좋다 보니까 브릿지부터 시작했어. 어떻게든 살아보려고 옷 공장이란 공장은 다 다니면서 단추를 보여주고 그랬지. 그 때 주영 형님이 먼저 아는 회사들도 소개해 주고 그러셨어. 그때 형님 아니었으면 정말이지 생각하기도 싫어. 으……."

"그러셨구나. 그럼 삼촌도 피해자인데 숨길 필요 없으시잖 아요."

"혹시라도 작은 건덕지라도 잡힐까 봐 그러지……. 짝퉁을 만들던 사람이 숍에 있다고 소문이라도 나면… 어떡해."

언제나 앞서 걱정하는 성훈이었다. 우진은 그런 성훈을 보 며 피식 웃었다. 그때, 멀리서 I.J 식구들이 걸어오는 모습이 보였다.

"저기 오시네요."

일행은 지친 얼굴로 우진에게 손을 흔들었다.

"왜 그렇게 지치셨어요?"

"말도 마라. 홍 대리 때문에 뛰어다니느라 정신없었어."

"왜요?"

"사진 찍는다고 툭하면 사라지잖아. 어휴, 그런데 시계는 만들었어? 그게 시계야? 요즘은 박스에도 넣어주네."

세운의 반응에 I.J 식구들이 시계를 쳐다봤다. 박스에서 시계를 꺼내 손목에 대보기까지 하던 세운은 혀를 내밀며 말했다.

"엄청 비싸 보이는데. 이럴 줄 알았으면 우리도 시계나 만들러 갈걸 그랬다. 이게 공짜야?"

"아니에요. 체험은 무료인데 가져가려면 사야 하더라고요."

"에이, 그럼 그렇지. 하긴 나 때도 100프랑인가 그랬거든. 그래도 괜찮네."

장 노인은 힘이 부치는지 아예 난간에 기대고 선 채였고, 홍단아는 혼이 났는지 입술을 빼죽거리고 있었다. 다들 지쳐 보여, 돌아다니기보다는 숙소로 가는 게 나을 것 같았다.

"그럼 호텔로 갈까요?"

"밥은? 밥 먹었어?"

"다들 피곤하신데 호텔에서 먹어요."

"또 스테이크? 아, 지겹다. 여기는 뭐 한식도 없어! 스위스 오고 난 뒤로 한식은 딱 한 번 먹었네!"

"마 실장님은 한식 별로 안 좋아하시잖아요."

"나 말고 저기 영감님 때문에 그러지."

우진도 내심 장 노인을 걱정하고 있었다. 아직 정정하긴 해도 나이가 있으시다 보니 신경이 쓰였다. 그때, 장 노인 옆에 있던 홍단아가 우물쭈물거리더니 조용하게 말했다.

"제가 찾아보니까… Artergut 공원 근처에 아시아 식당 있던데. 여기서 그렇게 멀지 않아요."

"그래요? 그럼 거기로 가요."

장 노인도 그게 낫겠는지 고개를 끄덕였다.

*　　　　*　　　　*

일행은 다시 차를 타고 이동했다. 식당은 생각보다 멀지 않았다. 짧은 거리였음에도 반호프 거리의 북적거림과 달리 한산했다. 모두가 풍요로운 풍경을 구경하며 이동하자, 어느덧 식당에 도착했다.

식당 안에 들어서 자리에 앉을 때, 미자가 우진에게 조용하게 속삭였다.

"저기 저 사람……. 아까 시계 매장에서 봤던 사람 같은데요?"

미자가 가리킨 쪽을 보자 정말 매장에서 손가락질하며 난동을 피우던 사람이 있었다. 우진은 신기하긴 했지만 크게 관심을 두지 않았다. 잠시 뒤, 주문한 식사가 나왔다.

"이게 얼마라고?"

"한 4만 원 할 거예요."

"참 나, 너무 비싸다! 여기는 뭐만 잠깐 해도 돈 백만 원 정도는 우습게 깨져. 진짜 살인 물가네."

완벽한 한식은 아니지만, 그래도 다들 오랜만에 맛보는 칼칼한 식사에 빠져들었다. 우진도 식사를 하고 있는데, 누군가 옆으로 지나쳐 가며 하는 말이 들렸다.

"Idiot."

우진이 고개를 돌리자 매장에서 봤던 남자가 우진을 훑어보더니 걸음을 옮겼다. 그때 세운이 갑자기 벌떡 일어났다.

"뭐라고? 누구더러 멍청하다는 거야. 기다려 봐."

세운은 남자에게 다가가 손목을 낚아챘다. 그러고는 일행은 알아들을 수 없는 독일어로 말을 하기 시작했다. 그러자 젊은 남자가 당황했고, 우진을 비롯한 IJ 식구들도 갑자기 일어나 화를 내는 세운을 말리기 시작했다.

"놔봐. 저놈이 갑자기 욕했다니까? 미친놈도 아니고. 가만있는 사람한테 욕하고 그래? 내가 독일어를 몰랐으면 저러고 그냥 갔을걸?"

"뭐라고 욕을 했길래 그러는 게야."

"우진이 쳐다보더니 멍청이라고 그러잖아요!"

장 노인은 얼굴을 찡그리며 젊은 남자를 봤고, 미자는 주먹까지 불끈 쥐었다. 당사자인 우진은 매장에서부터 자신에게 왜 그러는지 궁금했다.

"혹시 영어 할 줄 알아요?"

젊은 남자는 붉어진 얼굴로 고개를 끄덕거렸다. 그사이 소란스러움에 식당 직원들이 다가왔다.

"쫓겨날 거 같은데 잠깐 앉아서 얘기 좀 할 수 있어요?"

남자는 주변을 살피더니 이내 자리에 앉았고, 세운은 식당 직원들에게 사정을 설명한 뒤 돌려보냈다. 우진은 남자에게 곧장 질문을 했다.

"아까 'Ciel' 매장에서 봤던 분, 맞죠?"

남자는 대답도 없이 고개만 끄덕거렸다.

"아까 매장에서도 그렇고, 저한테 왜 그러신 거예요?"

I.J 식구들은 남자를 노려봤다. 남자가 대답이 없자 세운이 툭 하고 말을 뱉었다.

"그냥 인종차별 하는 거지, 뭐. 우리가 독일어를 모르는 줄 알고!"

그러자 남자가 그제야 입을 열었다.

"그런 거 아니에요."

"그럼 왜 다짜고짜 멍청이라고 그래? 얘가 어리숙해도 멍청하진 않은 앤데."

"인종차별 아니에요. 제 어머니도 일본인이세요."

그러고 보니 머리칼도 검었다. 그럼 도대체 자신에게 왜 그런 건지 더 궁금해졌다. 우진은 계속해서 이유를 묻자 남자가 다시 손가락을 들어 한쪽에 놓아둔 쇼핑백을 가리켰다.

"일단 사과부터 할게요……. 미안해요. 그 시계 때문에 화가 나서……."

"이거요? 이게 왜요?"

"대대로 바이에르 박물관에서 시계 만드는 체험을 지도하는 사람은 우리 마을 사람들이 돌아가면서 관리했어요. 그런데… Ciel이 끼어들면서 그게 변해 버렸어요."

우진은 남자가 밥그릇 싸움 때문에 그랬다는 걸 알자 약간 허무해졌다.

"가뜩이나 공장들이 커져가면서 작은 공방을 운영하는 분들이 힘들어하는데… 박물관에서조차 지원을 못 받게 됐어요. 아, 물론 돈이 문제가 아니에요. 나라에서 지원하는 돈으로도 충분히 먹고살 만하니까요. 단지 다들 설 자리가 없어지니까 아예 시계 만드는 일을 접으려고 하는 게 문제예요."

그 말을 듣던 세운이 이해한다는 듯 입을 열었다.

"하긴, 예전에 이탈리아에 살 때 우리 마을에도 그런 공방 엄청 많았지. 그나마 데이비드가 아니었으면 전부 다 망했을 거야. 데이비드가 어느 정도 자리 잡으니까 아예 마을 전체하고 계약해 버렸거든."

세운의 말에 남자가 씁쓸한 미소를 지었다. 그 데이비드가 있는 헤슬이 지원해서 만든 게 지금 거론되는 Ciel이라는 생각을 하며, 우진은 무심코 입을 열었다.

"Ciel처럼 조합 같은 걸 만드시면 되잖아요."

"조합…은 아닌데 비슷하긴 해요. 마을 주민분들이 서로 담당하는 분야가 있어서 마을 안에서 부품을 조달하거든요. 그런데 마을 사정상 부족한 부품이 생기게 됐어요. 외부에서 조달하려고 해도 부품 공장들도 다들 대기업하고 계약해 버리니까 가격이 말도 못 하게 비싸요. 그리고 만드는 사람도 적은 데다, 그 적은 수 안에서도 각자 색깔이 있으셔서……."

우진은 묵묵히 남자의 얘기를 들었지만 솔직히 공감이 가지 않았다.

스위스를 돌아다니며 많은 시계 조합을 봤다. 그래서 그런 조합을 만들지 않은 것은 그들 스스로의 선택이라는 생각이 들었다. 그 때문에 남자가 하는 얘기가 귀에 잘 들어오지 않았다.

*　　　*　　　*

남자는 계속해서 자신의 사정을 얘기했다. 세운이 나서 남자와 이야기를 이어갔고, 우진은 I.J 식구들에게 중요한 얘기만 통역해 줬다.

"쯧쯧. 안타깝구먼. 대기업들이 자본 싹 들고 뛰어들기 시작하면 감당이 안 되는 법이지."

"저희 부모님 반찬 가게도 근처에 대형마트 생겨서 매출이 뚝 떨어졌거든요. 그런 거 들으니까 조금 이해가 되네요……."

다들 안타까워하는 말에도 우진은 고개를 갸웃거렸다. 다들 안타깝게 보고 있는데 자신은 이상하리만큼 아무런 느낌도 없었다. 혼자만 이상한 사람이 된 것 같았다. 남자를 도와줄 수도 없지만, 도와주고 싶은 마음도 들지 않았다. 예전이라면 동정이라도 했을 텐데, 지금은 스스로 느끼기에도 자신이 이렇게 냉정한 사람이었나 생각이 들 정도로 차분했다.

'내가 변한 건가?'

우진은 스스로를 돌아봤다. 그러고 보니 할아버지가 돌아가셨을 때에도 이상할 정도로 차분했다. 그때 당시에는 죽음을 미리 준비하고 있었기에 할아버지의 죽음을 어렵지 않게 받아들인 것이라고 생각했는데, 지금 생각해 보니 확실히 이상했다. 아무리 죽음을 준비했다고 해도 가족이 죽었는데 너무나 차분했다는 게 말이 되지 않았다.

그때, 옆에 있던 장 노인이 우진의 어깨를 툭 건드렸다.

"갑자기 뭔 생각을 하는 게냐."

"아! 아니에요."

우진은 지금 자리에서 생각할 게 아니라는 듯 머리를 흔들었고, 장 노인은 피식 웃었다.

"저 사람이 말하는 곳에 한번 가보는 것은 어떻겠느냐. 부품만 있으면 혼자 작업한다고 하니까 내 생각에는 우리하고 딱 맞을 거 같은데."

"아!"

우진은 고개를 끄덕거렸다. 지금까지 수많은 사람들을 만났지만 번번이 실망해서 큰 기대는 없었다. 그래도 온 김에 한번 만나보는 것도 나쁘진 않아 보였다.

마침 남자도 자신의 얘기를 끝내가던 참이었기에, 우진은 그의 말이 끝남과 동시에 질문을 했다.

"마을에 시계 만드는 분이 얼마나 되는데요?"

"열한 분이요."

"그럼 그쪽 분도 시계 만드세요?"

"아뇨. 전 배우는 중이고요. 저희 할아버지하고 아버지가 만드세요."

"그렇구나. 혹시 마을이 이 근처예요?"

"네, 가까워요. 여기서 2km 정도만 더 가면 돼요."

"혹시 한번 가볼 수 있나요?"

우진의 제안이 갑작스러웠는지, 남자가 멈칫거렸다. 잠시 우진을 바라보던 남자는 이내 씁쓸한 얼굴로 입을 열었다.

"지금은 마을에서 시계 판매하는 분이 없으세요. 재료값이 비싸다 보니까 주문이 들어온 후에 작업을 시작하시거든요."

"네, 시계를 사려는 게 아니라 시계 만드는 분들을 한번 만나 뵙고 싶어서 그래요."

"네?"

"제가 함께 일할 분을 찾고 있는 중이거든요."

우진의 말을 이해하지 못한 듯, 남자가 눈만 껌뻑거리고 있자 매튜가 지갑에서 명함을 꺼내 그에게 건넸다.

"세계 제일의 숍 I.J의 디자이너십니다."

당연하다는 듯 나오는 금칠에 우진은 약간 부끄러워 고개를 돌렸고, 남자는 매튜가 건네준 명함을 한참 바라보다가 우진에게 시선을 돌렸다.

"디자이너시구나."

남자는 I.J라는 이름을 들어본 적이 없는지, 놀라는 기색 없이 고개를 끄덕였다.

"구경하는 건 어렵지 않으니까 제가 안내할게요."

＊　　　　＊　　　　＊

'마을'이라고 해서 우진은 논밭이 펼쳐진 전형적인 한국의 시골을 상상했다. 그런데 직접 그가 안내해 준 마을은 상상과 전혀 달랐다. 마을의 규모도 꽤 컸고, 유럽식 주택들이 들어서 있는 게 꽤 발달한 곳 같다는 생각까지 들었다.

"여기가 저희 할아버지 가게예요."

안내받은 가게를 본 우진의 얼굴에 미소가 떠올랐다. 주택가 사이에 있는 상점이 왠지 피혁 가게들 사이에서 옷을 파는 I.J를 떠올리게 했다. 게다가 상당히 좁아 I.J 식구들이 다 들어가기엔 무리가 있어 보였다.

"선생님! 저는 근처에서 마을 구경하고 있을게요."

"네, 그러세요. 매튜 씨하고 다녀올게요. 다들 구경하고 계세요."

"우진아, 말 안 통하면 어쩌려고 그래?"

"여기 이분도 계시잖아요."

그러자 남자는 할아버지도 영어가 가능하다고 말했다. 세운 역시 가게가 좁다고 생각했는지 두말없이 수긍했다.

"난 그럼 상무님하고 차에 있을 테니까 필요하면 불러."

우진은 고개를 끄덕이고는 남자의 안내를 받아 가게 안에 들어섰다. 가게 내부는 우진의 마음을 편안하게 만들 정도로 굉장히 깔끔히 정리된 상태였다.

"할아버지, 아버지. 저 왔어요."

그러자 가게 안쪽에서 노인 한 명이 고개를 내밀었다.

"바이에르, 어딜 갔다 오는 거야. 저분들은 또 누구고."

우진이 알아듣는 말은 바이에르라는 단어뿐이었다. 남자에게 한참 동안 설명을 들은 할아버지가 우진을 바라보다가 영어로 물었다.

"디자이너시라고?"

"네, 한국에서 작은 숍을 운영하고 있어요."

"그런데 여기까지는 어떤 일 때문에 왔어요? 시계 맞추려는 건 아닌 거 같은데."

우진은 숍에서 시계를 취급하려 한다는 말을 하며 같이 일할 분을 찾는 중이라고 밝혔다. 그러자 할아버지라는 사람이 너털웃음을 지었다.

"하하하, 우린 그런 거 안 합니다. 우리는 디자인부터 모든 걸 전부 직접 하죠. 디자이너라고 해도 우리 시계의 디자인을 맡기지는 않습니다."

"그렇군요."

"바이에르 저 녀석이 안타까운 마음에 이상한 말을 하고 다닌 모양인데, 번거롭게 해드린 점 대신 사과드립니다."

"아니에요. 괜찮아요. 그런데 저분 성함이 바이에르예요?"

"하하하, 아들 녀석이 스위스로 관광 온 며느리하고 바이에르 박물관에서 만나서 결혼했습니다. 그래서 저 녀석 이름도 바이에르로 지었죠. 하하."

우진은 살며시 웃고는 바이에르를 봤다. 그러자 바이에르가 입을 씰룩거리더니 입을 열었다.

"도미닉 할아버지하고 파비오 할아버지한테 소개해 드리기 전에, 할아버지한테 먼저 들른 거예요."

"하하, 그 영감들도 마찬가지일 텐데. 일단 얘기라도 해보는 게 낫겠지. 그럼 손님들 힘들게 하지 말고 네가 가서 오라고 해라."

"알았어요!"

"그럼 넌 다녀오고, 손님들은 안쪽으로 오시죠."

노인이 안내하는 대로 들어가자 그들을 맞이한 것은 한적한 마당이었다. 집의 외관은 유럽풍으로 지어져 있었지만, 안쪽으로 들어서니 부모님이 계신 대구 집과 비슷해 보였다. 마당을 가로질러 집 안으로 들어간 노인이 우진을 소파로 안내한 후, 음료를 가져온다며 주방으로 들어갔다.

노인의 뒷모습을 가만히 바라보던 매튜가 목소리를 죽여 우진에게 속삭였다.

"선생님, 아무리 봐도 여긴 아닌 거 같습니다."

"왜요?"

"들어오면서 보셨지 않습니까? 진열대에 시계가 한 점도 없었습니다."

비어 있는 진열장을 우진 역시 본 상태였기에, 매튜가 하는 말에 가볍게 고개를 끄덕였다.

"일단 얘기나 해보고요."

그사이 노인이 음료를 들고 나왔다.

"감사합니다."

"그런데 디자이너라고요? 젊어 보이는데. 하긴 우리 며느리 처음 봤을 때, 아들 녀석이 어린애를 데리고 와서 결혼한다고 하길래 미친 줄 알았지 뭐요. 알고 보니까 아들놈보다 3살이나 많았는데. 하하하."

"아, 어머니가 일본분이라고 얘기 들었어요."

"하하, 벌써 얘기했나 보네. 뭐 우리 가게가 한때는 동양인들한테 인기가 좀 있었죠. 그걸 빌미로 아들 녀석이 시계 선물하고 싶다고 데려와서 지금까지 같이 삽니다. 하하."

우진은 피식 웃었고 노인은 자신의 말이 재밌는지 한참을 웃었다.

"하하, 내 정신 좀 봐. 난 아벨 슈나이더라고 합니다."

"전 임우진이에요."

"매튜, 매튜 카슨입니다."

통성명을 한 뒤, 아벨은 우진이 이곳까지 온 이유가 궁금했는지 이유를 물었다.

"그런데 무슨 시계를 만들려고 여기까지 오게 됐나요? 이 마을에는 전부 노인들뿐인데."

"아직 딱 정해지진 않았어요."

"그럴 거면 공장들하고 거래하는 편이 좋을 텐데."

"제 브랜드로 시계를 만들려고 하다 보니까 쉽지 않네요."

우진은 큰 기대 없이 말을 했다. 다만 아벨은 놀랍다는 듯이 우진을 봤다.

"시계까지 취급하려고 하면 꽤 큰가 봅니다……?"

"아니에요. 그렇게 크진 않아요."

"실례지만 브랜드 이름이 어떻게 되는지……."

"생긴 지 얼마 안 돼서 못 들어보셨을 거예요. I.J라고."

"I.J… I.J……. 내가 옷 브랜드는 잘 몰라서. 하하."

가만히 생각하던 아벨은 도저히 생각이 나지 않는 듯 어깨를 씰룩거리며 웃었다. 그때, 바깥이 시끌시끌거리더니 바이에르가 사람들을 잔뜩 끌고 왔다.

"아벨 씨까지 열한 명인 거 보면 다 데리고 온 모양입니다."

매튜의 말대로 바이에르는 시계 만드는 사람들을 전부 끌고 왔다. 집 안은 순식간에 노인정처럼 되어버렸다. 바이에르는 다과를 준비한다며 주방에 갔고, 아벨이 일어서서 직접 우진을 소개했다.

"이쪽은 한국에서 온 디자이너고 저쪽은……."

"안녕하세요, 임우진입니다. 여기 옆에 분은 같이 일하시는 MD 매튜 씨세요."

우진의 말은 아벨이 통역을 했다. 노인들은 노인정에 봉사활동 온 학생을 맞이하는 것처럼 다들 반가워했다.

"우리 마을에 관광 온 사람이 얼마 만인지. 하하."

다만 다들 우진을 관광객으로 보고 있었다. 그러자 아벨이 혀를 차며 노인들에게 우진이 이곳에 온 이유를 설명했다.

"그러니까 시계를 만들려고 여기까지 온 거다?"

"그렇다니까. 혹시 할 사람 있을까 봐 부른 거야."

"에이, 그럼 시키는 대로 해야 하는데. 난 별로야."

"나도 생각 없네."

"부품도 내 마음대로 만들어달라 하지도 못할 거 아니야.

나도 됐어."

독일어로 말이 오갔지만, 분위기상 우진은 다들 거절하고 있다는 것을 느꼈다. 크게 기대하고 온 것이 아니었기에 실망도 그만큼 적었다. 우진은 가볍게 미소를 지으며 알아듣지도 못하는 대화를 들었다.

"놀면 뭐 해? 그래서 브랜드 이름이 뭔데?"

"I.J라고 했나? 생긴 지도 얼마 안 됐다는 거 같은데."

"그럼 같이한다고 해도 엎어질 수도 있는 거잖아. 뭐 하러 부른 거야?"

"저 성깔하고는. 오랜만에 차도 마시고 좋잖아!"

"차나 주면서 좋다고 해라."

와자지껄 떠들고 있는 노인 사이로, 한 명이 고개를 갸웃하며 I.J를 읊조렸다.

"I.J……."

"혼자 뭐라고 중얼거리는 거야."

"아, 그게 어디서 들어본 것 같단 말이지."

"뭘?"

"I.J 말일세. 어디서 들어봤지? 바이에르! 바이에르! 이리 와서 인터넷에 I.J 좀 찾아봐. 내가 분명 들어봤어."

마침 다과를 들고 온 바이에르는 노인의 말을 듣고 테이블에 다과를 대충 내려놓은 채 I.J를 검색하기 위해 휴대폰을 꺼내 들었다.

"IJ… 네덜란드에서 쓰이는 문자라는데요……?"

"하하. 들어보기는 무슨. 네덜란드 살다 온 게냐?"

우진은 자신을 힐끔거리는 바이에르가 무엇을 하는지 단번에 알아차렸다.

"I랑 J 사이에 페리오드가 있어요. I 점 J예요."

"아, 네……."

우진의 말을 듣고 다시 한번 검색을 시도하던 바이에르가 고개를 번쩍 들었다. 바이에르는 꽤 놀란 듯 우진과 핸드폰을 몇 번이나 번갈아 봤고, 그 모습을 지켜보던 사람들은 무슨 일인가 싶어 바이에르를 다그쳤다.

"뭐야, 말을 해야지!"

여전히 우진에게서 눈을 떼지 못하고 눈만 껌뻑이던 바이에르가 입을 열었다.

"저분 엄청 유명한 사람인데요……?"

그러자 바이에르를 보던 노인들의 고개가 천천히 우진에게 향했다. 우진은 무슨 상황인지 눈치챘지만, 아직까지 이런 반응이 어색하기만 했다.

"I.J… 혜성처럼 등장한 디자이너……. 유명 디자이너들 사이에서도 인정받는 신예 디자이너……. 아제슬… 제프 우드, 혜슬과 어깨를 나란히 한 브랜드……."

"맞다! 아제슬! 그때 들어봤어! 내가 들어봤다고 그랬잖아! 그때, 우리 아들 녀석이 시계도 유명 브랜드 컬래버해서 내놓으면 잘 팔릴 거 같다고 그랬었어!"

"Ciel 다니는 조르딕?"

바이에르는 계속해서 인터넷에 있는 기사를 읽었다. 제목만 읽는 중이었지만 페이지를 넘기고 넘겨도 계속 기사가 나왔다. 그러자 노인 중 한 명이 입맛을 다시며 말했다.

"그럼 뻔하네. 우리더러 시키는 대로 만들기만 하라는 거 아니야. 난 됐어."

"놀면 뭐 하나. 이대로 손 놓고 망하는 것보단 낫지."

"난 내 생각대로 만들지도 못하면 안 만드는 게 낫다고 봐!"

서로 간의 생각이 또 다른지 노인들끼리 언쟁하는 것을 보며 당황한 우진이 어쩔 줄 몰라 할 때, 아벨이 일어났다.

"아직 한다는 말도 없는데 설레발치기는. 기다려 봐."

노인들을 진정시킨 아벨은 우진을 보며 물었다.

"만약 한다면 어떻게 하면 되는지…… 우리는 그냥 그쪽이 시키는 대로 해야 하는 겁니까?"

우진은 가볍게 웃으며 입을 뗐다.

"수량이 그렇게 많지는 않을 거예요. 제가 만드는 옷 가격이 그렇게 비싼 편이 아니라 시계 가격도 그렇게 비싸지 않을 거고요. 옷에 어울리는 시계를 만들어주시면 되거든요."

"그럼 디자인은?"

"디자인은 제가 보낼 때도 있을 거고요. 전체적인 느낌만 보낼 때도 있을 거예요."

우진은 대답하며 내심 궁금해졌다. 혹시 이 중에 같이 일할 사람이 있진 않을까 하는 생각에 렌즈를 낀 눈을 깜빡거렸다.

*　　　　*　　　　*

우진이 렌즈를 빼려고 할 때 유난히 투덜거리던 노인이 아벨에게 뭐라고 말했다. 그러자 아벨이 고개를 끄덕이며 우진에게 물었다.

"혹시 시계 디자인해 본 적은 있는지요?"

당연히 있었다. 스위스에 유니폼을 입고 있는 사람이 있는지 알아보기 위해 왼쪽 눈으로 살피고 다녔었다. 그중에 유니폼을 입고 있던 사람은 없었지만, 다들 시계에 관련한 일을 하고 있어서인지 유독 시계가 많이 보였다. 긴팔에 가려져 일부분만 스케치한 것도 있었고, 만나는 시간이 짧아서 기억한 뒤 그린 스케치도 있었다.

"그냥 혼자 한 건 있긴 있어요."

대답하던 우진은 여기 있는 노인들도 시계를 만드는 사람들이라는 생각에 잠시 말을 멈췄다. 그러고는 유니폼도 확인할 겸 렌즈를 뺐다.

"우… 우웩."

"왜 그래요! 어?"

"무슨 일이야, 갑자기 왜 저러는 거야?"

"바이에르! 가서 피터 좀 데려와!"

"네! 네!"

우진은 한꺼번에 많은 사람들이 겹쳐 보이자 숨을 쉬기 어려울 정도로 어지러웠다. 평소엔 이 정도까진 아니었는데 오늘따라 더 심한 느낌이었다. 우진이 울렁거리는 속을 진정시키려 숨을 가다듬는 사이, 아벨이 우진 앞에 무릎 꿇고 있는 매튜에게 물을 건넸다.

"선생님! 괜찮으십니까?"

"아… 네. 죄송… 우웩!"

"안 되겠습니다. 앰뷸런스 좀 부탁드립니다."

"아니에요. 괜찮아요! 조금만 있으면 돼요."

울렁거림이 다른 때보다 오래간 탓에 우진은 일단 눈을 감은 채 심호흡했다. 그리고 물을 마시자 그나마 진정이 됐다. 우진은 일단 매튜부터 진정시키려는 생각에 오른쪽 눈만 떴다.

"괜찮아요. 아까 밥 먹은 게 조금 이상했나 봐요."

"정말 괜찮으십니까? 병원에 가보시죠."

"정말 괜찮아요."

우진은 매튜를 진정시킨 뒤 왼쪽 눈을 손으로 가린 채 노인들에게 말했다.

"갑자기 놀라게 해드려서 죄송해요."

"아니, 뭐… 우리한테 죄송할 거까진 없는데. 정말 괜찮아요?"

"네, 괜찮아요."

아직 속이 조금 울렁거렸지만, 우진은 애써 미소를 지었다. 그러고는 눈을 가린 손을 약간 벌려 틈을 만들었다. 그리고 그 틈으로 노인들을 조심히 살폈다. 다행히 한 명씩 눈에 들어오자 아까처럼 구역질이 나지 않았다.

일단은 I.J 유니폼을 입은 사람이 있는지 살폈다. 없을 거라 생각한 대로 노인들 중에 유니폼을 입은 사람은 보이지 않았다. 우진은 다시 노인들의 손목을 살폈다. 시계를 만드는 사람들답게 전부 손목시계를 착용하고 있었다.

"아직 불편하면 다음에 얘기하는 게 좋을 거 같은데."

얼굴을 가리고 있는 우진의 모습에 노인들은 걱정스럽게 말했다. 하지만 일정상 내일 한국으로 돌아가야 했기에 우진은 어색하게 웃으며 고개를 저었다.

"정말 괜찮아요. 그보다 펜하고 종이 좀 부탁드려도 될까요?"

"괜찮을지 모르겠네. 바이에르, 바이에르!"

"바이에르는 아까 피터 데려오라고 보냈잖아."

"아!"

아벨은 고개를 끄덕이더니 직접 방에서 펜과 종이를 들고 와 우진에게 건넸다. 종이를 받아 든 우진은 눈을 가리고 있던 손을 내렸다. 그러고는 시야를 최소한으로 좁히기 위해 아벨에게 바짝 붙었다.

"왜 그러는지……."

"아! 손목 좀 보고 그려보려고요."

"지금 스케치하겠다는 건가요?"

"네. 잠시만 손목 좀 내밀어주세요. 손목을 보면서 그리는 게 나을 거 같아서요."

아벨은 의아해하면서도 유명한 디자이너의 스케치가 궁금했는지 손목을 내밀었다. 그러자 우진은 아벨의 손목만 보이도록 얼굴을 바짝 대고 펜을 잡았다.

'확실히 지금까지 봤던 시계들하고는 조금 다르구나.'

스위스에서 본 시계들 대부분이 보석이 박힌 케이스에 메탈로 만들어진 시계 줄이었는데, 아벨에게서 보이는 시계 줄은 가죽이었다. 게다가 보통 검은색을 사용하는 것과 달리 짙은 파랑으로 된 줄을 사용했다. 검은색 펜으로 그리고 있었기에 우진은 시계 줄 색깔을 글로 적은 뒤 계속해서 스케치를 이어 나갔다.

그런데 케이스와 시계 줄을 연결하는 러그가 있어야 하는데, 아무리 살펴도 러그가 보이지 않았다. 유심히 살피자 시계 줄이 케이스 안으로 파고든 것이 보였다. 러그가 아예 숨겨져 있는 것이었다. 그 덕분에 시계라는 느낌보다는 밴드라는 느낌이 강하게 들었다. 상당히 독특한 외관에, 우진은 혀를 내두

르며 시계를 그리기 시작했다.

정신없이 스케치한 덕분에 빠르게 완성되어 갔다. 거의 마무리할 때쯤 우진은 시계를 보며 씁쓸하게 웃었다. 자신이 만든 옷에는 항상 I.J 로고인 인피니티 무늬가 보였는데, 시계에는 그런 것이 전혀 없었다. 대신 케이스 안에 필기체로 된 아벨의 풀 네임이 적혀 있었다.

Abel Schneider.

우진은 이름을 끝으로 스케치를 마친 뒤 다시 손으로 눈을 가렸다.

스케치를 보여주려고 고개를 들자 자신을 보며 얼굴을 찡그리는 아벨이 보였다.

"언제 내 시계를 본 적이 있나요?"

"네?"

"원래 나를 알고 있었습니까?"

우진은 갑작스러운 질문에 약간 당황했고, 아벨은 우진의 스케치를 더 자세히 보기 위해 얼굴을 찡그렸다. 옆에 있던 노인들에게도 스케치를 보여주자 다들 갑자기 시끄럽게 떠들기 시작했다. 때론 자신을 바라보기도 했고, 자기들끼리 마구 웃기도 했다.

우진은 궁금했지만, 노인들의 대화가 끝날 때까지 기다렸다.

"어떻게 알고 그린 거지? 이 줄 색은 우리 집안 고유로 내려오는 시그니처인데."

"알고 그렸겠어? 그냥 색만 글씨로 적은 거잖아."

"모르고 어떻게 적어! 갑자기 수상해지는데?"

"푸하하. 지가 뭐나 되는 것처럼 얘기하네. 아벨, 이 영감탱이야! 네가 그 시계를 만들어서 팔아본 적 있어? 그리고 이 스케치가 네가 만든 시계들보다 훨씬 있어 보이는데. 하하하."

"저 노인네를! 그냥 말이 그렇다는 거지!"

"아무튼 저거 만들어서 나 하나만 줘봐. 우리 아들이나 하나 주게."

"네놈이 만들어서 주지, 왜 나한테!"

"이번에 아주 유명한 영화에 출연해서 선물로 주게!"

"그래 봤자, 엑스트라지."

친구와 얘기하던 아벨은 우진이 앞에 있다는 걸 깨닫고 붉어진 얼굴로 헛기침을 했다. 그러고는 머쓱한 얼굴로 사과를 한 뒤 다시 스케치를 봤다. 어떻게 집안 대대로 내려오는 시계 줄 패턴을 아는지 궁금했다.

"이 시계의 줄 색은 왜 이렇게 적은 겁니까?"

아벨의 질문에, 우진은 방금 전 소란이 특이한 색의 시계 줄 때문이라는 걸 알았다. 그저 눈에 보이는 대로 그렸는데 아벨이 중요하게 여길 줄은 몰랐다. 우진은 어떻게 대답해야 할까 난감해하며 이유를 찾기 위해 아벨을 천천히 살폈다. 그러자 눈을 가리고 있는 손 틈 사이로 아벨의 피부색이 들어왔다.

백인임에도 약간 불그스름한 팔뚝이 보였다. 시계와 굉장히 잘 어울리는 피부색이었다. 그 순간 우진은 예전 김 교수의 멜빵을 만들었을 때가 문득 떠올랐다.

"보색! 주황색의 보색! 진파랑!"

우진은 스스로 뭔가 알아냈다는 마음에 손가락을 튕기기까지 했다. 그러고는 곧장 아벨에게 설명했다.

"아벨 씨 피부색이 동양인처럼 약간 주황빛이시잖아요."

"그렇죠. 집안 대대로 약간 붉은 편입니다."

"아벨 씨 피부색하고 가장 어울리는 색이 짙은 파랑이거든요. 그래서 색대비로 파란색으로 그렸어요. 지금 아벨 씨하고 가장 어울리는 옷도, 잠시만요!"

우진은 손 틈 사이로 아벨을 살피며 옷까지 그리기 시작했다. 하얀 와이셔츠에 짙은 파랑의 조끼를 입은 모습이었다. 쌀쌀한 날씨에도 와이셔츠 소매를 두어 번 접어 올린 모습이었다.

외투가 보이지 않는 것이 특이했지만, 그 사람에게 가장 필요한 순간의 옷이 보이는 걸 알고 있기에 우진은 의심 없이 옷을 그려 나갔다.

"보세요. 하얀색은 보색이 따로 없어서 괜찮아요. 대신 조끼와 바지를 짙은 파랑으로 하면 아벨 씨하고 굉장히 잘 어울리죠?"

"허……"

아벨이 보기에도 굉장히 잘 어울렸다. 스케치를 보자 저 옷을 입고 진열대 앞에 서 있는 자신의 모습이 상상되기까지 했다. 그리고 왜 지금까지 자신이 만든 시계가 인기가 없었는지 알 것 같은 기분이었다.

집안 대대로 시계 만드는 일을 했지만, 케이스가 변해도 시계 줄은 항상 같았다. 그런데 자신이 보기에는 분명 잘 만들어졌음에도 불구하고 인기가 없었다. 진열된 시계를 볼 때는 예쁘다던 고객도 막상 착용해 보면 그냥 내려놓기 일쑤였다. 생각해 보니 그 사람들은 대부분 백인들이었다.

오래전 얘기지만, 바이에르 박물관에서 일했을 때는 조금 달랐다. 시계는 동양인들에게 유독 인기가 많았고, 다들 만족스러워했다.

자신의 피부와 약간 비슷한 살구색의 동양인들. 그저 자신의 디자인이 동양인 취향이라고 생각했는데 그게 아니었다. 그렇다고 대대로 내려오는 짙은 파랑의 시계 줄을 바꾸고 싶진 않았다.

게다가 지금 우진이 그린 시계 디자인도 굉장히 독특해 마음에 들었다. 러그를 없애니, 시계 케이스가 자연스레 돋보이는 저 디자인을 만들어보고 싶어졌다.

"그럼 내가 이 시계를 만든다면 그쪽 브랜드 로고는 어디에 새길 참인가요?"

"음……."

"앞에 여기, 내 이름이 적혀 있는 부분에? 아니면 이 뒷면이 좋을 것 같은데. 아예 음각으로 로고까지 새기면 되지 않을까요? 어떤가요?"

앞면에는 이름이 새겨져 있어서 바꾸고 싶지 않았다. 만약 로고를 넣는다고 하면 아벨의 말처럼 시계 뒷면에 새기는 게 가장 좋을 것 같았다. 문제는 아벨에게서 유니폼이 보이지 않는다는 것이다. 아벨에게 맡겼다가 나중에 유니폼을 입은 사람을 만나게 되면 후회할 것 같았다.

그때, 옆에 있던 노인들이 우진의 앞으로 바짝 다가왔다. 그러고는 독일어로 열심히 말했다. 우진이 알아듣지 못하자 직접 펜과 종이를 내밀고 손목까지 내밀었다. 그제야 이해한 우진은 가볍게 웃으며 펜을 들었다.

"괜히 유명하다고 한 게 아니었네. 이 인덱스하고 핸즈 봐. 칼 모양인가?"

"넥타이 같은데?"

다들 우진이 그리는 스케치에 얼굴을 들이밀고 있었다. 우진은 여러 명의 얼굴을 동시에 보면 또다시 구역질이 올라올 수도 있으니, 손목에 얼굴을 가까이했다.

그때, 아까 나갔던 바이에르가 젊은 남자를 데리고 들어왔다.

"할아버지!"

"뭐 이렇게 늦게 와!"

"피터 아저씨 병원에 환자가 있어서 늦었어요!"

"오, 피터. 어서 와!"

그러자 바이에르가 데려온 의사 피터가 활짝 웃으며 인사했다.

"일단 환자부터 보고 인사하죠. 환자는 어디에 있어요?"

"저기, 저기 젊은 동양인인데 지금은 괜찮다고 하더라고."

"그런가요? 그래도 온 김에 보고 가죠."

"그게 좋겠지? 잠시만 기다려. 이봐, 영감탱이들! 비켜! 의사 왔으니까!"

아벨이 노인들을 떼어놓자, 뒤에 있던 매튜가 앞으로 나왔다.

"누구십니까?"

"아까 부른 우리 마을의 의사입니다, 하하."

"스케치가 끝날 때까지만 잠시 기다려 주시죠."

때마침 우진이 스케치를 마쳤는지 손으로 눈을 가린 채 고개를 들었다.

"이야! 이거 내가 잘 만들 자신 있어! 이 굵은 크라운은 내 전문이야! 신기하네!"

"이따가 얘기하고 비켜봐."

우진은 갑자기 나타난 남자를 보며 고개를 갸웃거렸다. 그러자 아벨이 의사라고 소개해 줬다. 우진은 어색한 미소를 지었다.

"정말 괜찮은데."

"일단 여기까지 온 김에 보고 가요."

우진이 마지못해 고개를 끄덕이자 피터가 우진의 옆에 앉았다.

"어디가 불편하세요?"

"잠깐 어지러웠는데 지금은 괜찮아요."

실명한 눈으로 무언가를 보았고, 그것 때문에 멀미가 났다고 말하기는 곤란해 말을 얼버무렸다. 하지만 같이 있던 매튜의 생각은 달랐다.

"갑자기 구토하시고, 두통이 있으신지 계속 머리에 손을 올리고 계십니다."

"그래요? 어떻게 어지러워요? 빙빙 도는 느낌이에요, 아니면 붕 뜬 느낌이에요? 아직도 그런 상태세요?"

우진은 매튜를 힐끔 보고선 입을 열었다.

"약간 붕 뜬 느낌이라고 해야 하나……. 자세히는 모르겠어요."

"그렇군요. 구토까지 하는 걸 보면 빠른 시간 내에 큰 병원에 가서서 정밀검사를 해보시는 게 좋겠군요. 아무래도 어지럼증은 전정기관과 소뇌 기능의 균형이 깨지면 생기거든요."

"아, 네."

"잠시 눈 좀 살펴볼게요."

의사는 우진의 오른쪽 눈을 살핀 뒤 다시 입을 열었다.

"잠시, 손 좀 내려보시겠어요?"

"아, 이쪽은 괜찮아요."

"네? 어지러워서 그러세요?"

"아니요. 이쪽 눈은 어려서부터 안 보이는 상태라……."

이미 알고 있던 매튜는 아무렇지 않게 있었고, 아벨과 바이에르는 약간 놀랐다.

"그렇군요. 그래도 의안은 아니시죠? 잠시만 살피면 됩니다."

우진은 마지못해 손을 내렸고, 의사는 우진의 눈꺼풀을 크게 벌렸다. 한꺼번에 많은 사람들이 눈에 들어오자 또다시 세상이 빙빙 도는 느낌이 들었다.

동시에 많은 옷들이 보였는데, 그 사이로 그토록 찾던 유니폼이 보였다.

이 기회를 놓칠 수 없던 우진은 어지러운 와중에도 손가락으로 누군가를 가리켰다.

"유, 유니폼이다……."

"선생님! 선생님!"

"이봐요! 디자이너 선생!"

＊　　　＊　　　＊

웅성거리는 소리가 옆에서 들려 눈을 떠보니, 낯선 풍경이 눈에 들어왔다. 무슨 상황인지 몰라 우진이 눈만 껌벅이며 천장을 보고 있는데, 옆을 보니 언제 왔는지 세운이 매튜와 대화 중이었다.

"아까 그 사람 진짜 의사 맞아?"

"맞습니다."

"그런데 왜 안 일어나? 금방 깨어날 거라고 분명 그랬는데. 이거 큰 병원으로 가야 하는 거 아니야?"

우진은 세운의 말에 자신이 꽤 오랫동안 누워 있었다는 걸 알았다. 그러고는 걱정하는 두 사람을 향해 입을 뗐다.

"일어났어요."

"우진아!"

우진은 몸을 일으키다 말고 아까 있었던 일을 떠올렸다. 다른 때보다 심하게 어지러웠기에 다가오는 두 사람을 왼쪽 눈으로 조심히 살폈다. 다행히 둘뿐이어서 그런지 아까보다 어지럽진 않았다.

"괜찮아? 괜찮은 거야?"

"네. 괜찮아요."

"다들 얼마나 놀랐다고. 기다려 봐. 일어났다고 말해주고 올게."

우진은 나가려던 세운을 붙잡아 렌즈를 넣어놓은 가방도 가져다 달라고 부탁했다. 잠시 뒤 아델, 바이에르와 함께 I.J 직원들이 들어왔다. 우진은 한꺼번에 많은 사람들이 들어오자

덜컥 겁부터 났다. 또 어지러우면 어쩌나 싶던 우진은 왼쪽 눈을 감은 채로 어색한 미소를 보였다.

"걱정을 끼쳐서 죄송해요."

"선생님······."

"괜찮은 게냐?"

다들 걱정스러운 얼굴로 우진에게 다가왔다. 우진은 일단 세운에게 가방을 건네받은 뒤, 렌즈부터 착용했다. 한결 마음이 편해진 우진은 고개를 끄덕거렸다.

"한국에 가면 병원부터 가자꾸나."

장 노인의 말에 우진은 마지못해 고개를 끄덕였다. 그때 함께 들어온 아벨이 고개를 내밀었다.

"놀랐네. 휴, 오늘은 늦었으니까 여기서 자고 가요."

"아니에요. 가야죠. 그것보다 바이에르 씨는 어디 있어요?"

"저, 여기 있어요!"

우진은 바이에르를 말없이 물끄러미 봤다. 그러자 다들 의아한 얼굴로 우진과 바이에르를 번갈아 봤고, 바이에르 역시 이유를 모르는 얼굴로 당황스러워했다.

"왜 그러세요······?"

"아! 미안해요. 그런데 바이에르 씨도 시계를 만들 줄 아시나요?"

"네? 전 배우고 있기는 한데······."

그러자 아벨이 바이에르의 어깨에 손을 올리고선 웃었다.

"아직 어디 내놓을 수준은 아니죠. 하하, 이제 막 배우는 중인데."

우진은 바이에르를 물끄러미 쳐다봤다. 그러고는 다짜고짜 질문했다.

"잘하시는 거, 뭐 있어요?"

"네?"

갑작스러운 질문에 바이에르는 당황했지만, 세운과 매튜는 바로 알아차렸다. 지금껏 같이 일하면서 누군가를 영입할 때마다 저 질문을 하는 우진을 몇 번이나 봤다. 여태껏 저 질문을 받은 사람치고 도움이 안 된 사람은 없었기에 두 사람 역시 바이에르를 뚫어지게 살폈다.

"잘하는 게……."

"하하, 바이에르가 공부는 잘하죠. 취리히연방공과대학교 졸업했는데. 하하."

유니폼을 입고 있는 이상 공부하고는 관련이 없을 것 같았다. 지금껏 그랬듯이 본인도 모르고 있을 거라 생각한 우진은 가볍게 미소 지었다.

직접 옆에서 보면서 알아내는 방법밖에 없었다. 우진은 생각을 정리했는지 매튜를 보며 입을 열었다.

"매튜 씨, 비행기 티켓 연기 가능해요?"

매튜는 스케줄을 확인하고 나서야 입을 열었다.

"쇼 관리 팀이 일정을 소화할 수 있으면 가능합니다. 연락해 보고 변경할까요?"

우진은 혼자만 남아 있겠다고 말하려 했지만, 누워 있는 자신을 걱정하는 I.J 식구들의 눈빛에 말을 꺼내지 못했다.

*   *   *

다음 날.

이날 돌아갈 줄 알았던 I.J 식구들은 가족들에게 연락해 일정이 늦어진다고 알렸다. 우진은 바이에르에 대해 생각해야 했기에 각자 여행하길 권했지만, 어제 우진이 쓰러진 걸 아는 직원들은 선뜻 관광하러 나가지 못했다.

바이에르가 사는 마을은 상당히 작아서 구경거리가 없었지만, 결국 다들 우진을 따라나섰다.

"취리히연방공과대학을 다녔다고 그랬어요? 여기 엄청 유명한 대학인데요?"

"그래요?"

"네, 세계에서 손꼽히는 대학이래요. 그 아인슈타인도 거기 나왔대요!"

바이에르가 졸업한 학교가 세계에서 내로라하는 수재들이 다니는 학교라는 말을 듣고 더욱 의문이 생겼다. 아무리 생각해도 그런 똑똑한 사람보다는 옷이나 시계를 잘 만드는 사람이 더 필요했다.

그러는 사이 익숙한 풍경이 보이기 시작했다. 온종일 바이에르와 붙어 있을 생각이었던 우진은 I.J 직원들에게 마을을 구경하라고 했다.

마을이 작다 보니 언제든 돌아올 수 있다는 생각에 다들 동의하고 흩어졌고, 우진은 혼자서 어제 갔던 아벨의 시계 가게로 향했다.

시계 가게로 들어가려 할 때, 마침 바이에르가 나왔다.

"어! 마침 잘 오셨어요! 안 그래도 할아버지들이 언제 오느냐고 계속 물어봤거든요!"

"저를요?"

"네! 다들 기다리세요. 저희 할아버지도 그렇고, 어제 스케치를 못 받으신 분들도 그렇고요. 오신 김에 가보실래요? 아… 몸은 좀 괜찮으세요?"

"괜찮아요. 어디로 가야 해요?"

어차피 바이에르와 붙어 있을 생각이었던 우진은 웃으며 따라나섰다. 첫 번째 장소는 얼마 떨어지지 않은 가게였다. 아벨의 가게보단 진열된 시계가 많았지만, 시계 가게라고 하기에는 역시 휑한 느낌이었다.

"파비오 할아버지, 저 왔어요."

"어! 디자이너 선생 오셨네!"

"참! 나도 있는데!"

우진은 마을 사람들 전체와 친해 보이는 바이에르의 모습에 웃음이 나왔다. 보면 볼수록 첫인상과 차이가 있었다. 우진은 자신을 반기는 다른 노인들에게도 인사했다.

"자! 자, 여기 손목!"

다짜고짜 손목을 내미는 노인들의 행동에 우진은 피식 웃은 뒤 가방을 열었다. 그러고는 렌즈를 빼고선 챙겨 온 단안경을 착용했다.

"오! 있어 보입니다! 저도 돋보기로 하나 있습니다. 하하."

돋보기는 아니지만, 언제든지 눈을 가릴 수 있는 단안경을 챙겨온 우진이었다.

우진은 곧바로 스케치를 시작했다. 어제 바이에르에게 들었던 대로 노인들에게선 저마다 다른 느낌의 시계가 보였다.

이번 노인 역시 굉장히 독특했다. 50원짜리 동전만 한 케이스였는데 하나가 아니라 세 개였다.

3개의 케이스는 각각 시, 분, 침을 따로 담고 있었다. 굉장히 효용성이 없어 보였지만, 장식용으로는 상당히 훌륭했다. 흡사 팔찌 같은 느낌이었다.

우진이 스케치를 이어나가자 파비오란 노인은 감탄사를 뱉었다.

"한 케이스에 담았던 걸 완전 개별 분리해서 따로 내놓는 방법도 있었구먼."

"완전 예쁜데요? 여자들이 좋아할 거 같아요."

"만들어보고 싶어지네! 개별이라서 무브먼트도 간단하게 3개

들어가니까 무리도 없을 거 같고!"

우진이 보기에도 여자들에게 인기가 많을 것으로 보였다.

고급스러워 보이는 장식용 손목시계.

그렇다고 시계 기능이 없는 것도 아니었기에 만들어서 판다면 꽤 잘 팔릴 것 같았다. 우진이 펜을 내려놓자 파비오가 우진의 손을 덥석 잡았다.

"내가 이걸 만들어봐도 됩니까? 디자이너 선생이 디자인했다는 걸 밝히고 만들겠습니다!"

노인을 보고 그린 것이지만, 디자인 자체는 자신에게서 나온 것이기에 쉽게 대답할 수 없었다.

지금까지는 디자인만 넘긴 경우도 많았기에, 이번에도 노인이 만들어서 판매하는 것 자체는 걱정되지 않았다. 다만 노인은 자신과 아무런 연관도 없었기에 만약에 불량이 나오면 노인보다 유명한 자신이 덤터기를 쓸 수도 있을 것 같았다.

"일단 생각해 볼게요."

"잘 좀 생각해 주시오! 꼭 만들어보고 싶습니다!"

노인은 가게 밖까지 나와 배웅을 하며 잘 부탁한다고 말했다. 우진도 오늘 밤 돌아가면 매튜, 장 노인과 상의부터 해보는 게 낫겠다 생각하며 걸음을 옮겼다.

그 뒤로 들르는 가게마다 전부 같은 반응이었다. 스케치하느라 상당히 오랜 시간을 보낸 우진은 바이에르와의 대화가 적어 약간 초조했다. 이유를 알아야 같이 일해보지 않겠냐고 제안을 할 텐데, 지금까지는 아무것도 발견할 수 없었다.

"선생님, 정말 대단하세요. 할아버지들이 저런 분들이 아니신데."

"대단하긴요."

"진짜 대단하신 거예요! 지금까지 이런 적은 단 한 번도 없었어요. 그런데 그 안경은 원래 계속 끼고 다니시는 거예요?"

우진이 웃음으로 대답을 대신하자, 바이에르도 더 이상 묻지 않았다.

그때, 마을을 구경 중이던 매튜에게서 연락이 왔다.

―선생님, 괜찮으십니까?

"네? 괜찮은데. 무슨 일 있으세요?"

―아닙니다. 식사는 어떻게 하실 건지 물어보려고 전화한 겁니다. 이곳에 마땅한 식당이 없어서 어제 갔던 식당으로 가려고 합니다.

우진은 전화기를 잠시 떼고 옆에 있는 바이에르에게 물었다.

"밥 같이 먹을래요?"

"아! 어제 같이 오셨던 분들이세요?"

"네, 지금은 마을을 구경하고 계시는데, 이제 점심을 드신다고 해서요."

그러자 바이에르가 반기는 얼굴로 입을 열었다.

"점심은 저희 집에서 드세요! 어머니도 다들 오시라고 하셨어요."

"괜찮아요. 이따가 먹으면 돼요."

"어차피 마을이 작아서 식당도 없어요. 그냥 오세요. 뢰스티 좋아하세요? 감자 요리인데, 오늘 어머니가 쉬는 날이라 점심에 그거 준비하신다고 하셨거든요."

우진은 뭔지 잘 모르겠지만, 일단 매튜에게 그대로 전했다. 그러자 매튜가 일행과 얘기를 하더니 곧 그쪽으로 간다고 하고는 전화를 끊었다.

"어제부터 너무 폐를 끼치는 거 같아서 미안하네요."

"아니에요. 하하, 외지인이 마을에 오는 건 오랜만이라 다들 즐거워하세요."

바이에르가 자신이 사는 마을을 상당히 아끼고 있다는 것이 느껴졌다. 마을 사람들을 대할 때나 마을 얘기를 할 때면 밝은 얼굴로 말하는 통에, 듣는 사람까지 기분이 좋아지게 만들었다.

어느덧 다시 아벨의 가게로 돌아오자, 먼저 와서 기다리고 있는 IJ 식구들이 보였다. 바이에르는 일일이 인사를 하고선 모두를 이끌고 집 안으로 들어갔다. 마당에까지 음식 냄새가 가득했고, 창 안으로 분주히 움직이는 사람이 보였다.

"엄마, 손님 왔어요."

어제 들었던 대로 동양인 여성이 나와 공손하게 인사하며 집 안으로 안내했다. 왠지 남의 가족 식사를 방해하는 느낌에 우진과 일행은 멋쩍어하며 거실에 앉았다. 잠시 뒤, 바이에르의 아버지와 아벨이 나와서 환한 미소로 우진 일행을 반겼다.

"하하, 영감들이 아주 어제부터 얼마나 걱정했는지 모릅니다."

"안 그래도 좀 전에 다 뵙고 왔어요."

"하하. 참, 이쪽은 제 아들입니다. 여기서 조금 떨어진 곳에서 무브먼트 부품을 제작하고 있죠."

아벨과 비슷한 피부색의 남자가 우진을 반겼다. 아벨이나 바이에르와 달리 영어를 하지 못해 전부 아벨이 통역을 해줘야 했다.

"일단 식사부터 하시죠."

I.J 식구들 수가 많다 보니 식탁이 꽉 찼다. 그리고 우진은 홍단아의 새로운 면을 보았다. 일본어가 가능했는지 바이에르의 어머니와 알아듣지 못하는 얘기를 하고 있었다.

세운은 바이에르 아버지와 독일어로 대화를 했다. 그러다 보니 분위기가 조금씩 풀리기 시작했다.

어느덧 식사를 마칠 무렵, 아벨이 우진을 보며 어색한 미소를 보였다. 우진은 그가 무슨 말을 할지 어느 정도 예상했다.

"어제 그려주신 시계를 만들어보고 싶은데 가능하겠습니까?"

마을 노인들과 함께 얘기했는지 전부 비슷한 내용이었다. 디자이너인 우진의 이름을 밝히고 만들어서 판매하고 싶다는 말이었다. 마침 매튜도 함께 있었기에 우진은 간략하게 설명했다. 그러자 매튜가 곤란한 듯 입을 다물었고, 우진은 장 노인에게도 상황을 설명했다. 그러자 장 노인이 껄껄 웃었다.

"네 유명세에 얹혀가고 싶다는 게고만. 내 생각에는 전처럼 계약만 확실히 한다면 손해 보는 일은 아닌 거 같은데, 혹시 모르니까 매튜 말도 들어보거라."

마침 생각을 마쳤는지 매튜가 입을 열었다.

"아무래도 당장은 불가능해 보입니다. 지금까지는 우리가 주도할 수 있어서 잘못된 것을 바로바로 지적하고 고쳐 나갈 수 있었지만, 이건 완전히 다른 문제입니다. 믿고 맡긴다고 해도 우리가 시계에 대해서 아는 게 너무 없습니다. 거리도 한국하고는 굉장히 멀고요."

매튜는 아벨이 앞에 있음에도 개의치 않고 말을 뱉었다. 그러자 아벨의 표정이 굳었다.

우진도 당연하다 생각했다. 하지만 언뜻 들으면 실력을 의심하는 말처럼 들렸을 수도 있었다.

*   *   *

매튜가 아직 끝나지 않았는지 말을 이었다.

"이곳에서 제작한다고 해도 판매하기도 쉽지 않은 환경이죠. 어제오늘 이곳에 있으면서 보니, 외지인이라고는 저희가 전부였습니다. 시장으로서는 0점짜리죠. 반호프 거리는 아니더라도 최소한 유동 인구가 있는 시내로는 나가야 할 텐데, 스위스 물가로 반호프 거리에서도 가장 외곽이 8,000프랑 정도 합니다. 한국 돈으로 한 900만 원 할 겁니다. 어제 보셨던 제프 우드 건물은 3만 프랑입니다. 매장을 개점한다고 해도 팔린다는 보장이 없는데, 저분들도 모험이나 다름없습니다."

화를 내려던 아벨도 매튜의 이어진 말에 입을 다물었다. 전부 사실이었다. 가만히 듣던 우진도 역시 무리라는 생각이 들었다.

살인적인 물가 때문에 처음부터 매장 판매는 곤란해 보였다. 게다가 매장을 내놓는다고 하더라도 문제가 있었다. 자선 사업이 아닌 이상 이익을 봐야 했고, 그러려면 시계 가격을 비싸게 책정해야 했다. 하지만 문제는, 시계를 오랫동안 제작한 장인들이라고는 하나 유명하지 않다는 점이었다.

그렇다고 한국으로 데려가기도 애매했다. 만약 한국에 간다면 옆에서 의견을 나누기는 편하겠지만, 다들 간다는 보장이 없었다. 열한 명 모두를 데려갈 수도 없었고, 그렇다고 누구 하나를 선택하기도 어려웠다.

그때 누군가가 큰 소리를 내며 마당으로 들어왔다.

"아벨! 그 디자이너 선생 아직 있나!"

어제 봤었던 노인이 소리쳐 가며 집 안으로 들어왔다. 그러다 식사 중이던 우진을 발견하고는 활짝 웃었다.

"도미닉, 무슨 일이야?"

"하하, 디자이너 선생한테 보여줄 게 있어서 찾아왔지."

우진이 가볍게 인사를 하자 도미닉이 씨익 웃더니 상자를 내밀었다. 딱 봐도 시계가 든 상자였다. 상자를 연 우진은 내심 놀라며 시계를 꺼내 들었다.

어제 그린 스케치를 참고해서 만든 것 같은 시계가 들어 있었다. 스케치는 직사각형 시계였는데, 노인이 만든 시계는 라운드형의 시계였다.

케이스 내부는 검은 바탕이었고, 거기에 넥타이 모양의 하얀 시계 침이 움직이고 있었다. 우진이 가만히 시계를 들여다보는 동안 도미닉이라는 노인은 마구 웃으며 뭐라고 말했고, 아벨이 씁쓸한 얼굴로 우진에게 전달했다.

"이 친구도 비슷한 말을 하네요… 후."

우진 역시 난감했다. 스케치와 조금 다르긴 하지만, 하루 만에 시계를 만들어 올 줄은 생각도 못 했다. 외관상으로만 보면 아무런 문제가 없어 보였다.

"하루 만에 만드신 거예요?"

"안에 시계 침만 만들었고 그 외 다른 부품들은 만들 시간은 없어서 원래 가지고 있던 부품들로 만들었다고 하네요."

그렇다고 해도 대단해 보였다. 부품만 있다면 하루 만에 완성할 수 있다는 말이었다. 그러다 보니 점점 관심이 갔다.

"그런데 수제 시계라면 부품도 전부 직접 만드시는 거 아니에요?"

"맞습니다. 이 마을 전체에서 만들어지죠."

"그럼 부품까지 직접 만드시면 기간은 얼마나 걸려요?"

"그것도 하루면 되죠."

기계 설비가 있는 것도 아닌데 하루 만에 가능하다는 말이 믿어지지 않았다. 자신을 속이려는 건 아닐까 생각했는데 금방 들통날 거짓말을 하진 않았을 것 같았다.

"다만… 지금은 조금 걸립니다."

"얼마나요?"

"꽤… 걸립니다."

그러자 옆에 있던 바이에르가 대화에 끼어들었다.

"시계의 심장이 무브먼트인데, 무브먼트 부품을 만드시는 분이 돌아가셨어요. 그래서 다른 데서 공수해 와야 하는데… 사실 그게 쉽지 않거든요. 워낙 중요 부품에다 대량 주문도 아니고 소량으로 주문해야 하니. 이미 그 공장들도 대부분 거래하는 업체들이 있고요. 가격도 엄청 비싸게 부르고……. 그래서 저희 아버지가 만들고 있긴 한데, 막히는 부분이 많거든요. 그것만 해결하면 정말 하루 만에 만드실 수 있으세요."

"그럼 다른 부품은 전부 직접 작업하시는 거고요?"

"네! 조립까지 전부 각자 하세요. 각자 가게마다 가지고 있는 기계도 달라서, 돌아다니시면서 부품들을 직접 만드시거든요. 저희 할아버지 가게는 케이스를 만들 수 있어요. 저기 공방에 CNC하고 프레스도 있고, 시계 선반도 있거든요. 다른 건 다른 할아버지들 가게에 가서 만드시고요."

마을 전체가 하나의 공장이나 다름없었다. 서로 친분이 두터워 보이는 이유도 거기에 있을 것 같았다. 우진은 결과물을 보니 다른 스케치들은 어떻게 나올지 궁금해졌다.

"혹시 제가 스케치해 드린 그대로 만들어주실 수 있을까요? 열한 분 모두."

"무브먼트 부품을 구하려면 꽤 오래 걸릴 텐데……."

우진은 잠시 고민을 하더니 입을 열었다.

"혹시 구해야 하는 부품이란 것들이 뭔지 알 수 있을까요?"

"그건 어렵지 않은데… 잠시만요."

바이에르는 종이와 펜을 가져오더니 가게 이름을 주욱 나열했다. 그러고는 각 가게의 이름마다 필요한 부품들을 적어나갔다. 뭘 보며 적는 것도 아닌데 굉장히 빠른 속도였다.

"이것들이거든요. 좀 많죠?"

"이걸 다 알고 계신 거예요?"

"제가 주문하는 경우가 많아서요. 다들 필요한 거 있으시면 저한테 부탁하시거든요, 하하."

우진은 피식 웃던 웃음을 멈췄다. 그러고는 바이에르를 가만히 살폈다. 왠지 유니폼이 보인 이유를 알 것 같았다.

*　　　　*　　　　*

다음 날. 바이에르는 장갑을 낀 채 박스 안을 조심스럽게 살폈다. 그리고 우진은 가게 밖에서 그 모습을 보며 통화 중이었다.

"선생님, 감사합니다. 괜히 이런 부탁을 드려서 죄송해요."

—허허, 아닙니다. 그나저나 한국에 언제 오십니까?

"조만간 갈 거 같아요."

—그럼 자세한 얘기는 그때 뵙고 하죠. 허허.

어제 얘기를 듣고, 우진은 데이비드에게 연락했다. 데이비드는 어렵지 않게 부품을 구해주겠다고 했고, Ciel을 통해 하루 만에 부품을 보냈다.

우진은 왠지 빚을 지는 것 같아 꺼림칙하긴 했지만, 그래도 I.J 식구를 늘릴 수 있다는 것에 만족했다. 통화를 마친 뒤 가게로 들어가자 바이에르가 빙그레 웃으며 말했다.

"대단하세요! 어떻게 하루 만에 다 구해요? 최소 몇 주는 걸릴 건데!"

그가 Ciel을 달가워하지 않는 걸 아는 우진은 대답 대신 웃어넘겼다.

"어어! 만지시면 안 돼요! 이게 티타늄 합금이긴 해도 얇아서 잘못하면 구겨질 수 있거든요."

부품들을 만져보려던 우진은 웃으며 손을 물렸다. 바이에르는 그저 부품이 생겼다는 것이 기쁜지 미소가 가득한 얼굴로 부품을 가게별로 정리했다.

"잠시 계세요. 아! 공방 구경하실래요?"

바이에르는 우진을 마당 옆에 붙은 공방으로 안내한 뒤 나갔다. 공방에는 주인인 아벨 대신 또 다른 노인 두 사람이 작업 중이었다.

"오, 디자이너 선생. 뭐 이런 곳까지 왔나?"

"그냥 구경 왔어요. 저는 신경 쓰지 마시고 작업하세요."

노인들은 우진을 힐끔 보더니 작업을 이어나갔다. 서울에 있는 성훈의 작업실에도 자주 들렀기에 기계에서 나는 특유의 냄새가 익숙했다. 우진은 구석에 앉아 노인들을 봤다. 작업복을 입은 노인들은 작업이 익숙한지 아무런 대화도 없이 작업에 열중했다.

무브먼트의 덮개를 만든다고 들었는데, 만드는 시간보다 확인하는 시간이 더 오래 걸렸다. 덮개 부분마다 두께도 재고, 수평도 확인하고. 대부분이 검사하는 시간이었다. 이후에도 끝없이 작업이 시작되었다.

그동안 노인들은 계속 우진을 힐끔거렸다. 우진은 아무래도 노인들이 자신을 신경 쓰는 것 같아, 자리를 피해주는 편이 좋을 것 같았다.

마당을 나와 바이에르를 기다릴 때, 다른 가게에서 작업하고 온 아벨이 들어왔다. 그런데 혼자가 아니었다. 마을에 있던 IJ 식구들을 만났는지 전부 데리고 왔다.

"오! 마침 여기 있었군요. 하하, 식사하셔야죠!"

I.J 식구들의 어색한 얼굴을 보니 아벨이 반강제로 끌고 온 것 같았다. 매번 폐를 끼치는 것 같아 나가서 먹으려 했던 우진도 어쩔 수 없다는 듯 고개를 끄덕였다.

그때 가게 문이 부서지는 듯한 소리가 들렸다.

쾅!

"바이에르! 천천히 다녀야지!"

"아! 큰일 났어요."

"왜, 무슨 일이야!"

"파비오 할아버지한테 부품을 드렸는데 떨어뜨리셨어요. 게다가 찾다가 밟으셨어요…… 제가 보관함에 넣는 것까지 해드렸어야 하는데…… 죄송해요."

우진이 스케치한 것들 중에서도 꽤 예쁜 디자인이었기에 내심 기대하고 있던 시계였다. 50원짜리 동전 3개의 케이스로 된 시계였다.

"그래서 뭐가 찌그러진 건데?"

"레버 스프링하고, 밸런스 휠하고… 이스케이프먼트요……."

바이에르는 찌그러진 부품을 가져왔다. 부품을 공수해 준 우진에게 미안했는지 눈도 마주치지 못했다. 그런 모습을 보며 우진은 또다시 데이비드에게 부탁해야 하나 고민했다.

갑자기 이상해진 분위기에 밥을 먹으러 왔던 I.J 직원들은 조용히 속삭였다.

"밥 얻어먹을 분위기가 아닌 거 같은데…… 세운 형님, 갑자기 왜 저래요?"

"잘 모르겠어. 얼핏 들어보니 시계 부품이 고장 났다는 거 같은데?"

"그래요? 대체 뭐가 고장 났길래."

성훈은 고개를 내밀며 알아듣지도 못하는 대화를 엿들었다.

"뭐야, 이스케이프먼트 같은데? 저거 단단한 거로 만들어서 웬만하면 안 찌그러질 텐데. 밟았나?"

혼자 중얼거리는 성훈의 말소리가 우진의 귀에 들렸다. 우진은 천천히 고개를 돌려 성훈을 바라봤다. 대수롭지 않게 말하던 성훈은 그새 일행과 식사에 대해 말했다.

"우진아, 나가서 밥 먹어야겠지?"

"삼촌."

"응?"

"잠시만요. 이리 와보세요."

우진은 성훈을 데리고 와서 바이에르의 손에 올라가 있는 부품을 들어 올렸다. 그러고는 성훈에게 내밀었다.

"삼촌, 이거 만드실 수 있으세요?"

"만들 수야 있지."

"그럼 만들어주세요!"

"여기서? 여기선 안 돼. 기계들이 전부 한국에 있는데. 선반은 하도 안 써서 창고에 박혀 있어."

성훈이 예전에 시계 부품을 만들었다는 얘기가 생각나 혹시 싶어 물어보니, 가능하다고 했다. 뭔가 하나씩 채워지는 느낌이었다. 그때, 바이에르의 목소리가 들렸다.

"이건 왜……."

바이에르는 우진이 갑자기 뺏어 들다시피 부품을 들고 나가 버리자 적잖이 당황했다. 그러다 우진의 일행 중 성훈이라는 사람이 부품을 이리저리 살펴보며 고개를 끄덕이는 게 보였다.

"혹시 이거 만드실 수 있으시대요? 이거 만들기 어려운 건데?"

"아, 만들 수는 있는데 기계들이 서울에 있어서 지금은 힘들다네요."

"기계요? 어떤 기계 말씀하시는지……. 시계 종합 선반은 있는데, 그런 거 말씀하시는 거예요?"

우진이 그 얘기 그대로 성훈에게 전하자 성훈이 고개를 끄덕거렸다. 우진이 전달하기도 전에 눈치로 알아챈 바이에르는 활짝 웃었다.

"있어요! 돌아가신 분이 기증하고 가신 거 있어요! 오래되긴 했는데… 한번 가보실래요?"

*　　　*　　　*

안내받은 곳은 바이에르의 아버지가 있는 곳이었다. 성훈은 곧바로 컴퓨터 앞에 앉더니 혼자 무언가를 찾기 시작했다. 그러고는 설계도까지 받아 들더니 컴퓨터 화면과 설계도를 비교했다.

"이거 전부 손으로 깎은 게 아니네. 머시닝센터로 크게 깎은 다음에 톱니 모양만 손으로 깎았네. 그런데 이거 누가 적었대? 완전 엉성해. 코드 순서가 엉망이라 중간에 멈출 텐데."

우진이 바이에르에게 그대로 전하자 바이에르가 맞다는 듯 고개를 끄덕거렸다.

"그거 바이에르 씨가 혼자 해본 거래요."

"배웠대? G코드 넣는 게 너무 뒤죽박죽인데."

"배운 건 아니고 그냥 책 보고 했대요."

"헐. 뭐 간단한 건 가능해도 이건 힘들 텐데?"

성훈은 성훈 나름대로 놀랐는지 바이에르를 보며 혀를 내둘렀다. 그러고는 손수 틀린 부분을 고치더니 기계를 정비했다. 그러자 걱정이 되는지 바이에르가 우진에게 속삭였고, 우진은 얘기를 그대로 전했다.

"오래된 기계라는데 괜찮을까요?"

"이게? 내 거보다… 좋은데……. 그나저나 이 다이아 공구는 하나 가져가고 싶다. 하하."

숍에 있는 기계가 더 오래됐다는 말에 우진은 어이가 없어

웃음이 나왔다. 성훈은 시범 가동까지 해본 뒤에야 재료를 기계 안에 넣더니 문을 닫고선 버튼을 눌렀다.

"8분 정도 걸릴 거야."

기계가 저절로 공구 등을 교체해 가며 작업을 하는 소리가 들렸다. 잠시 뒤, 성훈이 말한 시간이 지나자 작업이 끝났다. 성훈은 기계 문을 열더니 고정시켰던 재료를 빼고 바이에르에게 내밀었다.

"커팅하고 마감 처리는 할 수 있죠?"

그러자 바이에르가 알아듣지도 못하면서 고개를 끄덕거렸다. 어느새 함께 구경 온 노인들도 성훈에게 악수를 청했다.

제3장

한국으로

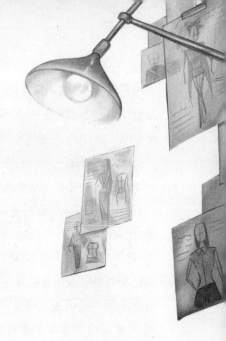

이틀 뒤.

우진은 앞에 놓인 시계를 하나씩 들여다봤다. 총 8개의 시계였고, 스케치한 그대로였다. 부품만 있으면 하루 만에 가능하다고 했던 노인들의 말과 다르게 아직 완성이 덜 됐다. 그런데도 우진은 미소를 지은 채 시계를 살폈다.

그때, 아벨의 집 마당에서 대화하던 사람들이 들어왔다.

"안 된다니까요!"

"하하, 그러지 말고 이 마을에서 같이 살지."

"하아, 성훈이한테는 왜 안 그러시면서 저한테만 그러세요."

"그 사람은 가족이 있다고 했으니까. 하하."

세운과 아벨, 그리고 아직 시계를 완성하지 못한 두 명의 노인이었다. 노인들은 세운에게 농담을 건네며 집 안으로 들어왔다. 그러고는 우진에게 박스를 내밀었다.

"고생하셨어요."

"하하, 저 사람이 고생했죠."

시계 줄을 가죽으로 사용하는 만큼 타 지역에서 공수를 해왔다. 하지만 그 가죽들이 세운의 눈에 찰 리가 없었다. 세운은 결국 다 뜯어 직접 디자인대로 시계 줄을 완성했다. 처음에는 반대하던 노인들도 우진이 믿어보라는 말에 마지못해 맡겼는데, 자신들이 보기에도 지금까지와는 확연히 다른 퀄리티의 시계 줄에 굉장히 만족해했다.

그 결과물은 보는 우진도 상당히 만족스러웠다. 각자 개성이 담긴 열한 개의 시계를 탁자 위에 죽 나열해 놓고 감상했다. 함께 있던 바이에르는 우진의 평가가 어떨지 조마조마해 계속 손가락을 꼼지락거렸다.

"선생님, 어떠세요?"

"좋아요. 다 아름답네요. 전부 기계식인 거죠?"

"네! 저희 마을은 전부 오토매틱 기계식이에요! 시계 밴드는 일단 할아버지들 손목에 맞춰서 만들긴 했는데, 나중에는 고객에 맞춰서 길이를 조절하면 돼요."

우진이 씨익 웃으며 고개를 끄덕이자 바이에르가 다시 우진을 살피며 물었다.

"그럼 선생님 디자인을 할아버지들이 사용하도록 허락하시는 건가요······?"

우진이 대답하려 고개를 들자 노인들의 기대하는 얼굴이 보였다. 우진은 머쓱하게 웃고는 말을 뱉었다.

"그냥 사용하시게 할 순 없어요."

"아··· 어디 마음에 안 드는 부분이라도······."

"그런 건 아니고요."

우진은 매튜와 장 노인을 봤다. 두 사람은 우진에게 이미 얘기를 들어 고개를 끄덕이고 있었다.

"단, 제가 드리는 디자인을 I.J 이름으로 판매하신다면 언제든지 만드셔도 돼요."

"······."

노인들의 반발이 있을 거라고 생각했는데, 다들 어째서인지 아무런 반응도 보이지 않았다. 우진은 생각과 다른 반응에 의아해하며 말을 이었다.

"나머지는 원래대로 판매하셔도 되고요. 그리고 제가 주문을 받으면 열한 분 중 누가 될지는 모르겠지만, 최대한 잘 만드실 것 같은 분께 부탁을 드릴 거예요. 그걸 만들어서 보내주시면 돼요."

"······."

"싫으세요?"

우진은 노인들을 살폈다. 바이에르에게 전해 들은 노인들이 미소 짓는 것이 보였다. 그러더니 가장 앞에 앉아 있던 아벨이 자신의 시계를 가져갔다.

우진이 제안을 거절하는 건가 당황해 바라보자, 아벨이 박스에서 시계를 뺐다. 그러고는 우진에게 내밀었다.

"케이스 뒷면을 한번 보시죠."

우진이 시계를 뒤집었다. 그러자 금속으로 된 시계 뒷면에 익숙한 로고가 보였다.

사각형 속에 사각형, 그리고 두 개의 사각형 틈을 채운 인피니티 무늬.

I.J 로고였다.

"염치없지만 처음에는 아제슬처럼 I.J 이름으로 판매할 생각으로 만들고 싶다고 한 겁니다. 하지만 저기 저분이 저번에 한 말을 듣고 나니 저희 욕심만 부린 거 같더군요."

아벨이 가리킨 사람은 식사 자리에서 대놓고 말했던 매튜였다.

"그래서 저희끼리 모여서 얘기를 해봤습니다. 아무리 생각해도 저희가 판매하기에는 적당하지 않다는 결론이 나왔죠. 그러니 너무 무리하실 필요는 없습니다. 다만 언제든지 스케치를 보내주신다면 성심성의껏 만들어 드리겠습니다. 참, 그 시계들은 저희의 선물입니다. 하하."

노인들은 아벨이 무슨 말을 하는지 이미 알고 있는지, 전부 따뜻한 미소를 지으며 알아듣지 못하는 말을 뱉었다.

"재밌었소! 하하."

"오래간만에 즐거웠지."

시계 뒷면의 로고를 쓰다듬던 우진은 어색한 미소를 짓더니 말을 이었다.

"아직 말을 다 안 했는데……."

우진은 시계를 내려놓고는 말을 이었다.

"스위스에 I.J 매장을 구할 생각이거든요. 아, 옷은 판매 안하고 시계만 판매하는 매장이에요. 거기서 제 디자인대로 만든 시계만 판매할 예정이에요. 그리고 온라인으로 주문도 받을 예정이고요."

"……."

"그리고 제품명은 전부 I.J가 아니에요. 시계 만드시면서 이름 새기셨죠? 여기 보시면 아벨 슈나이더라고. 그게 제품명이 될 거예요. 이 시계가 1호니까 'I.J 아벨 슈나이더 No.1'이 되겠죠? 다른 어르신들도 마찬가지고요. 총 11종류의 제품이 되죠."

통역해 줘야 할 바이에르조차 아무런 말도 하지 않고 우진의 얘기에 빠져들었다.

"저희가 가격에 대해서 생각을 해봤는데, 이게 사실 가장 중요한 문제거든요. 아무래도 매장에서 판매하는 가격은 3,000프랑을 기준으로 두려고 해요. 기계식치고는 조금 싼 편이죠? 일단 보석이 없어서 좀 싼 가격으로 책정할 수 있었어요. 그렇다고 품질이 떨어져서는 안 되고요. 너무 비싸면 고객들이 옷을 주문할 때 시계 가격만 듣고는 아예 주문을 안 하실 수도 있거든요."

영어를 알아듣지 못해 답답해하던 노인들은 결국 바이에르를 닦달해 얘기를 들었고, 다들 생각이 많아지는지 쉽게 입을 열지 못했다. 그 모습을 본 매튜가 준비한 서류를 꺼내더니 우진에게 건넸다.

"이게 저희 계약서인데요, 영어로 되어 있어서 제가 중요한 부분만 알려 드릴게요. 일단 직접 투자 방식에 라이선싱 계약이 될 거예요. 아무래도 저희가 스위스에 진출하려면 이 방법이 가장 좋아서요."

다들 제대로 이해하지 못하자 우진이 하나씩 짚어가며 설명했다.

"수익에서 I.J가 가져가는 건 20%예요. 로열티라고 보시면 돼요. 여기 운영비 30%는 자재비하고, 건물 임대료나 유지비 이런 것까지 포함이고요. 수익의 나머지는 전부 각자에게 돌아가실 거고요. 아예 마을로 분배를 할지, 각자 하실지는 선택이세요. 저희야 어떻게 하든 상관없는데 이걸 정하고 가야지 나중에 문제가 안 생길 거거든요. 분명히 싫든, 좋든 판매에서 차이가 있을 거라서요. 혹시 수익에서 차이가 나면 빠지실 수도 있으니……."

"그런 일은 없을 것 같습니다."

통역하던 바이에르와 뒤에 있던 노인들도 전부 고개를 끄덕거렸다.

"아, 그리고 여기서 못 만드는 부품들은 저희 쪽에서 만들어 드릴게요. 한국에서 보내는 거라 시간이 좀 걸리겠지만, 그래도 여기서 구하는 거보단 빠를 거 같아서요."

"우리야 좋죠!"

그 뒤로도 계약에 대한 얘기가 계속되었다. 이야기를 마친 우진은 계약서를 덮고선 가볍게 숨을 들이마셨다. 이 일에서 가장 중요한 마침표가 남아 있었다.

"그리고 바이에르 씨."

"네?"

"I.J 소속으로 함께 일을 해주셨으면 해요."

"네……? 한국에 있는 I.J요……?"

"아! 아니요. 여기에 남으셔서 어르신들이 만드는 시계 관리부터 매장까지 전반적으로 관리를 해주셨으면 해요."

"아…….."

바이에르가 쉽게 대답하지 못하자, 우진도 약간 걱정이 들었다. 물론 바이에르가 거절한다고 해도 진행은 되겠지만, 유니폼이 보이는 바이에르가 허락해야지 안심이 될 것 같았다.

그때, 바이에르가 우진을 보며 입을 열었다.

"저야 좋은데… 혹시 나중에 저도 시계를 만들게 되면 제 이름으로… 아! 물론 그냥이 아니라 선생님께서 보시고 판단하셔서 되겠다 싶으면… 그때……"

걱정하던 우진은 뜻밖의 얘기에 허탈하게 웃었다. 그런 거라면 오히려 도움이 될 것이기에, 우진은 고개를 끄덕였다.

"좋아요. 유니폼은 따로 보내 드릴게요."

            *   *   *

제프 우드를 다닐 당시 해외에서 론칭 경험을 많이 쌓았던 매튜 덕분에 일이 일사천리로 이뤄졌다. 그렇다고 해도 매장을 오픈하려면 많은 일들이 남아 있어서 언제까지 스위스에 남아 있을 순 없었다. 아직 한국에선 패션쇼가 진행 중이었기에 우진은 서둘러 한국에 돌아왔다.

"매튜 씨, 저희 한국에 도착했어요."

─알겠습니다. 전 다음 주 정도에 들어갈 것 같습니다. 일단 제가 쇼 진행 팀에 연락은 했는데, 혹시 무슨 일 있으시면 바로 연락 주십쇼.

"매번 이렇게 일을 맡겨서 죄송해요."

─아닙니다.

세운과 성훈이 남아 있으려고 했지만, 애초에 관광 목적으로 비자를 받았기 때문에 일을 할 수가 없었다. 한 명이라도 더 있었으면 좋았을 텐데 매튜만 남게 한 것이 마음에 걸렸다.

"휴, 한국이 더 춥다. 왜 이렇게 추워."

"그러게요. 그럼 다들 집으로 곧장 가세요. 전 마 실장님하고 갈게요."

해외에 너무 오래 있었던 탓에 다들 가족이 그리웠는지 모두가 수락했다. 그러고는 우진도 세운과 함께 택시를 잡았다. 택시에 타자마자 세운이 서운한 목소리로 말했다.

"그놈의 실장님은……. 숍 밖에 있을 땐 그냥 삼촌이라고 불러. 뭔 맨날 실장님이야. 성훈이한테는 삼촌, 삼촌 잘만 그러면서."

우진이 선을 긋는 것처럼 느껴진 모양이었다. 우진도 내심 호칭에 껄끄러움을 느끼고 있었지만, 당장 삼촌이라고 하기엔 어색했는지 웃기만 했다. 세운의 서운함을 들어주는 사이 드디어 숍에 도착했다.

"아, 집이다."

"보기만 해도 살 것 같다. 우진아, 우리 김치찌개 먹고 자자! 하하."

"그럴까요? 어? 셔터를 왜 반만 내렸지? 아직 안 가셨나?"

"그러게. 어라? 그런데 어째 지나가는 사람이 유독 많은 거 같냐?"

우진도 고개를 갸웃거렸다. 이 거리가 대부분 피혁 가게들이어서 사람들이 그렇게 많이 다니는 편이 아니었다. 그런데 지금은 자신의 또래로 보이는 사람들이 많이 지나다녔다. 게

다가 I.J를 배경으로 사진을 찍는 사람도 있었다.

"유명해지긴 유명해졌나 보네. 우리 숍을 보러 온 거 같지? 괜히 걸려서 피곤해지지 말고 옆문으로 들어가자."

하지만 우진이 트렁크를 끌고 다가오자 사진 찍던 사람들이 눈치챘는지 점점 다가왔다. 자신이 연예인도 아닌데 사인을 받으려고 그러는 것 같아 곤란해할 때, 세운이 우진의 짐을 가로채 옆문으로 들어가 버렸다.

"빨리 와! 빨리!"

우진도 세운을 따라 옆문으로 들어갔다. 밖에서 안이 보이긴 했지만, 문을 두드리거나 하진 않았다. 우진은 혀를 내둘렀고, 세운은 그런 우진을 보며 웃었다.

"그런데 가게에 카우 아직 있나 본데? 어쩐 일이지? 6시가 넘었는데."

"잘됐네요. 전 카우 씨에게 선물 주고 올라갈게요. 먼저 올라가 계세요."

"알았어. 김치찌개 끓여놓고 있을 테니까 바로 와."

우진은 옆문을 통해 숍에 들어섰다.

딸랑—

그러자 익숙한 얼굴이 사무실 밖으로 고개를 내밀었다.

"어! 왔어! 얼마나 기다렸다고! 이봐, 카우! 댕! 너희 선생님 왔다."

"퐛사라곤입니다?"

제프가 마치 자기 숍처럼 소파로 안내했다.

"선생님이 왜 여기에……."

"너 기다렸지! 어떻게 시계는 잘됐나? 하하하, 어렵지? 그 사람들이 얼마나 깐깐한데."

그리고 팟사라곤이 댕의 휠체어를 밀며 응접실로 나왔다.

"다녀오셨습니까?"

"제가 좀 늦었죠? 댕도 있었네."

우진이 인사를 나눌 때, 제프가 우진의 손목을 덥석 잡았다.

"이게 뭐야? 이런 고물딱지 같은 시계를 구하러 스위스까지 간 거야?"

제프는 우진의 손목에 차고 있던 시계를 보며 한심하다는 듯 말했다.

"이런 건 그냥 온라인으로 사라고. 난 또 일정이 늦는다고 해서 기대하고 있었네."

"이건 그냥 시계 만드는 체험하고 구매한 거예요, 하하."

"그런 걸 뭐 하러 사?"

우진은 피식 웃고는 트렁크를 열었다. 그러고는 트렁크를 열고선 상자 두 개를 꺼냈다.

"이건 카우 씨 선물이고요. 이건 댕 선물."

"내 거는?"

"하하, 죄송해요. 다음에 갔다 올 때 사 올게요."

"됐거든? 상자만 봐도 허름한데 또 똑같은 시계겠네."

우진이 봐도 상자가 옥에 티였다. 그때 댕이 상자를 가져가며 제프를 노려봤다.

"자기는 뭐 사주는 것도 없으면서."

"뭐? 너, 내가 밥 사줬잖아!"

"여기 와서 얻어먹은 게 더 많잖아요. 매일 오면서."

"이거 웃긴 놈이야. 내가 맨날 커피도 타 줬잖아!"

댕은 제프가 어렵지도 않은지 못 들은 척하더니 상자를 열었고, 옆에 있던 팟사라곤 역시 상자를 열었다.

"와… 너무 예뻐요. 이런 거 받아도 돼요?"

"예뻐봤자 거기서 거기지. 내 시계 보여줘?"

댕에게 선물한 시계는 도미닉 노인이 만든 시계였다. 직접 만들어서 주고 싶었지만, 댕에게서는 시계가 보이지 않았기에 우진이 고민해서 가져온 시계였다. 검은 피부에 은색으로 된 시계가 꽤 잘 어울렸다. 그리고 검은색으로 된 문자판이 더 돋보였다.

"시계를 차고 손목을 흔들면 움직일 거야."

"우와! 건전지를 갈 필요도 없어요?"

"어, 하하. 어때?"

"정말 좋아요. 그런데 이렇게 비싸 보이는 걸 제가 받아도 될지……."

우진이 피식 웃었다. 너무 좋아하는 댕의 모습에 제프도 궁금했는지 댕의 손목을 살폈다.

"어라? 시계 침이 넥타이인가? 전체적인 밸런스도 좋고. 색 조합도 좋고. 도미닉 뮬러? 처음 보는 이름인데, 이거 어디서 샀어?"

우진은 제프의 반응에 내심 기분이 좋았다. 제프가 빨리 대답하라는 눈빛을 보내고 있지만, 아직 말할 단계가 아니기에 웃기만 했다.

그때, 팟사라곤도 시계를 착용했다.

*   *   *

댕의 시계를 본 제프는 팟사라곤의 시계도 궁금한 모양이었다. 마치 자기 시계를 보려는 듯 팟사라곤의 옆에 바짝 붙더니 손목을 잡아당겼다.

"호… 이건 또 뭐야? 다니엘 한? 내가 모르는 사이에 이런 브랜드가 생겼어? 이것도 좋은데? 배럴 처리 봐. 이거 뭐야. 보통 솜씨가 아닌데? 이거 얼마야? 한 1만 프랑? 아니, 2만? 이거 들여오는 데 세금 좀 붙었겠는데?"

팟사라곤도 덩달아 궁금해하는 얼굴이었지만, 아직 가격도 제대로 책정하지 않아 우진도 정확한 가격을 알진 못했다.

"뭐야, 왜 웃기만 해? 그럼 이거 말고 또 있어?"

"네, 엄마 드리려고 가져온 게 있어요."

"그것도 보자."

노인들에게 선물 받은 시계를 I.J 식구들끼리 나눠 가지고, 어머니에게 드릴 시계도 챙겨왔다. 우진은 제프의 반응도 내심 궁금했기에 트렁크에서 또 다른 상자를 꺼냈다. 그러자 제프가 상자 뚜껑에 적힌 이름을 보더니 고개를 갸웃거렸다.

"뭐야, 상자들이 이름만 다르지 전부 후줄근해 보이냐. 이건 뭐야. 파비오 루이지? 뭔데, 전부 사람 이름이야?"

제프는 뚜껑을 열었고, 안에 든 내용물을 확인하더니 심각한 얼굴로 침음성을 뱉었다.

"음······."

"왜 그러세요?"

"···이거 어디서 샀냐?"

"비밀이에요."

"비밀은······. 이거 장난 아닌데. 먼저 본 두 개도 괜찮았는데, 이건 진짜 양심이 없다고 생각할 정도로 예쁘네. 이거 여자들한테 인기 폭발하겠는데?"

팔찌처럼 보이는 시계였고, 제프는 꺼내지 않고 상자째로 들어 올리며 살폈다.

"나 여기 좀 소개해 줘. 이거 우리가 취급하고 싶다."

"그래요?"

"어, 내가 딱 이런 게 필요했거든. 나이에 구분 없이 누구나 착용할 수 있는 거."

제프의 반응에 우진은 빙그레 웃었다. 그러자 제프가 인상을 찡그렸다.

"아니, 어디서 산 건지 알려달라니까 그것도 어려워?"

"알려 드릴 순 있는데, 지금은 구하실 수 없을 거 같아요."

"그건 내 문제고. 어디서 샀는데?"

우진은 피식 웃고는 상자에서 시계를 뺀 뒤 뒤집어서 제프의 손에 올려놓았다. 그러자 제프가 뒷면을 가만히 살펴보더니 멍한 얼굴로 고개를 들었다.

"이거 너희 로고잖아……?"

"네, 맞아요."

"…어떻게 된 거야?"

당황한 제프와 달리 우진은 활짝 웃으며 말했다.

"저희 직원분들이 만드신 거예요."

*   *   *

다음 날.

우진은 아침 일찍부터 숍에 나와 그동안 자세히 보지 못했던 기사들을 살폈다. 시간이 지나 쇼에 대한 기사가 줄어들어 있긴 했지만, 하나같이 전부 칭찬이 가득한 기사들이었다. 그러다가 연관 기사로 나와 있던 이장호의 기사까지 보게 되었다.

전후 사정을 알지 못했던 우진은 숍 전체에 그런 문제가 있었구나 생각했을 뿐 크게 관심을 두지 않았다. 자신에게 좋은 말을 한 이장호의 기사를 봤던 우진은 그저 약간 안타까워하고는 기사를 껐다.

그러고는 좀 더 자세한 반응을 살피려 SNS에 접속했다. 팔로워가 늘었다는 건 알고 있었지만, 늘어난 팔로워 수만큼 난리가 났다.

사진마다 엄청난 수의 댓글이 달렸고, 지금 이 순간까지 댓글이 달리는 중이었다. 우진은 약간 떨리는 마음으로 왼쪽 눈으로 본 디자인이 아닌, 자신이 직접 디자인한 옷을 클릭했다. 그러고는 스크롤을 내려가며 알아들을 수 있는 댓글만 골라 읽었다.

—완전 내 취향. 이건 정말 하나만 만들면 손해인데!
—블라우스 진짜 예뻐요. 꼭 구매하고 싶은데 진짜 안타깝네요. ㅠㅠ

대부분 칭찬의 말이었다. 사람이라면 칭찬이 싫을 리 없어서, 우진도 아침부터 미소가 가득했다.

'이 정도면 같이해도 될까?'

아직 확신은 안 서지만 그래도 기분은 좋았다. 계속해서 댓글을 읽어 내려갔고, 그러다가 이상한 댓글에서 마우스를 멈

쳤다.

　—돈이 있어도 못 입는 옷. 선택받은 자만이 입을 수 있는 옷.

　—로또 맞는 게 쉬울까. I.J에서 예약하는 게 쉬울까?

　—만수르가 1조 준다면 예약을 받을까, 안 받을까?

　그만큼 I.J 옷을 구하기 힘들기에 하는 소리였다. 하지만 아직 다시 예약을 받을 계획은 없었다. 쇼를 마치고 받을 생각이었지만, 스위스 시계 매장 오픈과 맞춰 다시 받을 예정이었다. 그런데 해당 글을 보자 좋기도 했지만, 고객들에게 미안한 마음도 들었다.

　예약을 기다리던 때가 엊그제 같은데 이제는 수많은 사람들이 예약하기를 기다리고 있었다.

　한참이나 댓글을 보던 우진은 SNS를 닫은 뒤 이번엔 메일을 접속했다. 그러자 광고부터 시작해서 처음 보는 메일들이 셀 수 없을 정도로 도착해 있었다. 그중 특이한 점은 유독 엔터테인먼트들이 보낸 메일이 상당수라는 점이었다.

　메일을 읽어보니 전부 하는 소리가 비슷했다. 소속 가수들의 프로필까지 보내며 그 가수들의 노래를 다음 쇼에 써달라는 부탁이었다. 당분간 다른 쇼를 할 생각이 없었던 우진은 예정한 쇼가 없다는 말과 함께 죄송하다는 말로 답장까지 보냈다.

그러고는 저런 메일을 보낸 이유가 있을 거란 생각에 음원 차트에 들어갔다. 제일 앞 페이지는 당연히 후였다. 언젠가부터 내려올 생각이 없는 사람이라 그러려니 하고 페이지를 넘겼다. 그러다가 50위권 밖이지만, 익숙한 노래들이 보였다. 쇼에 나온 음악들 몇 곡이 100위 안에 자리했다.

우진의 쇼가 방송에까지 소개된 덕분이었다. 쇼 전부를 내보낼 수 없던 방송에서 일부분만을 편집해 내보냈는데, 그만큼만으로도 이런 결과가 나온 것이다. 순위에 오른 곡들이 전부 그런 곡들이었다. 영상과 노래가 만나 시너지효과를 발휘한 것이었는데, 이를 본 우진은 자신 덕분이라는 생각에 어깨가 올라갔다.

아침 일찍 일어난 게 보람 있다는 듯 우진의 얼굴엔 뿌듯함이 묻어났다. 그는 잠시 기지개를 켠 뒤 종이를 한 장 펼치고선 필통에 넣어둔 펜을 꺼냈다.

일찍 일어난 이유가 사실은 이것 때문이었다.

'상자 같은 건 눈에 안 보이니까……. 어떻게 그리는 게 좋을까.'

허름한 시계 상자가 마음에 걸렸다. 정식 판매를 하게 되면 이런 상자는 좀 아니었다. 대부분 시계 상자들이 네모난 모양으로 비슷비슷했다.

노인들이 사용하는 케이스 역시 네모난 케이스였지만, 다른 박스들에 비해 너무 낡은 느낌이었다.

우진이 케이스를 보며 가만히 들여다보는 사이 I.J 식구들이 하나둘 출근하기 시작했다. 앞에서 만났는지 홍단아와 미자가 함께 사무실로 들어왔다.

"선생님! 벌써 나오셨어요?"

"선생님, 안녕하세요!"

우진에게 인사하더니 두 사람은 곧바로 컴퓨터 앞에 앉았다. 홍단아까지 사무실에 온 이유가 궁금해서 살펴보니 스위스에서 찍었던 사진을 SNS에 올리려고 하는 것이 보여 신경을 끊고선 박스를 살폈다.

여러 개의 박스를 그리고, 다른 회사의 시계 박스들처럼 뚜껑엔 I.J 로고를 그렸다. 언뜻 봐서는 꽤 그럴싸해 보였다. 그 뒤로도 색상을 조합해 가며 여러 개의 박스를 그릴 때, 미자의 목소리가 들렸다.

"선생님, 저희 커피 좀 마시려고 하는데 타 드릴까요?"

"아, 네. 고마워요."

잠시 뒤 미자가 커피를 타 왔고, 우진에게 건넸다.

"뭐 그리시는 거예요?"

"박스요. 이건 너무 낡았죠?"

"엄마도 그러셨는데, 아! 엄마가 감사하다고 전해달라고 했는데… 정말 좋아하셨어요."

그 말에 홍단아도 우진에게 쪼르르 다가오더니 같이 인사했다.

"저희 부모님도 정말 좋아하셨어요. 선생님, 감사합니다!"

우진은 씨익 웃고는 커피를 한 모금 들이켰다. 그러고는 종이에 그렸던 박스들을 두 사람에게 보여줬다.

"이게 훨씬 예쁜데요?"

"이 그림들 중에 어떤 게 가장 나아요?"

홍단아와 미자는 우진이 그린 스케치를 열심히 보더니 똑같은 걸 짚었다.

"이 기다란 상자요!"

"저도 이게 특이하고 예쁜 거 같아요."

우진은 스케치를 확인하고선 살짝 당황했다. 박스를 어떤 식으로 그릴까 고민하다가 앞에 보이는 필통을 끄적거린 건데 그걸 고를 줄은 생각지 못했다.

"완전 독특해요. 이렇게 길면 시계 줄도 전부 보일 거고. 그럴 생각으로 그리신 거죠?"

우진은 순간 당황했지만, 애써 고개를 끄덕였다.

"이거 내부는 안 움직이게 시계 모양으로 고정하고, 시계 줄 버클에 거는 고리까지 만들면 딱 맞겠네요! 뚜껑에 로고까지 딱!"

홍단아는 보자마자 어떻게 만들지 감이 오는지, 쉴 새 없이 떠들었다.

그러고 보니 예전 신혼부부에게 주문을 받았을 때, 가방

안을 홍단아가 설계했다는 걸 잊고 있었다. 우진은 정말 한 사람도 쓸모없는 사람이 없다는 생각에 피식 웃었다.

"이상할까요? 전 예쁠 거 같은데……."

"아니에요. 오늘 할 거 있어요?"

"아니요!"

"그럼 한번 제대로 만들어볼 수 있어요? 아무래도 시계 박스를 바꿔야 할 거 같거든요."

"정말요? 그럼 제가 만든 박스가 예쁘면 그걸로 결정되는 거예요?"

우진은 의욕에 불타오르는 홍단아를 보며 피식 웃었다.

*   *   *

뉴욕 제프 우드 본사.

제이슨은 모니터를 보며 고개를 끄덕이기도 하고 피식 웃기도 했다. 보고 있는 것은 제프와 함께 한국에 있는 조셉이 보낸 패션쇼 영상이었다.

"좋네. 쇼보다는 광고 같아서 더 마음에 들어. 디자이너인데 이런 연출도 하고, 대단하네."

I.J 로고를 지나칠 때 옷이 변하는 장면은 몇 번이나 돌려 봤다. 그만큼 인상적이었다. 쇼를 본 사람이라면 누구나 I.J 로고가 각인될 것 같은 효과였다.

제프 우드도 이미 MfB에 영상 특허 사용 신청을 보내놓은 상태였다. 장소는 광고 효과를 내려고 제프 우드 매장에서 진행할 예정이었다.

제이슨은 그제야 제프 우드가 우진에게 왜 목을 매는지 조금은 이해했다. 제프가 말했을 때 영입할 걸 하는 아쉬움도 있었지만, 이미 늦었기에 후회해 봤자 소용없었다. 지나간 일에 후회하는 성격이 아니었다. 그때, 조셉에게서 전화가 왔다.

띠리리리―

"네. 얘기는 잘됐습니까?"

―만나기는 했는데 아직 말씀을 안 하신 것으로 압니다.

"후. 지금 두 달이 넘어가는 거 아십니까? 오란다고 올 녀석도 아니고."

―그쪽이 스위스에서 돌아온 지 얼마 안 돼서 그런 것 같습니다.

"아, 시계. 훗."

제이슨은 우진이 스위스에 다녀온 이유를 들었다. 지금 우진이 하려는 일이 얼마나 어려운 일인지 누구보다 잘 알고 있었다. 제프 우드의 이름을 내걸고도 쟁쟁한 스위스 명품들과 경쟁이 어렵다고 판단했다.

그렇다고 명품들보다 싸게 판매할 수도 없었다. 자칫하면 제프 우드까지 동급으로 취급될 수 있었다. 자신들도 보류해 놓은 일이었기에 우진이 막무가내로밖에 보이지 않았다.

―아마 3월 정도에 오픈할 것 같다고 합니다.

그 말에 제이슨은 깜짝 놀랐다. 일주일 만에 계약하고 왔다는 게 말이 안 됐다. 그쪽 사람들은 누구보다 깐깐하고 자부심으로 똘똘 뭉쳐 있는 사람들이었다.

"그렇습니까? 가격은? 디자인은?"

―그건 저도 모릅니다. 선생님이 그런 것에 대해선 말씀을 안 하셔서.

"알겠습니다. 아무튼 일주일 정도 더 기다려 보고, 확답을 못 받으면 그냥 돌아오시는 쪽으로 하세요."

통화를 마친 제이슨은 생각에 잠겼다.

'한 열흘? 그 시간 안에 계약했다고? 그렇게 짧은 시간에 정해놓고 뭘 하겠다고. 아직 어려서 그런가, 겁이 없군.'

우진에 대해 잘 모르는 제이슨은 피식 웃었다. 실패에 대한 겁이 없는 것처럼 여겨졌다. 그동안 승승장구했으니 인정하긴 하지만, 이번 건 절대 안 된다고 판단했다.

"그럼 시계 매장 오픈 때문에 거절할 수도 있겠는데……."

그렇게 되면 곤란했다. 처음엔 I.J를 크게 신경 쓰지 않았지만, 이제는 I.J 없이 진행하기 어려웠다. 사람들이 아제슬에 관심을 두는 가장 큰 이유는 I.J의 기술력 때문이었다.

사람들은 절대 협력하지 않을 것 같던 두 브랜드를 함께하게 만든 I.J의 기술이 굉장할 거라 생각했다. 처음 내놓은 결과도 좋았고, 무엇보다 홍보 효과가 엄청났다.

그리고 무엇보다 이번에 제프 우드가 속해 있는 골든 그룹 골든사에서 개발한 원단. 그 원단을 제공해야 했다.

　그밖에도 아제슬 S/S시즌에 맞춰 제프 우드의 옷을 비롯해 가방, 신발 패션에 관련한 많은 것들이 한꺼번에 쏟아져 나올 예정이었다.

　아제슬 옷을 맞추면서 자연스레 제프 우드의 제품을 구매할 수 있도록.

　그 때문에 각자 브랜드별로 디자인을 내놓는 형식으로 기획했다. 당연히 헤슬 쪽에서도 승낙했다. 그런데 가장 규모가 작은 I.J만 아직 답을 주지 않고 있었다.

제4장

이사

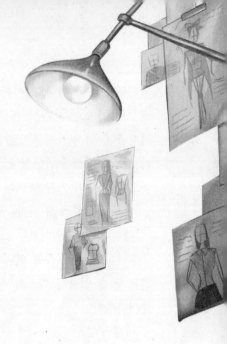

첫 공연을 하기 전 패션쇼장에 다녀온 우진은 소파에 털썩 주저앉았다. 2주 자리를 비운 사이 들어야 할 얘기가 산더미 같았다. 전부 쇼 진행에 관한 얘기였지만, 매튜가 없었기에 우진이 들어야 했다.

응접실 소파에서 잠시 쉴 때 세운이 옆에 앉았다.

"힘드냐? 맞다, 우진이 너 병원에 가봐야지."

"아, 괜찮아요. 이제 괜찮은데요, 뭐."

"그래도 가보는 게 낫지 않겠어?"

"나중에 갈게요."

"참지 말고 아프면 가야 해."

병원에 가야 하나, 말아야 하나 고민 중이었다. 만약에 눈에 이상이 있어서 다시 예전처럼 아무것도 보이지 않을까 봐 걱정됐다. 하지만 지금 당장은 이상이 없기에 우진은 일단 버텨보는 게 낫겠다 판단했다.

그때, 누군가 계단을 뛰어 내려오는 소리가 들렸다.

"야, 홍 대리! 그래서 계단 무너지겠어?"

"히히! 다 만들었어요!"

홍단아는 손에 들고 있던 박스를 테이블에 내려놓았다. 우진은 몸을 일으켜 박스를 살폈고, 세운 역시 박스를 가만히 들여다봤다.

"이게 뭐야?"

"시계 박스요. 제가 부탁했어요."

"이게? 영감님들이 만든 것보다 구린데?"

홍단아는 입을 삐죽거리더니 조용히 말했다.

"일단 형틀만 잡아 놓은 거예요⋯⋯. 다른 건 제가 할 수가 없어서요."

"야, 알았어. 농담이야. 여행 가선 멀쩡하더니 또 울먹거리네. 우진이 네가 보기엔 어때?"

우진이 느끼기에도 기대했던 것보다는 별로였다. 별생각 없이 뚜껑을 열자 내부는 외관과 달랐다. 2층에 있던 가죽을 사용해 내부 전체가 가죽이었고, 그 안에는 종이로 그린 시계까지 넣어놓았다.

우진은 피식 웃은 뒤 천천히 살폈다. 아침에 말했던 대로 내부에 튀어나온 부분을 만들어 버클을 떡하니 걸어놨다. 이상할 거라 생각했는데 생각보다 괜찮았다. 오히려 박스라기보다는 장식용에 더 가깝게 느껴졌다.

"이게 제가 못 만들어서 그런데… 뚜껑을 잡아당겨서 밑으로 낄 수 있거든요. 그럼 어떻게 되냐면, 여기 옆에 연결 고리가 있다고 생각하고 잘 보세요."

홍단아는 뚜껑이 어떻게 움직이는지 설명해 가며 보여줬다.

"그럼 뚜껑이 케이스 받침대가 되거든요……. 다들 시계를 샀으면 SNS에 자랑해야 할 거 아니에요. 혹시 이상한가요……?"

홍단아도 그 부분을 염두에 두고 만들었는지, 직접 뚜껑을 열고 박스를 세웠다.

"오, 그럴싸한데? 그런데 이거 가죽 뭐냐? 반짝거리는 게 코도반 같은데……."

"아… 그냥 대보기만 한 거라, 그대로 가져다 놓을게요. 죄송해요!"

"어휴, 저거 비싼 거야!"

우진은 피식 웃었다. 그러고는 홍단아에게 다시 박스를 건넸다.

"스케치나 도면 좀 보여주세요."

홍단아가 급하게 뛰어 올라가더니 도면을 가져왔다. 우진이 보기에도 상당히 괜찮았다. 요즘에는 내용물 보호도 중요하지만 박스만의 개성이나 활용도도 중요했기에 그에 걸맞아 보였다. 게다가 지금껏 저런 상자를 보지 못했기에 다들 신선하게 받아들일 것 같았다.

"전 괜찮아 보이네요."

"정말요? 정말요?!"

"그래도 일단 제작을 하게 되면 우리가 제작하진 않을 거예요. 공장에 맡기기 전에 문제없는지 매튜 씨한테 먼저 보여줄게요."

우진은 곧바로 도면과 박스를 사진으로 찍은 뒤 매튜에게 전송했다.

＊　　　　＊　　　　＊

매튜는 시계 박스에 대한 답변과 함께 해야 할 일을 보내왔다. 우진은 그 준비를 하느라 무척이나 바빴다. 장 노인이 우진을 도와 일 처리를 하고 있지만, 원래 하던 일이 아니었기에 무척 더뎠다.

옷 만드는 건 혼자 만든다고 해도 벌인 일이 많아지니 사무실 직원만으로는 감당이 안 될 것 같았다.

"직원을 더 뽑을까요?"

"가뜩이나 좁은데 여기서 직원이 더 있으면 앉아 있을 곳도 없겠고만."

"그래도 이제 조금 버겁지 않을까 싶어서요."

"슬슬 늘릴 준비도 해야지. 그런데 지금은 아니다. 곧 패션쇼 마무리되면 대금을 줘야 하지, 거기에다 스위스에 들어가는 돈만으로도 지금 휘청거린다. 네가 옷을 만든다고 해도 그걸로 버틸 수 있는 것도 아니고, 가장 빠른 게 'Position'에서 들어오는 돈인데 내가 알기론 그것도 아직 한참 남았지. 일단은 버티고 'Position'에서 들어오는 시기에 맞춰서 이사를 생각해 보거라."

장 노인은 우진을 보며 피식 웃더니 서류를 건넸다.

"자, 여기. 사업계획서. 매튜가 보낸 대로 작성했는데 한번 살펴보거라."

우진이 사업계획서를 살필 때, 외근을 나가 있는 홍단아에게서 전화가 왔다.

"샘플 만들었어요?"

─그게요. 샘플은 제작할 수 있는데 케이스인데도 가격이 상당해요……. 여기서 박스를 만들고, 가죽 덮개 작업은 또 다른 데서 한다고 그러네요.

"얼만데요?"

─천 개씩 주문하면 개당 만 원이래요.

한동안 돈에서 해방되나 싶었는데 결국 또 돈이 문제였다. 우진은 홍단아에게 일단 샘플만 만들어 오라고 한 뒤 전화를 끊었다. 일단 오늘 일 처리가 우선이었기에 우진은 코트를 걸쳐 입었다. 그러자 미자가 우진에게 서류 봉투를 건넸다.

"사업자등록증 사본하고 직접 투자 신고서 2부고요. 소득세는 우리가 아직 기간이 안 돼서 증빙서류들만 챙겼어요."

"고마워요."

"신분증 챙기시고요."

스위스에서는 매튜가 맡아 하고 있었기에 국내에서만 필요한 서류였다. 우진은 서류를 들고 장 노인과 함께 가게를 나섰다.

"참, 구경할 것도 없는데 아침나절부터 대단들 하고만."

"그러게요."

세운과 성훈 역시 바빴기에 택시를 불렀고, 우진은 가게 앞에 서 있는 택시에 올라탔다. 숍과 그다지 멀지 않은 위치에 외환은행이 있어 금방 도착할 수 있었다. 걱정하던 것과 달리 서류 제출은 어렵지 않았다. 다만 알아보는 사람이 많았을 뿐.

"그런 안경을 끼고 다니는데 모르는 게 이상하지."

서류만 제출하고 다시 숍으로 돌아오니, 숍 앞에 사진 찍는 사람들이 아까보다 늘어나 있었다. 마치 관광 명소가 된 것 같은 기분에 우진은 웃음이 나왔다.

"가게 사진은 뭐 하러 찍는 건지……. 참 알 수 없단 말이야."

도대체 뭐 볼 게 있다고, 가게 사진을 찍기 위해 여기까지 오는 건지 이해가 되지 않았다. 우진이 숍에 들어가려 할 때, 근처에 있던 사람들이 우진에게 다가왔다.

"저! 팬이에요."

"네?"

"사진 좀 찍어주시면 안 될까요?"

장 노인은 혀를 차며 기다렸고, 우진은 난감한 얼굴로 사람들과 사진을 찍어줬다. 그리고 그때, I.J와 가까이 있던 피혁 가게 주인이 나왔다.

"이봐! 옷 가게! 나 좀 봐요!"

"저요?"

"그래요!"

가끔 마주칠 때 인사만 하던 사이였다. 목소리만 들어선 뭔가 좋은 일 때문은 아닌 것 같았다. 그래도 불렀으니 일단 옆 가게로 향했다. 가게에 들어서자 가죽들이 죽 나열되어 있어 상당히 좁았다.

"무슨 일로 보자고 한 게요?"

같이 따라온 장 노인은 곧바로 용건을 물었다. 그러자 피혁 가게 주인이 의자를 빼며 말했다.

"잠깐만 기다려 주세요. 일단 앉으시고, 마실 거 뭐로 드릴 까요?"

"바쁘니 용건부터 말하는 게 좋겠소."

까칠한 장 노인의 반응에 주인은 어디론가 연락했다. 그리고 잠시 뒤, 근처 피혁 가게 주인들이 우르르 들어왔다. 다들 몇 번씩 마주쳤던 얼굴들이었다. 그중 일부는 밖을 보며 큰 소리를 냈다.

"아니! 도대체 장사를 어떻게 하라고! 차가 오면 좀 비키고 해야지!"

우진은 그제야 가게 주인들이 모인 이유를 알아차렸다. 숍을 구경하러 오는 사람들 때문에 방해를 받은 모양이었다. 우진은 일단 못마땅한 얼굴로 가게 주인들을 노려보는 장 노인부터 앉혔다.

그러자 모인 사람들 중 한 사람이 우진 앞에 앉더니 입을 열었다.

"난 저기 은수 피혁 주인인데, 이거 해도 해도 너무한 거 아닌가 싶어서 보자고 했어요."

"네, 말씀하세요."

"이거 너무하잖아요. 우리 가게만 해도 그래. 가게 앞에 차 대고 가죽 내리거나 실어야 하는데, 사람들이 불법주차라고 하도 신고해서 거래처 차가 못 들어와! 나만 그런 게 아니라 다 그래, 다."

처음에는 화를 내고 있다고 생각했는데 듣다 보니 신세 한탄처럼 들렸다. 주변에 있던 주인들도 같은 상황인지 고개를 끄덕거렸다.

"여기, 그쪽 옷 가게가 들어오기 전에는 안 그랬다고. 그뿐이 아니야. 유동 인구가 많아지니까 장사해 본 적도 없는 건물 주인들이 월세를 올린대. 밖을 지나다니는 사람들이 우리들 가게를 힐끔 보기라도 했으면 우리가 이런 말까진 안 하죠. 그런데 우린 아무런 이득도 없이 피해만 보고 있잖아요. 다들 힘들게 사는 사람들인데."

처음에 화를 내던 장 노인도 얘기를 듣더니 어느새 이해하는 얼굴로 변했다. 우진도 마찬가지였다. 숍을 구경하러 오는 사람들이 많다고만 생각했지, 설마 주변 상인들에게까지 피해가 갈 줄은 몰랐다.

"월세가 조금이라면 이런 말도 안 해. 저기 장군 피혁은 건물주가 내쫓으려 아예 작정했어. 안 그래?"

"맞지. 원래 60만 원인데 이번에 다시 계약할 때 3배를 올려 달라고 그러네. 그래서 가게 옮기려고 알아보는 중이야. 옷 가게 들어온다고 그런다나 뭐라나."

"이게 시작이지. 이러다가 잘못하면 20년 동안 하던 가게들이 전부 문 닫게 생겼어. 게다가 쓰레기는 또 얼마나 많은지! 아주 길거리가 쓰레기장이야."

우진 자신이 벌인 일은 아니지만, 원인은 숍에 있다는 생각에 미안한 마음이 들었다. 그렇다고 해도 딱히 방법이 있는 건 아니었다. 지나가는 사람들을 막을 수도 없었다.

차에서 통화 중인 제프 우드는 전화기를 귀에서 멀찌감치 떼어놓았다. 했던 말 또 하고, 또 하고. 제이슨과 통화할 때마다 반복되는 일이었다. 얼추 제이슨의 말이 끝났다고 생각한 제프는 다시 전화기를 귀에 댔다.

"오케이!"

―오케이 같은 소리 하네. 너 전화기 귀에서 떼놓고 있었잖아. 잘 들어. 조셉 씨한테 계약 조건 보내놨어. 저번하고 다르니까 그거 잘 설명해. 그리고 조셉 씨한테도 말은 해놨는데, 네가 말하는 게 좋을 거 같아. I.J가 작은 데다가 위치도 안 좋잖아. 그렇지? 야, 듣고 있어?

"말하라고."

―후아… 잘 들어. 너 좋아하는 그 디자이너 생각해서 준비한 조건이니까. 우리 2020년에 한국에 입점하려고 준비해 놓은 건물 알지?

"내가 그걸 어떻게 알아."

―아무튼 있어. 거기, 아제슬 오픈 기간 동안 대여해 준다고 해. 6개월.

매튜는 조용하게 제이슨의 얘기를 듣고 나서 입을 열었다.

"말은 해볼게. 걔 좀 바쁘더라고."

―이… 그럼 너도 당장 돌아오든가!

제프는 다시 귀에서 전화를 뗐다. 그러고는 전화가 끊긴 걸 확인하더니 피식 웃었다.

"그러니까 내가 우진이 받자고 할 때 받았으면 얼마나 좋아. 그나저나 조셉, 너 자꾸 제이슨한테 보고하면 나 혼자 다닌다?"

"아니에요. 그냥 정기 보고 한 거예요."

"정기 보고에서 난 빼라고. 그런데 제이슨이 말한 데가 어디야?"

"아, 청담 패션 거리라는데 저도 잘은 모릅니다. 뉴욕 맨해튼 5번가라고 생각하면 된다고 그러더라고요."

"오. 비싼 데네. 크큭. 그런데 가만 생각해 보니까 이상하네. 넌 디자인 팀인데 어떻게 알아? 너 자꾸 회사 일에 관여할래?"

"선생님이 저하고만 간다고 하셨잖아요. 그러니까 계속 저한테 연락이 오죠……. 그리고 회사 일 하러 오신 거……."

"됐고, 가기 전에 거기부터 들렀다 가자."

잠시 뒤, 청담동에 도착한 제프는 차에서 내려 건물 앞에 섰다.

"여기 맞아?"

"네, 주소대로면 저기 맞아요."

"그래? 4층이면 크기도 적당하고 생각보다 넓네."

제프가 건물 외관을 이리저리 살필 때, 옆에 있던 조셉이 입을 열었다.

"그런데 선생님, 사실 이번은 경쟁이나 다름없잖아요. 이름만 아제슬이지… 사실 I.J 없어도 괜찮잖아요."

"자꾸 회사 일에 관심 가질래? 너 기획 팀이나 마케팅 팀으로 갈 거야?"

"아니요! 그냥 그렇다고요."

제프는 피식 웃더니 말을 이었다.

"이렇게 해도 경쟁하는 데는 아무런 지장이 없다는 거지. 물론 나도 자신 있고. 아직 잡힐 때는 아니지. 하하하."

"우진 씨가 만들어준 옷이나 벗고 말씀하시지……."

"야, 인마. 원래 다른 디자이너가 만든 옷도 많이 입어줘야 더 발전이 있는 거야!"

"일주일에 세 번은 입으시는 것 같던데……."

"이 자식이. 제이슨이랑 자주 연락하더니, 잔소리하는 것도 닮아가네."

"에이, 그럴 리가요. 들어가시죠."

*　　　　*　　　　*

숍으로 돌아와 사무실에 자리한 우진은 직원들을 모아놓고 지금 상황에 대해 논의했다.

"옆집 김 씨는 나보다 더 오래 있었는데……. 그 사람이 다른 사람한테 나쁜 말 할 사람이 아니거든. 얼마나 심했으면 그래?"

"그렇죠. 다들 표정이 별로 안 좋으시더라고요."

"그래도 우진이 넌 부모님이 시장에서 장사하셔서 그런지 이해해 주네. 다른 사람 같았으면 내 일 아니라고 신경도 안 썼을 텐데."

"우리 때문에 벌어진 일이잖아요."

"그냥 이참에 넓은 곳으로 이사를 하는 게 어떨까? 내 건물 이지만, 그래도 너무 좁잖아. 네 작업실만 해도 창문도 없어서 답답한 데다가 한 명만 들어가도 꽉 차는데."

장 노인이 고개를 저으며 낮에 우진에게 했던 말을 그대로 얘기했다. 그러자 세운도 이해했는지 어색하게 웃으며 입을 열었다.

"정 안 되면 여기 팔아서 가도 되고."

우진은 말도 안 되는 농담에 피식 웃었다. 그때, 듣고 싶지 않은 소리가 들렸다.

딸랑—

딸랑—

수시로 문을 여는 소리가 들려왔다. 이제는 지켜보는 것뿐 만이 아니라 문을 열고 들어오기까지 했다. 분명 'Closed'라 고 달아놓기까지 했는데 계속 같은 상황이 반복되는 중이었 다. 그러자 미자가 한숨을 쉬며 일어섰다.

"제가 잠그고 올게요."

"아니야, 유 실장. 괜히 가서 째려볼 생각 하지 말고 앉아 있어. 내가 다녀올게."

한국 사람은 물론이고 한국에 여행 온 중국인들까지 있었다. 다들 계속되는 상황에 도대체 볼 게 뭐 있다고 저러는지 짜증을 냈다. 확인하러 나갔다 온 성훈이 들어오자 세운이 얼굴을 찌푸린 채 물었다.

"또 그냥 열어본 거지?"

"네, 계단 쪽으로도 들어가려고 그래서 계단 쪽 문도 잠갔어요. 형님, 이따 가실 때는 옆문으로 가세요."

"매너하고는, 진짜."

그 뒤로도 I.J 식구들과 의논해 봤지만, 당장 마땅한 해결책은 나오지 않았다.

그때 또 문을 흔드는 소리가 들렸다. 문을 잠갔는데도 흔들기까지 하자 화가 난 세운이 자리에서 벌떡 일어났다.

"내가 나갔다 올게."

"제가 다녀올게요."

"됐어. 있어봐! 따끔하게 혼을 내줘야지!"

우진은 세운이 나가서 무슨 일을 벌이지 않을까 하는 걱정에 급하게 따라 일어섰다. 직원들도 걱정됐는지 다들 따라 일어섰다. 그때 사무실 문이 열리면서 익숙한 얼굴이 들어왔다.

"다들 어디 가는 거야?"

할 일도 없는지 매일같이 방문하는 제프였다.

"표정이 왜 그래?"

"아니에요. 무슨 일이세요?"

"무슨 일은 그냥 왔지. 왜 무슨 일 있어?"

다들 제프의 방문에 다행으로 여기는 한편 김이 빠졌는지 사무실로 들어갔고, 우진은 제프를 응접실로 안내했다.

"난 이거 타줘. 모카 골드!"

"여기도 있어요. 제가 타드릴게요."

"내 건 내가 챙겨."

변함없는 모습에 우진은 자신도 모르게 피식 웃고선 제프가 건네는 믹스 커피를 타왔다.

"숍 분위기가 왜 이렇게 우중충해?"

우진은 자신보다 한참이나 먼저 패션 일을 했고 존경하며 롤 모델로 삼았던 사람이었기에, 제프라면 이 상황을 겪어봤을 것 같다는 생각이 들었다.

"특별한 건 아니에요. 그런데 선생님, 제프 우드 앞에도 저렇게 사람들이 구경을 많이 오나요?"

"응? 아! 밖에 저 사람들 때문에 그래?"

"네. 숍도 작아서 볼 것도 없는데 계속 오네요. 이러다가 다시 예약을 받아도 문제가 생길 거 같아요. 저 사람들 때문에 주변 가게들도 피해를 보고 있고요."

"주변 가게들 걱정은 뭐 하러 해. 그건 자기네가 경쟁력이

약해서지. 자본주의 시대에 그런 게 어디 있어. 각자 알아서 사는 거지."

우진은 흠칫 놀랐다. 맞는 말 같긴 한데 너무 차갑게 느껴졌다. 제프의 말이 이어졌다.

"우리야 저러지도 않고, 저럴 필요도 없지."

제프 우드먼 뉴욕 중심가에 있기에 사람이 많으면 많았지 적을 순 없었다. 그런데 아무런 문제가 없다고 하니 궁금해졌다.

"저 사람들, 왜 몰렸는지 몰라?"

"우리 숍이 유명해져서 아닐까요?"

"어쭈? 하긴 유명해지긴 했지. 그거 다 내 덕이야. 고마워해라."

"항상 감사하고 있어요."

"그래, 당연히 고마워해야지. 그건 그렇고. 내가 보기에는 저 사람들, I.J가 궁금하긴 한데 마땅히 볼 데가 없는 게 가장 큰 이유 같은데?"

우진은 고개를 갸웃거렸다.

"패션쇼장도 있고, 온라인으로 볼 수도 있잖아요."

"그렇지. 하지만 패션쇼장에서 봤다고 해도 실제로는 다를 수도 있으니까 궁금하겠지. 그리고 또 어떤 옷들이 있는지 궁금하기도 하고. 원래 사람들이 그러잖아. 꽁꽁 싸매고 있으면 더 궁금하고 더 알고 싶고. 신비주의 알지? 네가 숨기려고 한

게 아니라 어쩌다 보니 그렇게 된 거지만. 하하."

"그런 건가?"

"네가 매장 같은 걸 하나 내놓으면 확실히 줄어들겠지. 대신 그 매장이 한동안은 폭발하겠지. 네가 공장에서 물건을 찍어다 팔 것도 아니고. 뭐, 그렇게 바꿀 생각 아니라면 받아들여."

제프에게서도 이사라는 말을 듣게 되자 우진은 한숨이 저절로 나왔다. 그러자 제프가 피식 웃더니 말했다.

"그것도 싫으면 우리 제안을 받아들여야지, 뭐. 그럼 해결할 수도 있는데."

"무슨 제안이요?"

"무슨 제안요? 내가 뭘 말했겠어. 컬래버 말이야. 컬래버! 데이비드도 지가 무슨 신사라도 되는 줄 알고 말을 안 해서 그렇지 엄청나게 기다리고 있어."

"아, 아제슬."

"아? 아제슬? 별거 아니라는 느낌인데? 아무튼 우린 기다릴 만큼 기다린 거 같은데?"

쇼 반응도 좋았기에, 우진으로서도 일단 해보고 싶었다. 하지만 이곳에선 무리였다. 전에도 판매에 끼어들까 했었지만, 지금 이곳 상황과 맞지 않아 포기했다. 가뜩이나 오늘 주변 상인들에게 들었던 말도 내심 마음에 걸렸다.

그런데 제안을 받아들이면 해결된다는 말이 무슨 뜻인지

궁금했다.

"빨리 답하라고. 싫다는 말은 하지 말고. 그래도 확답을 줘야 인테리어 공사도 할 거 아니야!"

"여기요?"

"이런 촌 동네에서 뭘 팔아. 그리고 여기서 한다고 해도 한 명씩 언제 맞춰. 넓은 곳으로 가야지! 사람도 뽑고!"

우진도 생각하던 부분이었지만 아무래도 거절하는 게 옳다고 판단했다. 그때 제프가 말을 이었다.

"매장 빌려준대."

"IJ 매장이요?"

"너희 매장? IJ 매장을 왜 내줘. 아제슬 매장 말이야. 그리고 너 계약하면 로열티도 받을 텐데, 매튜가 그런 말 안 했어?"

"아… 그동안 바빠서. 로열티는 얼마나 해요?"

"야, 완전 웃긴 놈이야. 내가 어떻게 알아. 내가 그런 일까지 하는 줄 알아? 나 제프 우드야!"

제프는 가슴을 탕탕 두드리더니 말을 이었다.

"내가 듣기로는 우리가 들어올 때 쓰려고 했던 데에다가 먼저 아제슬 매장을 오픈하게 해준다고 했어. 로열티를 받고 나서 이사 가면 되잖아. 물론 이번에도 아제슬이 잘 팔려야겠지만. 아! 우리는 걱정 안 해. 너나 헤슬이 걱정이지. 하하하."

"거기가 어딘데요?"

"나도 잘 몰라. 청담 패션 거리라고 그랬나?"

*   *   *

청담 패션 거리. 일명 명품 거리로 불리는 곳이었다. 건물 하나하나가 세련되고 각자 브랜드의 색을 건물에 담아 화려했다. 빌딩 자체가 높지는 않았지만, 대부분의 브랜드들이 빌딩 한 채를 사용하고 있었다. 그리고 우진은 그중 4층으로 된 빌딩 앞에 서 있었다.

"얼마 전까지만 해도 월세가 3.3㎡당 100만 원이 넘는 선이라고 했으니까 이 정도면… 월세만 몇천은 되겠네. 여기를 공짜로 쓰게 해준다고?"

"아제슬 매장으로 쓰는 6개월 동안만요."

"6개월이 어디야. 그 안에 준비해서 나가면 되지. 그런데 로열티를 받아도 여긴 못 사겠다. 하하, 가격이 좀 떨어졌다고는 하는데 그래도 평당 2억이 넘는다더라. 이 정도 사려면 한 100억도 부족하겠네. 그래도 이런 데 있으면 명품이라고 각인은 빡! 되겠는데?"

세운이 혀를 내두르며 두리번거렸다. 우진도 건물은 좋지만, IJ 특성상 어디에 있어도 상관이 없었기에 이런 건물을 구입할 생각은 애초부터 없었다.

"네가 한다고 하면 매튜도 찬성할 거 같은데. 영감님이야 벌써 하라고 그러고. 그런데 할 수 있겠어? 1,000벌을 만들려면 죽어나갈 텐데. 다행히 신발은 제외라서 나는 괜찮지만……."

제프 우드와 헤슬은 각각 2,000벌씩이었지만, 한국 인구수와 I.J의 상황을 고려해 책정한 수치가 1,000벌이었다. 하나의 디자인으로 만드는 것이기 때문에 만들려고 마음먹으면 할 수는 있겠지만, 다른 회사들에 비해 시간이 오래 걸릴 것은 분명했다.

게다가 각자만의 디자인으로 판매하기에, 싫든 좋든 경쟁하게 되어버렸다. 그래도 새로운 방식이면 모를까, 자신이 알려준 방식을 기본으로 제작하니 큰 걱정은 없었다.

우진은 그보다 이사가 문제였다.

"6개월 말고 1년 정도 빌려달라고 하면 빌려줄까요?"

"모르지. 왜, 아예 평생 빌려달라고 하지."

"그건 좀 염치없잖아요. 그리고 일 년 뒤면 'Position'에서 돈도 들어오니까, 다시 이사를 안 해도 되게 아예 건물을 사든, 집을 짓든 할 시간은 되잖아요."

"그거 좋겠는데?"

*   *   *

며칠 뒤. 매튜가 한국으로 돌아왔다. 돌아오자마자 스위스에서 진행하고 있는 일에 대한 보고부터 이뤄졌다.

"서류상 절차는 전부 마쳤습니다. 이제 매장 공사를 해야 하는데, 건물 외관을 훼손할 수 없도록 시에서 제약을 걸더군요. 그래서 내부 공사만 진행할 예정입니다. 업체 선정은 이미 끝냈는데 공사 때문에 예상보다 오래 걸릴 것 같습니다. 그래서 오픈은 내년 3월로 잡는 게 적당할 것 같습니다."

"어르신들은 뭐라고 하세요?"

"음… 다들 시계를 만드시느라 정신없어서 찾아가도 자주 뵐 수는 없었습니다. 당분간은 바이에르 씨가 맡아서 할 예정이고, 저는 다음 달에 다시 들어가 봐야 할 것 같습니다."

매튜의 보고를 들은 우진은 수고했다는 말로 마음을 전했다. 그러고는 미안한 얼굴로 매튜를 봤다.

매튜가 힘들 거라는 걸 우진도 알지만, 혼자서 정하긴 힘들었다. 그래서 그동안 있었던 일들을 꺼내놓았고, 모두 전해 들은 매튜는 고개만 끄덕였다.

"저번에도 느꼈지만, 한국은 유독 부동산이 이상합니다. 권리금? 아직도 이해할 수 없군요."

우진이 머쓱하게 웃는 사이 매튜가 말을 이었다.

"선생님 생각은 어떠십니까?"

"저도 어떻게 해야 할지 모르겠어요. 어떻게 보면 경쟁이다 보니까… 만약에 잘 안 되면 I.J에 피해가 올 수도 있는 부분이잖아요."

"그럴 일은 없습니다. 현재 I.J에서 맞춤옷을 책정한 금액이 브랜딩에 비해 엄청 저렴한 가격이죠. 그런데 아제슬 옷은 몇 배나 높은 가격으로 판매하게 될 겁니다. 그러니 이번 기회에 우리 맞춤옷도 자연스럽게 가격을 상승시킬 수 있는 계기로 만들어야 합니다. 아제슬 매장에서 맞춤옷도 병행한다면 자연스럽게 될 겁니다. 만약 망한다고 하더라도 지금 금액을 유지하면 되니 손해는 아닙니다."

이상하게 기분은 좋지 않았지만, 매튜의 말을 듣고 나니 조금 더 용기가 생기긴 했다.

"일단 그러려면 직원이 상당히 많이 필요할 겁니다. 기본적으로 매장 전체를 관리할 직원과 선생님들 도울 테일러들까지. 이제는 있어야 할 때죠. 우리가 맞춤옷으로 얻는 이익보다 로열티로 얻는 수익이 많다 보니 관리할 직원도 필요하고요."

우진 역시 생각하던 부분이었다.

"하시게 되면 일단은 테일러들부터 뽑으시고 교육하는 게 우선입니다."

"그런데 아제슬을 하는 기간 동안만 채용하기도 좀 그래서."

"컬래버가 끝나도 끝까지 함께할 사람을 뽑는 게 중요합니다."

"네?"

"선생님이 언제까지 혼자 하실 순 없으니까요."

우진은 예전에 헤슬에서 왔던 장인들을 떠올리며 고개를 끄덕였다. 그들과 함께 일하자 예약을 순식간에 처리할 수 있었다. 매튜의 말대로 테일러를 뽑으면 더 많은 고객을 받을 수 있을 것이다. 우진이 고개를 끄덕거리는 모습을 보던 매튜가 미소를 지으며 말을 이었다.

"그러려면 차후에 이전할 곳도 꽤 넓은 곳으로 알아봐야겠군요. 아제슬에서 지금 계약을 하시면 내년 봄이 될 테니, 얼추 스위스 시계 매장 오픈하고 비슷할 거 같습니다. 아, 그리고 매장 문제는 아마 문제없이 처리될 것 같습니다."

"어떻게요?"

"2020년에 한국 시장에 들어올 예정이라고 했죠? 그럼 기간이 꽤 남았는데, 그럼 제프 우드에서도 I.J가 사용해서 인지도가 올라간 장소를 사용하는 편이 좋을 거라고 생각할 겁니다. 제 예상으로는 선생님이 생각하신 1년 정도는 가능할 것 같습니다. 6개월 뒤에는 사용료를 내야겠지만."

"그 정도는 괜찮죠!"

"그럼 이전할 곳을 알아보기까지, 약 1년 3개월 정도의 여유가 있을 것 같습니다. 제가 한번 알아보도록 하죠."

*   *   *

며칠 뒤.

결국 계약서에 사인을 한 우진은 깊은 숨을 몰아쉬었다. 이미 가격과 수량까지 정해졌다. 상호 라이선싱 계약을 통해 I.J도 양쪽 회사에 지불해야 하는 금액이 있었지만, 그와 반대로 양쪽에서 받기로 되어 있는 금액도 있었다. 패턴으로 인한 로열티가 전보다 훨씬 늘었다.

그때는 제프 우드에서 디자인을, 제작은 헤슬의 장인들이 만들었다. 그러나 이번에는 모든 것을 각자 했다.

하지만 상당 부분이 변했음에도 변하지 않는 것이 있었다. I.J의 바지 패턴. 그러다 보니 I.J에 넘어오는 돈이 많을 수밖에 없었다. 게다가 양쪽 회사에서 보낸 돈을 합친 예상 금액이 40억을 넘었다. 다만 원단 같은 경우는 제프 우드의 골든사에서 구입해야 했기에 자재비로 상당히 많은 금액이 나갈 것은 분명했다.

하지만 우진이 걱정하는 부분은 그게 아니라 옷 가격이었다. 기존과 동일한 8,000달러로 책정되었는데, 한국 돈으로는 거의 900만 원에 육박했다. 너무 비싼 가격이라는 생각에 곧 있을 아제슬 회의에서 한국만이라도 가격을 조율하고 싶다는 의견을 내놓을 생각이었다.

그때, 잠가 버린 숍 문을 두드리는 소리가 들렸다. 그러자 미자가 곧바로 튀어 나갔다. 우진은 걱정스러운 마음에 따라 나갔다. 하지만 걱정과 달리 문을 두드리는 사람은 며칠 전

봤던 근처 피혁 가게 주인이었다.

"들어오세요."

상인 연합을 대표한다고 했던 사람은 난감해하는 얼굴을 한 채 숍 안으로 들어왔다. 우진이 소파로 안내하자, 상인은 우진은 물끄러미 바라봤다.

"흐음……"

우진은 I.J를 구경하러 왔던 사람들이 또 피해를 줬나 싶어 미안한 얼굴로 기다렸다. 그러자 상인이 깊은 한숨을 내쉬더니 입을 열었다.

"옷 가게 사장, 정말 미안한데. 밖에 사람들 좀 어떻게 해주면 안 될까?"

제5장

인원 충원

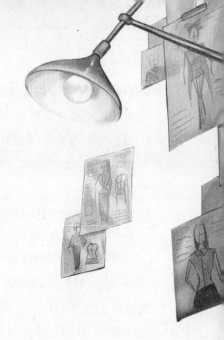

　옆 가게 주인도 여기까지 찾아온 게 미안했는지 우진을 제대로 쳐다보지 못했다.

　"하아, 나도 찾아오기 싫었는데 오죽 답답해야지. 그래서 안 될 거 알면서도 와본 거야."

　마침 결정이 난 상태였기에 우진은 옆 가게 주인을 보며 말했다.

　"안 그래도 찾아뵈려고 했어요. 며칠만 참아주시면 안 될까요? 곧 숍을 옮길 예정이거든요."

　"어? 정말?"

　그 소식을 기다리기라도 했는지 무척이나 반가워했다. 그 모습에 우진은 씁쓸하게 웃었다.

"어디로 이사 가? 하긴 돈도 많이 벌었으니까 여기하고는 안 어울리지. 잘됐네. 잘됐어."

"임시로 옮기는 거예요. 그런데 월세 올리신다는 분은 어떻게 되셨어요?"

"이 옆 옆 가게? 거기 내년 2월에 나가기로 했대. 저 길 건너로 옮긴다고 그랬지, 뭐."

"그렇구나……. 그런데 월세는 보통 얼마씩 내세요?"

"나 같은 경우는, 그래도 좀 크니까 70만 원 정도 내거든. 뭐 오래 있었으니까 주인 양반도 더 이상 올릴 생각은 없더라고. 그런데 자기네 가게 바로 옆에, 거기. 저번에 가봤지? 옆 옆 건물하고 옆 건물 두 곳이 둘 다 주인이 똑같거든. 그런데 무슨 돈독이 올랐는지, 2월이 임대 끝나는 기간인데 기다렸다는 듯이 그 쥐똥만 한 크기를 120만 원으로 올린다네. 그 건물 주인이 장사를 해봤어야 알지. 어휴, 옆 가게도 이사 가겠지, 뭐."

청담 패션 거리에서는 월세만 몇천이라는데 여기는 고작 몇십만 원에 벌벌 떠는 사람들이었다. 얼마 안 되는 돈 때문에 자신에게 아쉬운 소리를 하는 상인을 보자 씁쓸했던 기분이 싹 가셨다. 대신 자신 때문에 피해를 본 것 같아 미안한 마음이 생겼다.

"뭐 당분간은 그렇게 내도, 자기네가 이사 가고 나면 다시 내려가겠지. 아무튼 축하해. 그런데 우리가 뭐라고 해서 이사 가고 그런 건 아니지? 내쫓은 거 같아서 조금 그러네."

"아니에요. 어차피 옮기려고 했어요."

"잘됐네. 그래도 이사 가기 전에 소주나 한잔하자고."

상인 대표가 일어나려 할 때, 옆문을 통해 세운이 들어왔다.

"박 사장, 어쩐 일이야!"

"어! 마 사장! 하하. 거참, 얼굴 보기 힘드네."

"왔으면 부르지."

"이렇게 잘나가는 옷 가게라서 부르면 안 되는 줄 알았지, 하하."

친분이 있었는지 서로 반갑게 대화를 나눴다. 대충 상황을 알고 있던 세운은 주변 상가들의 상황을 물었다.

"옆 건물 주인이 그 구 씨 할아버지 아들이지?"

"그렇지. 어르신 계실 때는 사정도 봐주고 그랬는데 돈독이 올랐는지 얄짤없어."

"어휴, 우리 때문에 그렇게 된 거 같아서 좀 미안하네."

"어쩔 수 없지, 뭐. 월세를 다시 내리면 그때 돌아오든가 해야겠지."

대화를 듣던 우진도 세운이 아니었다면 같은 상황을 겪을 수도 있었다는 생각이 문득 들었다. 운 좋게 싼 가격에 들어올 수 있었다는 생각에 내심 고마웠다. 그래도 이제 얼마 안 있으면 이곳과도 작별이었다.

그런 생각으로 가게를 둘러보던 우진이 세운을 향해 고개를 돌렸다.

"왜?"

"여기에는 우리 나가면 누구 들어와요?"

"없지. …아! 그럼 되겠네."

세운은 우진을 보며 엄지를 내밀더니 박 사장을 봤다.

"장군이네하고 최 사장네 가게라고 그랬지?"

"그렇지. 그런데 장군이네는 이제 장사 안 할 거 같아. 아는 사람이 오라고 그랬다더라고. 차라리 그게 속 편하고 좋지, 뭐. 최 사장한테는 말해볼까?"

"어쩔 수 없지. 그런데 들어오기 괜찮을까? 나도 뭐 건물을 비우는 것보다 세놓는 게 좋을 거 같은데. 한 달 후에 1, 2층 가게 비우니까 거기 들어올 생각 없는지 최 사장이 한번 물어나 봐줘. 뭐, 2층에 여유는 있으니까 재고도 맡아준다고 해봐."

"여기? 여기 얼만데? 이 정도면 우리 가게보다 큰데? 근데 최 사장네는 작아서 여긴 좀 부담될 텐데."

"우리 45만 원인데. 비싼가? 나야 우리 디자이너 선생이 처음으로 들어와서 잘 모르지. 하하."

"어! 그렇게 싸?"

박 사장은 눈을 반짝거리더니 급하게 자리에서 일어났다.

건물주인 구동진은 요새 아주 살맛이 났다. 이 허름한 동네에 갑자기 들어선 옷 가게 덕분에 자연스럽게 임대료가 올랐다. 들어오고 싶어 하는 사람은 많고, 자리는 없다 보니 일어난 현상이었다.

골목 중에서 좀 외진 곳임에도 이곳까지 들어오는 사람이 많았다. 그러다 보니 구청에서도 인도에 안전 펜스까지 설치했다. 그런 걸 보면 구에서도 관심 있게 보는 것 같았다.

이제 얼마 안 있으면 땅값도 조금씩 오를 테고, 그렇게 되면 임대료도 더 오를 게 분명했다. 그렇게 만들기 위해서는 이곳에 좀 더 그럴듯한 음식점이나 이름 있는 매장들이 들어서야 했다. 자신의 건물에 있는 두 가게도 가게를 뺀다고 알려왔다. 이곳에서 꽤 오래 일한 사람들이지만, 그동안 싸게 대여한 것만으로도 충분히 도와줬다고 생각했다.

구동진은 골목을 지나가는 사람들을 보며 기분 좋은 얼굴로 걸음을 옮겼다.

"아예 내가 커피숍 같은 걸 차릴까? 하하."

주변 가게들을 둘러보며 걷다 보니 어느덧 건물 앞에 도착했다. 한 곳은 이미 비어 있는 상태였고, 다른 한 곳은 이제 이사 갈 준비를 하는 모양이었다.

"안녕하세요."

"어, 동진이 왔어?"

"네……? 아, 네."

며칠 전에는 버럭버럭 고함을 지르던 사람이 자신을 반기는 모습에 동진은 적잖이 당황했다.

"들어와. 마무리해야지."

"네, 뭐……."

구동진이 보증금을 돌려줌으로써 임대차계약이 끝났다. 서운한 소리라도 할 줄 알고 마음을 단단히 먹고 왔는데 오히려 좋아하는 눈치였다.

"이제 끝이지? 오늘 내로 옮기니까 걱정 붙들어 매고. 이제 볼일은 다 본 거지? 그럼 나 이사해야 해서, 그만 가봐."

"아, 네. 너무 섭섭하게 생각하지 마시고요."

"그래. 알았으니까 가봐."

동진은 찜찜하긴 했지만, 오히려 마음 편하게 잘됐다는 생각으로 가게를 나섰다. 그리고 걸음을 옮기려 할 때, 뒤에 최 사장이 따라 나왔다. 그런데 갑자기 가게 앞에 있던 짐들을 들더니 옆 가게로 갔다.

"뭐야. 옷 가게에서 가죽을 다 산 건가?"

그렇다면 오히려 잘된 일이기에 미소를 짓고 걸음을 옮기려 하는데, 얼마 전 부동산에서 봤던 공인중개사가 나타났다. 그러고는 자신의 옆을 지나가며 하는 말이 들렸다.

"진짜 가장 먼저 알려 드리는 거예요. 1월 중순에 들어오실 수 있으신데, 잘돼서 이사 가는 거거든요. 보이시죠? I.J? 엄청 유명한 곳이에요. 그만큼 터가 좋아요."

"그런데 너무 외져서 차가 들어오기 좀 그런 거 같은데. 사람도 너무 많고요."

"외지긴요! 이제 I.J가 이전하면 예전처럼 다시 돌아올 거예요. 공방 하신다고요?"

"네… 뭐."

구동진은 급하게 공인중개사 팔을 잡았다.

"아줌마! 그게 무슨 소리예요? 옷 가게가 가긴 어딜 가. 나한테 땅값도 많이 오를 거라고 했잖아요!"

"아오, 아파! 이것 좀 놔요! 왜 사람을 잡고 그래요! 그리고, 내가 언제 땅값이 많이 오를 거라고 그랬어요?!"

"그랬잖아! 나한테!"

"옷 가게들 들어서서 올랐으면 좋겠다고 그랬지, 내가 언제 그랬어! 생사람 잡네!"

구동진은 온갖 생각이 다 들었다. 아직 땅값도 오르기 전인데, I.J가 이사 가고 나면 문제가 심각했다. 지금 구경하러 오던 사람들이 빠지고 예전처럼 돌아간다면 공인중개사 말대로 외진 곳이라 임대하기도 힘들 게 분명했다.

그때 I.J 옆문으로 나오는 최 사장이 보였다.

"최 사장님!"

"어, 그래. 동진이. 아직 안 갔어?"

막상 부르긴 했는데 입이 쉽게 떨어지지 않았다. 그래도 하던 곳에서 하는 게 낫지 않을까 하는 생각에 용기 내서 입을 열려 할 때, I.J 건물의 2층 창문이 열렸다.

"최 사장! 이제 끝이지?"

"어, 끝이야."

"오케이. 그럼 한 달간 푹 쉬다 와! 하하, 한 달 치 월세는 안 받을 테니까. 하하하."

최 사장은 피식 웃더니 동진을 봤다.

"어, 왜 불렀어?"

"여기로 이사하시는 거였어요?"

"어, 그렇지. 훨씬 싸고 공간도 배로 넓고. 좋더라고. 동진이 자네한테는 미안하게 됐어. 그거 물어보려고 그런 거야?"

구동진은 아무런 말도 못 하고 멍하니 I.J 건물을 바라봤다. 최 사장은 그런 동진을 물끄러미 보더니 걸음을 옮겼다.

"옆 가게에 밥집이나 들어왔으면 좋겠다, 하하."

*   *   *

'이장호 디자인'에서 근무하던 매니저는 자신이 터뜨린 일에 대해 후회는 없었다. 다만 함께 일했던 동료들까지 합세할 줄은 몰랐다. 테일러들까지 합세한 덕분에 이장호가 무너지는 걸 볼 수 있었지만, 그 이후가 문제였다.

아무리 이장호가 나쁜 짓을 했다고 해도, 숍의 치부를 낱낱이 밝힌 이상 자신을 비롯한 테일러들을 채용할 디자이너는 없었다. 그러다 보니 '이장호 디자인' 출신들은 꼬리표 때문에 일자리를 알아보기가 쉽지 않았다. 매니저 윤준식은 미안한 마음에 일자리를 대신 알아보고, 테일러나 다른 매니저들에게 추천해 주는 중이었다.

"도형 씨, 위위 패션에서 경력 있는 테일러를 구하던데 봤어?"

─봤죠. 알고 있더라고요. 하하, 매니저님, 제가 알아서 할 테니까 너무 신경 쓰지 마세요.

"아니야. 나도 그냥 찾아보다가 우연히 본 거야. 다들 잘 지내지?"

일부는 개인 숍이 아닌 패션 기업에 취직하려는 사람도 있었지만, 그마저도 쉽지 않다는 말을 들었다. 통화로 동료들의 소식을 들은 준식은 계속해서 일자리를 찾았다.

지금 당장은 괜찮다 하더라도 앞으로도 이런 식이면 자신이 했던 행동들을 후회할 것 같았다. 그렇기에 찾는 걸 포기할 수 없었다.

그래서 매니저 일을 하면서 알고 지냈던 사람들에게 메시지를 보내거나 구직란 사이트에 접속해 수시로 새로고침을 누르며 새로운 구직이 올라오나 살필 때였다.

[Infinity of Jin's에서 직원을 모집합니다.]

"Infinity of Jin's? I.J잖아!"

현재 한국에서 가장 유명한 개인 디자이너 숍. 들어가고 싶어 하는 사람이 줄을 섰을 텐데, 그런 숍의 인원 충원이 구직란에 올라왔다. 준식은 혹시 자신이 잘못 본 건 아닐까 눈까지 비비고는 I.J가 맞다는 걸 확인했다. 그리고 모집 인원을 확인하기 위해 글을 클릭했다.

[모집 분야: 테일러(경력 우대)]
필요 서류: 본인이 만든 반바지 패턴.
업무 내용: 재봉, 재단, 패턴.

"그런데… 왜 이렇게 간단하지……. 다른 곳인가?"

공장에서 미싱사를 구하는 것보다 간단한 내용이었다. 약간 의심이 들었지만, 준식은 일단 내용을 마저 확인하기 위해 마우스를 밑으로 내렸다. 그러자 다른 분야의 채용 정보도 보였다.

[모집 분야: 스토어 매니저(경력 우대)]
업무 내용: 매출 관리, 매장 관리, 고객 응대.

우대 사항: 스페인어 or 영어 회화 가능.

이것 역시 굉장히 간단했다. 채용 정보만 봐서는 자신을 비롯해 다른 테일러들에게도 딱 맞는 정보였다. 준식은 일단 Infinity of Jin's에 대해 검색해 봤다.

그때, 채용 정보 맨 밑에 쓰인 글이 보였다.

[I.J에서 아제슬 기간만이 아닌, 오랜 기간 함께하실 실력 있는 직원을 모집합니다.]

준식은 손까지 떨어가며 마우스를 내렸다. 하지만 글은 더 이상 없었다. 준식은 서류를 낸 것도 아닌데 이미 채용이라도 된 듯 심장이 벌렁거렸다.

일단 물이라도 마셔야 진정이 될 것 같아 옆에 있던 물통을 열었다. 그러다 여전히 화면에 떠 있는 글이 눈에 들어왔다.

"아제슬 기간……? 어? 아제슬 기간?"

준식은 물통을 내려놓고는 곧바로 I.J에 대해 검색했다. 하지만 아무런 기사가 없었다.

"아제슬이 다시 나온다면 분명 기사가 올라왔을 텐데."

준식이 모니터를 보며 하염없이 생각할 때, 가입해 놓은 카페 목록에 새글 +99라는 알림이 보였다. 패션업계에 종사하는 사람들이 모이는 카페였다. 하루에 글이 많이 올라와 봤자 손가락으로 셀 수 있을 정도였다. 그런 카페에 새 글이 넘쳐난 다는 알림에 준식은 급하게 카페에 들어갔다.

그리고 아니나 다를까, 구인 광고 글을 봤는지 엄청난 숫자의 글이 있었다.

─와! 면접 관련 문의해 봤는데 진짜 I.J임!

─하아, 패종사에 분탕 종자가 나타나다니…….

─진짜인데요?

─거짓말도 적당히 하세요. 이곳에 계신 분들 전부 점잖은 분들이십니다.

─진짜예요! 전화가 안 돼서 구직 사이트로 쪽지를 보냈더니 답장 왔어요. 스샷 인증함.

[I.J 맞습니다. 작성하신 면접 지원서는 이메일로 보내주시면 됩니다.]

그 밑으로 구직 사이트에 적힌 이메일과 I.J의 이메일이 같다는 글들까지 달렸다.

준식은 그 글을 보며 떨리는 손으로 휴대폰을 들어 올렸다.

*　　　*　　　*

말끔하게 차려입은 장 노인과 세운은 I.J가 아닌 낯선 장소에 자리했다. 그리고 가운데에는 마찬가지로 슈트를 입은 우진이 서류를 살피는 중이었다.

"상무님은 몰라도 내가 뭐 본다고 아나. 후아."

"다들 바쁘시잖아요."

"그래도 이런 건 내 체질이 아니라서 영. 이걸 삼 일이나 할 생각하니까 벌써부터 힘들다."

"오늘만 보시면 돼요. 테일러분들은 직접 숍으로 오기로 했어요."

홍단아는 시계 케이스 업체와 미팅 때문에 바빴고, 성훈은 부품을 만드느라 바빴다. 그리고 팟사라곤은 아직 한국어가 미숙한 데다, 미자와 홈페이지를 관리해야 했기에 당연히 제외되었다. 매튜 또한 스위스에 갔기 때문에 제외되었다.

그때, 문이 열리더니 정갈한 정장을 입은 여자가 들어왔다.

"면접 시작하시면 됩니다."

사람이 너무 많이 몰린 탓에 따로 면접실까지 대여했다. 면접자가 너무 많이 몰려 I.J 식구들은 서류로 걸러내자고 했지만, 이번만은 우진이 주도했다.

그리고 이유가 있었다. 유니폼이 보이는지의 여부도 있었지만, 유니폼이 안 보인다고 해도 각 사람들마다 보일 옷을 관찰하기 위해서였다. 최대한 많이 보고, 그걸 바탕으로 한 달 뒤에 있을 제프 우드, 헤슬과의 회의에 내놓을 생각이었다.

"네, 들어오라고 해주세요."

"알겠습니다."

면접실 대여와 함께 임시로 고용한 여성이 가볍게 미소를 지으며 면접실을 나갔다. 그리고 잠시 뒤 한 사람이 들어왔다. 나이가 좀 들어 보이는 남자는 패션에 관련된 사람답게, 깔끔한 스타일이 잘 묻어나게 입고 있었다.

"앉으세요."

면접은 대체로 장 노인의 주도하에 이루어졌고, 우진은 단안경을 올린 채 관찰하기 바빴다.

"해외에서 근무하셨군요."

"네, 스페인 'J.끌로에'에서 MD로 근무했습니다. 그래서 스페인어는 자신 있습니다."

명품이라고 불리기는 힘들지만, 'J.끌로에'라면 어느 정도 이름 있는 기업이었다. 장 노인은 계속해서 필요한 질문을 했고, 우진은 스케치하기 바빴다.

'확실히 패션 쪽에서 일해서 그런지 몰라도 옷을 잘 입네.'

그 외에도 계속해서 사람이 들어왔고, 여성 비율도 상당히 높았다. 전부 내로라하는 기업이나 개인 디자이너와 함께 일했던 사람들이었다. 오랜 경력자들도 많았기에 장 노인의 질문에 막힘없이 대답했다.

각 개인의 뛰어난 부분을 캐치하려다 보니 정신적으로 여간 힘든 게 아니었다. 우진은 한창 스케치를 하다, 장 노인과 세운이 다음 면접자를 기다리는 동안 굳어 있던 몸을 풀었다.

"와, 앉아 있기만 해도 힘들다!"

"힘들기는! 내가 다 했고만! 자네가 면접 보나? 왜 아무 말도 없어!"

"하하, 상무님이 잘하시니까요. 그런데 이렇게 한 명씩 보면 언제 다 보지. 그런데 우진이, 넌 계속 뭘 그렇게 그려. 한번 보자. 슈트네? 이건 뭐야, 잠바야?"

"촌스럽기는. 패딩 아닌가! 패딩. 패션 면접 본다는 사람이 잠바는, 쯧쯧."

"참 나, 잠바나 그게 그거지. 그런데 이건 왜 그렇게 그리는 거야?"

우진은 대답하지 않고 그동안 그린 그림을 천천히 살폈다. 남녀 공용으로 만드는 게 생각보다 어려웠다. 그렇다고 아제슬에서 처음 내놨던 옷을 다시 내놓을 수는 없었다.

그때, 면접자가 들어왔다.

"안녕하십니까. 윤준식입니다!"

"하하, 기운이 넘치시네요. 편하게 앉으세요."

갑자기 들어오자마자 큰 소리로 인사를 하는 모습이 세운의 마음에 든 모양이었다. 다른 사람들과 다른 모습에 우진도 잠시 고개를 들었다. 그러자 큰 인사 소리만큼 밝은 미소를 짓는 사람이 보였다. 보는 사람마저 기분 좋아지게 만드는 모습에 우진은 가볍게 미소 짓고는 단안경을 올렸다.

남자를 보던 우진은 약간 놀랐다. 지금 입고 있는 정장과 단안경 너머로 보이는 옷이 상당히 흡사했다. 자신에게 어울리는 옷을 잘 알고 있는 사람이라는 걸 알 수 있었다. 구두와 넥타이와 말끔하게 넘긴 머리까지 상당히 비슷했다. 비록 유니폼은 아니었지만, 우진은 윤준식이라는 사람에게 관심이 생겼다.

그때, 장 노인이 면접을 시작했다.

"줄곧 이장호 디자인에서만 근무하셨군요?"

"네! 11년 동안 근무했습니다!"

우진은 얼마 전 이장호와 관련한 기사를 봤던 것이 떠올랐다. 내부 직원들과의 불화로 숍 문을 닫은 것으로 알고 있었다. 지금 앞에 있는 사람도 그 일 때문에 일자리를 잃어버린 사람 같았다. 면접 내내 스케치만 그리던 우진이 처음으로 질문을 던졌다.

"이장호 디자인이면 얼마 전에 직원들이 내부 비리를 터뜨려서 문을 닫은 곳이죠?"

"네, 맞습니다."

"캐물으려고 하는 건 아니고요. 이장호 선생님이 저희 패션쇼에 대해서 좋은 말을 해주셨는데, 일이 생겨서 인사도 못 드렸거든요."

"그러셨군요."

"11년이나 근무하셨으면 엄청 오래하셨네요. 숍이 문을 닫아 아쉬웠겠어요."

준식의 얼굴은 웃고 있었지만, 속은 타들어가고 있었다. 이장호와 좋은 관계처럼 보이는 우진이 자신을 떠보는 건지, 아니면 정말 모르고 묻는 건지 알기가 어려웠다.

하지만 여태까지 겪어본 상황을 생각하면 우진도 알고 묻는 것 같았다. 그러자 이장호와 연관되어 있을 거란 생각에 IJ 전체가 좋게 보이지 않았다. 이번에도 역시 아니라고 생각한 준식은 얼굴에서 미소를 지웠다.

"잘못된 걸 잘못됐다고 밝히는 게 잘못입니까?"

갑자기 변한 모습에 우진은 물론이고 장 노인과 세운까지 당황했다.

"11년 동안 사람 같지도 못한 대우를 받으면서 있었으면 많이 참은 거 아닙니까?"

"이봐요. 무슨 말을 하는 게요!"

"어떻게든 더 비싸게 팔고! 어떻게든 남겨먹고! 이름만 보고 배우려고 왔던 테일러들이 뭐 하나 배운 줄 아십니까? 그럴 거면 차라리 미싱 공장을 가는 게 나았을 겁니다!"

준식은 처음과 다르게 미소를 지으며 조용한 목소리로 힘줘서 말을 이었고, 우진은 그 모습에 비리를 터뜨린 사람이 준식이라는 걸 알았다.

둘 사이에 무슨 일이 있었는진 모르지만, 이름만 댔을 뿐인데 상당히 적대적인 것을 보면 좋은 관계는 아닌 것 같았다. 그렇다 해도 이건 아닌 거 같다는 생각에 고개를 돌려보니 아니나 다를까, 옆에 있던 장 노인과 세운의 표정도 그다지 좋지 않아 보였다.

우진 역시 준식의 태도가 달갑지 않았다.

"저기 윤준식 씨, 지금 I.J에 면접을 보러 오신 거 아닌가요?"

"맞습니다. 다 알고 계시면서 계속 놀리면 재미있으십니까?"

"무슨 소리를 하시는지 모르겠네요. 아무튼 알았으니까 이만 나가보세요."

우진은 더 말할 것도 없다는 듯 서류를 넘기며 나가라고 말했다. 준식은 이장호에 대한 얘기가 나오자마자 나가라는 말에 역시나 싫었다. 그러고는 더 볼 것도 없다는 듯 자리에서 일어났다.

문을 열고 나가려던 준식은 가슴에 달린 응시표가 눈에 들어왔다. 채용 정보를 알렸을 때 기뻐하던 직원들에게 미안한 마음이 들었지만, 이곳도 아니라는 생각으로 응시표를 거칠게 뜯어내더니 집어 던졌다. 그 모습을 보던 우진이 벌떡 일어났다.

"저기요! 윤준식 씨!"

자신을 부르는 소리에 준식은 고개만 돌려 우진을 쳐다봤다. 그러자 우진이 입을 벌린 채 위아래로 자신의 모습을 훑는 게 보였다. 이장호 얘기로 화가 나 있던 상태에서 위아래로 훑는 모습까지 보자, 자신을 우습게 본다는 생각밖에 들지 않았다.

"왜요! 뭐, 이름 좀 있다고 사람을 우습게 봐도 됩니까?"

"저! 저! 우진아, 왜 부른 거야! 저런 매너도 없는 사람을!"

"그래, 마 실장 말대로 앉거라."

우진은 아차 싶었다. 혼자만 있는 자리가 아닌지라, 면접 자리에서 화를 내고 나가려던 준식을 불러 세운 것은 아무리 대표라고 해도 세운과 장 노인을 무시하는 일이었다. 우진은 일단 장 노인과 세운에게 양해를 구했다.

"잠깐만, 좀 더 얘기를 해보고 싶어서 그래요."

"꼭 저 사람이어야 하는 게냐?"

"잠깐이면 돼요."

장 노인과 세운은 그동안 우진이 어떻게 직원들을 뽑는지 봐왔다. 신기하리만치 숍에 도움이 되는 사람들이었다. 문 앞에서 인상을 찌푸리고 있는 준식이 못마땅하기는 했지만, 일단 우진의 의견을 따랐다.

"잠깐만 시간 좀 내주세요."

준식은 갑작스러운 우진의 행동에 당황했다. 하지만 이미 엎어진 물을 주워 담을 수 없다는 생각으로 나가려 할 때, 우진이 뛰어나왔다.

"잠깐 앉아봐요. 아직 할 얘기 있어요."

장 노인과 세운은 우진의 행동이 마음에 들지 않았지만, 일단은 지켜보기로 했다. 그리고 준식은 직접 나와 붙잡는 우진의 행동에 적잖이 당황했다. 그러고는 우진에게 이끌려 다시 자리로 돌아갔다.

준식이 의자에 앉자 우진은 면접관 자리가 아닌 준식의 앞에 섰다. 지금 면접관 자리에 있는 두 사람이 노려보고 있어 불편하기만 한데, 앞에 있는 우진은 아무 말도 없이 계속 자신을 훑었다. 참다못한 준식은 우진을 보며 물었다.

"왜 부르신 겁니까?"

그제야 우진이 가볍게 미소를 보이더니 입을 열었다.

"옷을 잘 입으시네요. 그것도 굉장히."

이장호에 대해 말을 꺼내려는 줄 알았는데, 다짜고짜 옷을 잘 입는다고 말한다. 그러더니 자신을 빙빙 돌며 옷에 대해 관심을 보였다.

"이거 어디 거예요? 손바느질인데 굉장히 탄탄해요. 숄더 라인 좀 벌려봐도 되나요? 심지도 신경 썼네. 분명 이탈리아 원단인데, 심지를 두껍게 넣어놔서 영국 원단 느낌도 나고, 전체적으로 흠잡을 데가 없는데요? 마 실장님, 여기 구두 좀 봐주세요."

"갑자기 뭐 하는 거야?"

"어떤지 한번 봐주세요. 디자인은 괜찮거든요."

세운은 우진의 말에 마지못해 준식 앞에 섰다. 그러고는 여전히 못마땅한 얼굴로 고개만 숙여 준식의 구두를 봤다.

"어? 잘 만들었는데? 벗어봐요."

준식은 이 사람들이 미친 건 아닐까 생각했다. 구두를 뺏어 가듯 벗겨가더니 얼굴을 아예 파묻고 있었다.

"밸런스가 굉장히 좋네. 어디 제품이지? 아! 조 슈즈구나! 성수동에서 샀어요?"

"…네? 네."

"운 좋네. 그럼 작년에 샀겠다. 영감님이 나이를 먹어서 지금은 가게를 접었으니까. 하긴 그 영감님이 꽤 실력 있긴 하지."

세운이 구두를 돌려줬고, 우진은 다시 구두를 신는 준식을 보며 환하게 웃었다. 두 번째였다. 제프 우드에 이어 자신이 만든 옷이 아님에도 빛이 나는 사람.

응시표를 뜯어낸 윤준식에게서 빛이 보였다. 우진은 유니폼이 보일 때보다 더 신기했다.

"이장호 선생님이 만드신 거예요?"

"아닙니다!"

"그럼 누가 만든 거예요? 약간 데이비드 선생님 느낌도 나는 거 같은데."

준식은 순간 멈칫했다. 어떻게 한눈에 보고 알아봤는지 모르지만, 헤슬에서 나온 제품을 따라 만든 것이었다. 헤슬의 정장이 굉장히 높은 가격이라 구매하기는 어려웠던 것이다.

그래서 같이 일하던 직원들이 옷을 만들고, 자신의 취향에 맞게 변형했던 것이다.

원단도 영국 원단 특유의 딱딱한 느낌을 좋아했다. 하지만 감촉은 이탈리아 원단을 좋아했다. 그걸 합쳐 직원들이 나름대로 생각해서 만들어준 것인데 우진이 단번에 알아봤다.

지금 우진의 얼굴을 봐서는 굉장히 관심이 있는 것 같았다. 정장을 보고 칭찬을 했으니 다른 직원들도 좋게 봐줄 것 같았다. 베껴서 만든 게 문제는 되겠지만, 문제가 그것뿐이라면 연습으로 만들었다고 얼버무릴 수 있었다.

어쨌든 그 문제보다 우진이 진심으로 관심이 있는 것인지가 중요했다. 준식은 잠시 고민을 하다 아예 직접 묻는 게 빠를 것 같다는 생각으로 입을 열었다.

"이장호… 그쪽 라인이십니까?"

"네? 무슨 라인이요?"

"아니십니까? 어……? 이장호 그 사람하고 연관된 분 아니십니까……?"

우진은 갑자기 묻는 말에 고개를 갸웃거렸다.

"그냥 쇼를 칭찬해 주신 게 단데요? 처음에는 조금 강압적이라 꺼려진 건 있었는데… 그래도 쇼를 보고 칭찬하는 기사를 내주셨더라고요."

준식은 얼굴이 달아올랐다. 우진은 자세한 얘기는 모르고, 그저 자신을 칭찬해 준 걸 고마워하는 것 같았다. 그 뒤로도 우진의 얘기를 들으면 들을수록 자신이 실수했다는 걸 깨달았다. 협회 소속도 아니라고 했고, 스위스에 있었던 데다가 그동안 바빠서 제대로 알 수가 없었다고 했다.

지금 놀라고 당황하는 우진의 표정만 보더라도 아예 상관이 없는 사람이란 걸 알 수 있었다. 그동안 하도 이장호와 안 좋게 엮였다 보니 지레짐작하고 화를 내버린 스스로가 한심해 미칠 지경이었다. 지금 한 대화로만 보면 실력도 있고, 옷에 대해 열정도 대단한 사람이라 더욱더 아쉬웠다.

준식은 아쉬움에 고개를 떨궜다. 그러다 발밑에 떨어진 응시표가 눈에 들어왔다. 다시 주워서 달고 싶은 마음이 굴뚝같았다.

*   *   *

전후 사정을 알게 된 우진은 약간 당황할 뿐 크게 개의치 않았다. I.J가 피해를 받았다면 모를까, 전혀 피해를 본 것도 없었기에 그냥 조금 찜찜할 뿐이었다. 그것보다 윤준식의 빛나는 옷이 더 관심을 끌었다. 한참을 살피던 우진은 이제 볼 것은 다 봤는지 다시 자리로 돌아갔다.

준식은 자신을 한참이나 관찰하는 우진의 모습에 약간은 기대가 되었다. 면접관 중 노인이 계속 노려보고 있었지만, 우진이 보이는 호의를 보면 가능성이 있었다. 우진의 입이 열렸다.

"시간을 내주셔서 감사해요. 나가보세요."

"네?"

"더 하실 말씀 있으세요?"

잡을 땐 언제고 나가라는 말에 준식은 멍한 얼굴로 우진을 봤다.

"저… 끝난 건가요?"

"면접이요? 면접은 아까 끝났잖아요."

"아… 한 번만 더 기회를 주시면 안 될까요?"

우진은 머리를 긁적이더니 입을 열었다.

"아무래도 저희하고 안 맞는 거 같아요. 매장 매니저를 구하고 있거든요."

"네! 11년 동안 매장 매니저 했습니다. 기획도 가능합니다!"

"그런데 거기 계시면서 고객들한테 화내고 그러셨어요?"

"…네?"

"면접을 보러 오셔서 화를 낼 정도신데."

"아닙니다! 오해가 있어서 그런 겁니다…….."

윤준식보다 더 놀란 건 장 노인과 세운이었다. 갑자기 신기해하던 건 언제고 칼같이 자르는 모습에 자신들이 알던 우진이 맞나 싶었다.

"다른 거면 몰라도 이건 아닌 거 같아요. 알고 오셨겠지만, 매장 전체적인 관리뿐만이 아니라 고객 응대도 하셔야 하거든요. 그런데 고객한테 화를 낼 것 같은 분을 저희가 뽑을 순

없잖아요?"

"아! 아닙니다! 11년 동안 일하면서 그런 적은 한 번도 없었습니다. 그리고… 저 스페인어와 영어 둘 다 가능합니다! 정말 열심히 하겠습니다!"

"알았으니까 일단 돌아가세요."

윤준식은 아무래도 틀린 것 같다는 생각에 고개를 떨궜다.

*　　　　*　　　　*

"아직도 보고 있어?"

"네, 조금 많네요."

"휴, 너도 바쁘네. 대부분 거기서 거기라 매니저를 누구를 뽑아야 할지 모르겠네."

삼 일간의 면접이 끝났지만, 우진은 상당히 바빴다. 아제슬에서 가장 중요한 게 바지이다 보니 반바지를 제출하라고 했었다. 테일러에 지원한 사람은 매니저보다는 적은 수였지만, 그래도 상당히 많은 양이었다.

반바지를 제출하면서 짧은 면접도 같이 보았다. 하지만 우진은 자신이 생각하던 것과 다르다는 걸 알았다. 대부분 경력이 있다 보니 IJ 내에서 자신의 색으로 옷을 만들길 원했다. 우진이 필요한 사람들이 아니었다. 나중에야 도움이 될지 모르겠지만, 지금 당장은 자신이 가르쳐 준 대로 만들 사람들이 필요했다.

제출한 반바지만 하더라도 제각각이었다. 대부분이 실력을 뽐내려고 화려하게 만들었지만, 우진에게 그런 건 전혀 필요 없었다. 그러다 우진은 하얀색 반바지를 보며 고개를 갸웃거렸다.

"어? 이거 아까 본 거 같은데. 내가 옮겨놨나?"

반바지를 보며 고개를 갸웃거린 우진은 기본에 충실한 반바지만 따로 분류해 놓은 곳을 봤다. 그러다가 그 모퉁이에서 지금 보는 것과 똑같은 반바지를 발견했다.

"뭐야, 같은 사람이 만들었나?"

"왜 그래?"

옆에서 정리하던 세운이 허리를 펴며 물었다.

"재봉 방법부터 마감 처리까지 완전 똑같은데요? 같은 사람이 만든 거 같아요."

"뭐? 뭐야, 붙어 있는 이름은 다른데? 기다려 봐. 내가 누군지 찾아볼게."

우진은 머리를 한 번 긁적이고는 다시 다른 반바지들을 들척였다. 몇 벌을 더 봤을 때쯤 하얀색 반바지가 보였다.

"뭐지?"

우진은 한쪽에 반바지를 내려놓고는 아직 못 보고 쌓아놓았던 반바지들 사이를 뒤적거렸다.

"또 있네. 어? 여기도."

먼저 봤던 2벌까지 총 6벌이었다. 우진은 그 반바지들만 따로 분류했다. 그러고는 정말 같은 사람이 만든 건지 천천히 살폈다. 언뜻 보면 한 사람이 만들었다 싶을 정도로 똑같아 보였다.

그중 2벌은 볼 것도 없을 정도로 깔끔하고 완벽했지만, 4벌은 약간 미숙한 것이 보였다. 마치 한 사람에게 배운 것 같은 느낌에 우진은 팔짱을 낀 채 깔아놓은 반바지들을 살폈다.

그때 세운이 서류를 들고 왔다.

"아까 그 사람들, 둘 다 '이장호 디자인' 출신인데?"

"그래요?"

"어. 어? 뭐야. 6벌이야? 다 이장호 출신인가? 이순태, 김태우, 김판권, 김유진. 기다려 봐."

우진이 원하는 대로 아무런 기교도 없는 반바지들이었다. 아니나 다를까, 세운이 가져온 서류를 보니 전부 '이장호 디자인' 출신이었다.

"그 사람이 하는 짓은 꼰대 같아도 애들은 잘 가르치나 보네."

우진도 고개를 끄덕이고는 하얀색 반바지 6벌을 따로 정리했다.

*　　　　*　　　　*

제이슨은 아제슬 운영 팀에서 보낸 자료를 보며 씨익 웃었다. I.J에게서 대답을 들은 그는 준비하고 있던 일을 진행했다. 그중 가장 중요한 것이 원단이었다. 지금 보고 있는 것도 원단을 I.J와 헤슬에 보냈다는 서류였다.

원단은 솜 1g에서 뽑아내는 실의 양에 따라 수가 정해진다. 40가닥을 뽑아내면 40수, 80가닥이면 80수. 보고 있던 서류를 놓고 다시 제이슨이 손에 든 것은 골든사에서 야심 차게 준비한 원단이었다.

면이 아니라 태어난 지 1, 2년 된 양의 털로 만들어진 원단.

그것도 가장 부드러운 목 부분에서 채취한 털로 만든 원단의 희소성은 말할 것도 없었다.

이 털은 보통 슈트 재킷에 사용되지만, 골든사 연구 팀은 노력 끝에 셔츠에 사용할 수 있는 원단을 제작했다. 원단은 이번 아제슬에서 제프 우드가 제공을 맡아 헤슬이나 I.J에도 이미 보내둔 상태였다.

물론 여러 종류의 원단을 보냈지만, I.J가 고를 원단이 눈에 보였다. 헤슬이야 자존심 때문에 이 원단을 사용하지 않는다 해도 I.J는 반드시 사용할 것이 분명했다. 아제슬이 갖는 이름이 있으니 야드당 2,500달러나 되는 원단을 두고 다른 것을 선택하진 않을 것이 분명했다.

그렇게 되면 기존에 헤슬이 제공했을 때보다 원단값만 최소 두 배는 더 벌어들이게 된다. 그리고 아제슬이 무사히 끝나면 원단이 유명해지는 건 기정사실이었다. 덤으로 제프 우드와 I.J가 성공적으로 프로젝트를 마친다면 원단을 사용하지 않는 헤슬은 비교 대상이 될 것이었다.

일이 순차적으로 진행되자 제이슨은 만족스러운 웃음을 지었다. 그때 디자인 팀에서 조셉이 올라왔다는 알림을 받았다.

"들어오라고 해요."

잠시 뒤, 조셉이 같은 옷을 입은 모델들과 함께 들어왔다. 그 모습에 제이슨은 미소가 가득한 얼굴로 일어났다. 다른 브랜드들은 몰라도 자신들은 벌써 모든 준비가 끝난 상태였다. 제이슨은 각각 체형이 다른 모델들을 전부 살펴보고선 만족스러운 미소를 지었다.

*　　　*　　　*

며칠 뒤.

우진은 사무실을 둘러보며 한숨을 깊게 뱉었다. 새로운 디자인은 내년에 발표하기로 일정이 잡혀 있었다. 하지만 구직 광고 문의와 함께, 아제슬에 대한 문의 전화도 끝없이 밀려들어 와 일이 넘쳐났다.

뉴욕에서 열렸던 아제슬 1호 때와 마찬가지로 예약은 불가능했다. 오로지 당일 매장 예약만 가능했다. 아직 정해진 바가 없다고 알렸지만, 문의 전화 수가 많다 보니 I.J 식구들은

죽을 맛이었다.

게다가 패션쇼 기간이 끝나 대여했던 장비들도 반납해야 했고, 제프 우드에서 보낸 가상 피팅 시스템도 당분간 숍에서 보관해야 했다. 그렇다 보니 우진은 정신없이 바빴다.

자신이 대표란 것을 새삼 실감 중이었다.

스위스에서 돌아온 매튜는 곧바로 매장을 담당했다. 그리고 매장에 가서는 사진을 찍어 수시로 보내왔다.

3층은 반으로 나눠 사무실과 작업실로 꾸미기로 했다. 어찌나 넓은지 반으로 쪼갰음에도 휑해 보일 정도였다. 1, 2층은 밖에서도 볼 수 있도록 열려 있는 구조였고, 2층을 테라스 형식으로 만들어 1, 2층이 천장을 같이 쓰는 형식이었다. 우진도 충분히 마음에 들었다. 다만, 수시로 문의가 들어오는 통에 정신이 없었다.

그것만 해도 바쁜데 아직 완성하지 못한 디자인 때문에 마음이 급했다. 스케치북과 태블릿 PC에 그동안 그렸던 디자인들이 수두룩했다. 하지만 같은 디자인으로 남녀 모두가 입을 수 있도록 만들어야 하다 보니 쉽게 결정이 나지 않았다.

"댕, 어떤 게 마음에 들어?"

"저는 전부 괜찮아 보여요."

팟사라곤이 주말에 출근해 따라 나온 댕에게 의견을 물었다. 사실 댕은 그다지 도움이 되지 않았다. 보여주는 옷마다 모두 좋다는 말만 했다. 우진은 피식 웃고는 다른 디자인을 살폈다.

남녀가 같이 입기에는 티셔츠가 적당했다. 하지만 처음에 판매했던 것도 티셔츠여서 마음에 걸렸다. 게다가 제프 우드나 헤슬에서 어떤 디자인을 내놓을지 몰라 약간 초조한 마음도 있었다.

우진은 일단 만들어보고 판단하는 게 좋을 것 같은 생각이 들어 사무실을 나섰다. 오늘은 봐야 할 서류도 더 없었다. 그때, 숍 앞으로 커다란 탑차가 멈춰 서는 게 보였다.

차에서 내린 사람들은 짐칸 문을 열더니 무언가를 내리기 시작했다. 마침 사무실에 있던 장 노인도 트럭을 보더니 밖으로 나왔다.

"제프 우드에서 원단이 왔나 보고만?"

"아! 그런가 보네요."

원단을 보냈다고 해서 원단 조각들이 붙은 스와치를 보낼 줄 알았는데 생각보다 많은 양이었다.

"마 실장이 옆 가게 가죽을 전부 맡아준다고 해서 2층에 자리도 없을 건데."

"괜찮아요. 일단 응접실에 놓고 정리해 봐야죠. 저, 기사님! 그냥 앞에 두세요. 제가 정리해야 해서요."

잠시 뒤, 물건을 내려놓은 기사가 사인을 받고는 돌아갔다.

우진은 원단을 확인하기 위해 박스로 향했다. 안 그래도 옷을 만들어보려던 참이었기에 잘됐다는 생각으로 '골든'이라고 이름이 적힌 박스 앞에 쪼그려 앉았다.

박스를 개봉하자 맨 위에 원단 종류들과 정보가 적힌 종이가 놓여 있었다. 우진은 그 종이를 들어서 물끄러미 보다 말고 깜짝 놀랐다.

"와… 원단값이 엄청나네요. 2,500달러면 한 300만 원 정도 하겠어요. 한 1.5야드 정도 쓰려고 했으니까… 원단값만 450만 원가량 들어가겠네요."

"헤슬하고 제프 우드에게 라이선싱비를 주고, 자재값을 주고 나면 인건비는 얼마 남지도 않겠고만."

"그래도요. 옷값이 900만 원이라 엄청 걱정했는데, 좋은 원단을 사용하면 마음이 조금은 편할 거 같아요."

"참 나, 돈 벌긴 글러먹었어."

우진은 피식 웃고는 남은 원단을 살폈다.

*   *   *

작업실에 있던 우진은 거울을 보며 무척 난감한 얼굴이었다. 제프 우드에서 보낸 '제프란'이라는 이름의 원단으로 스케치북에 있던 셔츠 중 하나를 만들었다. 그런데 막상 만들어보니 문제가 이만저만이 아니었다.

일단 만드는 것부터가 문제였다. 가볍고 부드러운 건 좋았지만, 너무 얇고 예민해서 미싱을 사용할 수가 없었다. 전부 손바느질로만 해야 했다. 그래도 그건 손이 아프면 그만이라고 생각하고 넘어갈 수 있었다.

문제는 만들어진 옷 자체에 있었다. 너무 하늘거리다 보니 축 처지는 느낌이었다. 칼라도 방법을 달리해서 달아봤지만, 전부 축 늘어지기만 했다. 혼방이 아닌, 100% 양털로 만들어져 있어 그런 결과를 낳았다.

그에 따른 문제점이 또 있었다. 조금 움직였을 뿐인데도 주름이 상당했다. 옷 안에 심지를 넣는 슈트를 만들면 해결될 일이었지만, 그렇게 되면 자재비가 너무 올라간다. 남성만 옷을 산다는 보장도 없었기에 남녀가 모두 입을 수 있어야 했다.

결국 우진이 선택한 건 남방이었다. 아직 디자인을 정하진 않았지만, 남녀 모두가 입기에 가장 적당한 옷이라고 판단했다.

"옷값을 생각하면 이게 딱 좋은데……."

우진은 일단 셔츠를 벗어놓고는 다른 원단들도 살펴봤다.

만들기 전에 원단만 보면서 눈대중하는 것과, 원단으로 만든 완성품을 보는 것은 차이가 있었다. 그래서 내린 결론은 '일단 만들고 보자'였다.

잠시 뒤, 우진은 원단 종류별로 기본 셔츠를 모두 완성했다. 모두 같은 디자인으로 만들었기에 한눈에 비교가 되었다.

"이건 너무 투박하고, 이건 너무 뻣뻣하고… 어, 이건 꽤 괜찮네. 3번이 뭐지?"

우진은 원단 목록에 적힌 숫자를 찾아봤다.

"골든란아?"

'LANA'가 라틴어로 양모를 뜻하니 이것도 '제프란'과 마찬가지로 양모일 것이었다.

우진은 원단 설명이 적힌 종이를 보며 고개를 끄덕였다. 생각한 대로 양모가 들어가 있었지만, 폴리에스터 합성 제품이었다.

가격은 '제프란'에 비해 1/5 정도의 가격이었다. 그래도 비싼 편이긴 하지만 판매가 900만 원에 비교하면 너무 값싼 원단이라는 생각이 들었다. 완성도를 보면 '골든란아'를 써야 했고, 좋은 원단을 보면 '제프란'이었다.

"하… 옷값이 조금만 싸도 쉽게 결정했을 텐데……. 제프 선생님은 어떻게 하시는 거지?"

그때, 작업실 커튼이 열리더니 장 노인이 얼굴을 내밀었다.

"안에서 뭘 혼자 그렇게 중얼거리는 게냐. 음? 웃통은 왜 또 벗고 있는 게야?"

"아, 아니에요. 무슨 볼일 있으세요?"

"볼일은 네가 있지. 네가 말한 그 여섯 명. 지금 도착했다."

장 노인의 말에 우진은 시계를 봤다. 테일러들과의 면접이 있었는데 원단 때문에 잊고 있었다. 우진은 서둘러 옷을 입은 뒤, 사무실에 들러 준비한 서류와 테일러들이 제출한 반바지를 들고 나왔다.

*   *   *

'이장호 디자인' 출신의 테일러들 6명이 I.J 응접실에 자리했다.

"실장님, 여기 I.J 맞죠……?"

"아까 그 디자이너 봤잖아. 좀 조용하고 있어라. 떨려 죽겠는데."

"TV로 보던 것보다 훨씬 작은 거 같아서……. 여기 물건들도 그냥 내놓은 것도 그렇고. 그런데 디자이너는 윤 매니저님한테 들었던 거랑 조금 다르네요……."

"좀 그렇긴 하네. 그래도 아직 몰라. 순진하게 보이는데 성격은 칼같다고 그랬으니까 괜히 꼬투리 잡히지 말고 조용히 있어."

윤준식에게 우진에 대한 정보를 들었던 여섯 명은 긴장한 얼굴로 소파에서 가만히 기다렸다.

잠시 뒤, 우진이 쟁반을 들고 응접실로 왔다.

"이거 드세요. 춥죠?"

"아, 감사합니다!"

다들 바빴기에 우진이 직접 커피까지 타 왔다. 그러자 테일러들은 그 광경이 신기한지 커피를 받을 생각도 없이 우진을 살폈다. 우진은 커피를 일일이 나눠주고는 입을 열었다.

"다들 '이장호 디자인'에서 일하셨던 분들이니 같이 오시는 데 문제없을 것 같아서 한꺼번에 오시라고 했어요."

테일러들이 고개를 끄덕였다. 우진은 살며시 웃고는 한쪽에 챙겨놓은 반바지를 꺼내 탁자 위에 올려놨다.

"이거 패턴도 전부 각자 하신 거 맞죠?"

"네, 다 각자 작업했습니다."

"기본에 충실하신 게 딱 마음에 들었어요. 전부 이장호 선생님께 배우신 거예요?"

"그건… 아닙니다……."

우진이 고개를 갸웃거리자 그중 대표로 보이는 사람이 입을 열었다.

"원래 계시던 실장님한테 배웠습니다. 사실 저하고 이 친구는 디자이너로 왔다가 어쩌다 보니 테일러가 된 경우죠. 이장호… 그 사람은 디자인은커녕 바느질 한 땀도 가르쳐 준 적이 없습니다."

이 사람들 역시 윤준식과 마찬가지로 이장호에 대해 상당히 적대적이었다. 도대체 어떻게 했길래 다들 저런지 궁금해질 정도였다.

"그런데 저희도 테일러를 구하는 중인 거 아시죠?"

"아, 물론 압니다. 디자이너를 할 생각은 버렸습니다."

우진은 머쓱하게 웃고는 말을 이었다.

"I.J에서 근무하시게 되면 아제슬 기간만은 제가 원하는 대로 재봉 방법이나 패턴을 하셔야 해요. 전부 통일해야 하는데 괜찮으세요? 이런 말씀 드려서 좀 죄송한데, 싫어하는 분도 계시더라고요. 이렇게 하는 이유가, 옷에 개개인의 색이 묻어 나면 안 되거든요."

아제슬에서 나올 디자인은 하나뿐이다 보니 달라서는 안 됐다. 그렇기에 우진은 그것부터 먼저 알렸다. 그러자 테일러들 중 가장 끝에 있던 사람이 조심스럽게 손을 올렸다.

"저… 그런데 어떤 식으로 해야 하는지 미리 알 수 있을까요……? 연습을 하는 게 좋을 거 같아서요."

그러자 비슷해 보이는 또래 3명이 동의한다는 듯 고개를 끄덕였다.

"저희들도요. 옆에 실장… 아니, 두 분은 몰라도 저희 네 명은 연습하는 게 좋을 거 같아서……. 저희가 두 분께 배웠거든요."

"아, 그랬구나. 어쩐지 조금씩 차이가 있더라고요. 그리고 연습하는 건 걱정하지 마세요. 일단 제가 디자인을 뽑는 게 우선이거든요. 제가 먼저 만들어보고 알려 드릴 거예요."

"직접이요?"

"네?"

"그러니까 다른 테일러분이 아니라 직접 알려주신다고요?"

"아! 그 말씀이시구나. I.J에는 아직 테일러가 없어요."

그 말에 여섯 명 모두가 어리둥절한 얼굴로 우진을 바라봤다.

"사실 혼자 할까 하다가 예약 손님이 밀릴 것 같아서 뽑는 거예요. 여러분이 같이하시게 되면 I.J에서 처음으로 뽑힌 테일러가 되는 거예요."

"……."

옷이 좋기로 유명한 데다가 해외 브랜드와 컬래버까지 하다 보니 당연히 소속 테일러가 있을 거라고 생각했다. 누구에게 사사했는지도 경력에 중요한 부분이다 보니 내심 궁금한 차였다. 그런데 그동안 혼자서 다 했다고 하니, 쉽게 믿어지지 않았다.

"지금까지 정말 혼자서 다 만드신 건가요……?"

"네. 아, 중간에 잠깐 헤슬에서 오신 분들이 도와주셨죠."

"……."

"그렇게 어려운 건 아니니까 너무 걱정하지 마세요. 기본만 있으면 금방 배우실 수 있을 거예요."

다들 걱정하는 한편 기대하는 얼굴이었다. 그러다가 문득 테일러들은 '이장호 디자인'에 있을 때가 떠올랐다. 처음 들어갔을 때, 알려주지도 않으면서 배운다는 명목으로 한동안 알바보다 못한 월급을 받아야 했다. 그 때문에 배워야 한다는 말이 약간 걱정스럽게 다가왔다.

"그럼 월급은……."

"아, 아제슬 기간 동안은 정말 일이 많을 거예요. 원래 저희가 주말은 쉬는데, 아마 한동안은 그러지 못할 거 같아요."

"주말을 쉰다고요……? 숍이?"

"네. 그런데 아제슬 기간 동안은 아마 일요일만 쉬게 될 것 같아요. 그리고 10시 오픈, 10시 마감이거든요. 좀 길죠?"

"오픈 시간이 조금 빠르지만, 괜찮습니다!"

"아마 초반에만 그렇게 될 거고요. 야근도 많이 하시게 될 거예요. 월급은 야근수당까지 포함해서 나가게 될 겁니다. 음… 아마 당분간은 야근을 안 하는 날이 없을 거예요. 그래도 기본급 350만 원에 야근수당도 있고요. 총급여는 500만 원이 좀 넘지 않을까 싶어요."

"헐……."

'이장호 디자인'에서 받은 월급에서 딱 두 배 되는 금액이었다. 그때도 항상 야근을 했기에 조건이 얼떨떨했다. 직접 배우면서 돈도 받는다는 조건은 어디에서 들어본 적도 없었다. 한국 숍에서 일하는 테일러 중에서 이렇게 받는 사람이 몇이나 될까 하는 생각에 당황스럽기까지 했다. 테일러들은 어떻게 해서라도 붙어 있어야겠다는 생각이 들었다.

"그럼 언제부터 나오면 될까요……?"

"아, 일단 전화로 말씀드린 대로, 제가 직접 여러분의 실력을 확인하려고요. 지금 괜찮으시죠?"

우진의 말에 다들 긴장한 얼굴로 변했지만, 이내 기회를 놓칠 수 없다는 생각인지 의욕적으로 고개를 끄덕였다. 그리고 한 명씩 우진의 작업실로 안내를 받았다.

*   *   *

작업실이 좁다 보니 한 사람씩 데리고 작업실에 들어왔다.

이미 반바지에서 봤듯, 아무런 기교 없이 기본기에 충실한 실력이었다. 그렇다고 실력을 보지 않고 뽑으면 안 됐다. 기본적으로 옷에 대한 이해도가 있어야 했고, 자수 같은 경우만 해도 손바느질로 하는 경우가 있기에 그것 또한 봐야 했다. 그런 것을 안 보려면 아예 아버지 공장처럼 미싱사를 구하는 게 나았다.

"좀 좁죠?"

"아닙니다⋯⋯."

셔츠를 만들던 도중에 나왔기에 일단 작업하던 셔츠를 작업대 한쪽으로 정리했다. 행거에 걸어두고 싶었지만, 패션쇼에 사용했던 옷들이 걸려 있어서 그럴 수가 없었다.

우진은 자신이 쌓아둔 옷을 보면서 스스로도 웃긴지 피식 웃었다. 예전 같으면 무엇보다 우선적으로 정리했을 텐데, 좁은 곳에 오래 있어서인지 그렇게 불편한 느낌이 들지 않았다.

정리를 마친 우진은 혹시 유니폼이 보일까 싶어 먼저 단안경부터 올렸다. 하지만 유니폼이 아니었기에 단안경을 내리고 입을 열었다.

"이장호 디자인에서 실장이셨어요?"

"네, 최범찬이라고 합니다. 만나 뵙게 돼서 영광입니다."

"저도요. I.J에 지원해 주셔서 감사해요. 그럼 일단 숍에서 필요한 작업을 볼까 하는데 괜찮으실까요?"

"네! 괜찮습니다. 재단 도구와 바늘도 전부 챙겨왔습니다."

"네. 일단 재봉부터 보고, 바느질은 그 뒤에 볼게요. 재봉틀이 하나라서 제가 먼저 시범을 보일 테니, 보시고 따라 하시면 돼요."

우진은 말을 끝내더니 곧바로 재봉틀 앞에 앉았다. 그러고는 미리 준비해 놓은 원단을 최범찬에게도 건넸다.

"제가 준비해 놓은 건데요. 우리 바지 다리를 재단해 놓은 거예요. 아직 처음이시래서 제가 초크로 그려놨거든요. 그거대로 하시면 돼요."

최범찬은 받아 든 원단이 바지 한쪽인 것은 알아챘다. 그런데 초크로 칠해진 선이 일자가 아니라 조금 울퉁불퉁한 느낌을 받았다. 그래도 그동안 만들어본 것이 있다 보니 나름대로 진행 방향을 생각했다.

'중간부터 끊고, 무릎 바로 위에서 한 번 더 끊고, 밑단에서 끊어서 가면 되겠다.'

그때, 갑자기 재봉틀 소리가 들렸다.

드르르르르— 드르르르—

"됐어요. 한번 해보세요."

"……"

최범찬은 상당히 당황했다. 진짜 다 한 건가 싶어, 그의 눈은 우진이 조금 전에 재봉한 원단에 붙박여 있었다.

"한번… 보고 해도 될까요……?"

"네, 그러세요."

다리 부분을 받아 든 범찬은 더 당황했다. 분명 몇 번은 끊어서 가야 할 정도로 울퉁불퉁한데 우진은 단 한 번에 완성했다. 그리고 신기하게도 울퉁불퉁한 초크 선과 다르게 일자처럼 보였다.

'아… 떨어지겠네……'

우진의 실력을 보니 그동안 내가 한 건 아무것도 아니었구나 하는 자괴감까지 들 정도였다. 최범찬은 떨어질 때 떨어지더라도 일단 한번 해보자는 생각으로 재봉틀에 앉았다. 그러고는 재봉틀에 원단을 넣었다.

드르르— 드르르— 드르르—

바로 옆에서 지켜보는 우진 때문에 더 긴장했고, 긴장감 때문에 본래 실력이 나오지 않았다.

그때 우진의 목소리가 들렸다.

"천천히 하세요. 이거 원래 한 번에 하는 분 한 명도 못 봤어요. 저도 많이 해서 늘은 거고요."

"아… 감사합니다."

"이름만 대면 아시는 분들도 한 번에 못 하신 거니까 걱정 말고 천천히 해보세요."

최범찬은 부드러운 우진의 말에 용기를 얻어 고개를 끄덕였다. 그러고는 자신이 생각했던 대로 재봉을 시작했다. 얼마나 긴장했는지 이마에 땀이 송골송골 맺히고 나서야 마무리를 지을 수 있었다.

"잘하시네요. 그럼 이제 손바느질을 봐도 될까요? 이건 조금 어려우실 거예요."

조금 긴장감이 풀렸던 최범찬은 어렵다는 말에 다시 긴장하기 시작했다. 겨울인데도 등이 축축해졌고, 자신이 땀이 나는지도 모른 채 우진에게 집중했다.

"다 보고 하시려면 어려울 거예요. 여기서 제가 하는 거 보시면서 따라 해보세요. 일단 I.J 로고 아시죠? 시작할 때 긴 선부터 해야지 편하거든요. 일단 선만 해보세요."

"네!"

"하하… 조용하게 말씀하셔도 다 들려요. 로고를 손자수로 할 때가 꽤 있거든요. 그래서 한번 해보는 거니까 따라 해보세요."

최범찬은 고개를 끄덕이고 우진을 봤다. 그러자 우진의 손이 움직이기 시작했다.

"……."

지금까지 봤던 사람들 중에 가장 빨랐다. 기계 자수보단 분명히 느리지만, 사람이 하고 있다는 걸 믿기 힘들 정도로 엄청 빨랐다. 인간 재봉틀이었다. 그러다가 따라 해야 한다는 걸 깨닫고는 급하게 원단을 들어 올렸다. 그리고 바로 따라 하기 시작했다.

무슨 말이라도 해주길 바랐는데 재봉틀 때와 다르게 우진은 아무런 말도 없이 자수에만 열중했다. 결국 우진이 거의 완성해 갈 때쯤, 범찬은 네모는커녕 선도 완성하지 못했다. 잠시 뒤, 선을 완성했을 때 우진이 입을 열었다.

"휴, 자수는 멈추면 안 되거든요. 실이 일정하게 들어갔다 나와야지 울퉁불퉁하지도 않고, 모양도 예쁘게 나와요. 얼마만큼 하셨어… 헛……"

"아! 열심히 하는 중인데… 너무 느리죠……"

최범찬은 어색하게 웃으며 우진을 봤다. 그러자 얼굴을 찡그리고 있는 우진이 보였다.

'그 정도로 이상한가……? 그냥 선인데…….'

범찬은 작업한 걸 확인하려 고개를 숙이다가 깜짝 놀랐다.

"아! 죄송합니다! 죄송합니다! 아! 원상태로 해놓겠습니다!"

우진이 준비해 놓은 천에 자수를 해야 했는데, 너무 긴장한 나머지 준비한 천이 아닌 다른 천에 작업해 버렸다.

매우 부드러운 촉감. 그것도 기본 원단이 아닌 셔츠로 완성된 것에 자수를 새겨 버렸다.

"하아… 아, 아니에요. 제가 정리를 해야 했는데."

"죄송합니다. 아… 이런 실수를……."

우진은 셔츠를 건네받았다. 그러고는 선을 물끄러미 바라봤다. 이건 실을 뽑아낸다고 해도 다시 쓸 수 있는 게 아니었다. 원단이 굉장히 얇다 보니 바느질한 부분이 찢어질 것이었다. 어차피 시험 삼아 만들긴 했지만, 순식간에 450만 원이 날아간 것만 같았다.

최범찬은 얼굴에서 땀이 뚝뚝 떨어졌다. 우진은 그 모습을 보며 애써 미소를 지었다. 이렇게 된 이상 되돌릴 수가 없었기에 일단 자수를 살폈다.

"오……."

"죄송합니다!"

"아니에요. 속도는 느린데 굉장히 규칙적이네요. 잘하시네요. 손바느질을 많이 해보셨나 봐요?"

"아… 네. 수제 숍이다 보니까… 바느질을 좀 많이 해서요……."

최범찬도 테일러이다 보니 자신이 만진 원단이 최고급 원단이라는 것을 알았다. 그러다 보니 마음이 편치 않아 말이 제대로 나오지 않았다.

"저… 손님 옷에 실수한 건 제가 변상하겠습니다."

"네? 아, 너무 신경 쓰지 마세요. 제가 정리를 안 한 건데요, 뭐. 그리고 이거 연습하느라 둔 거예요."

"연습이요……?"

디자이너라는 사람이 재봉, 재단까지 하는 것도 이상한데 연습까지 한다는 말은 더욱더 놀라웠다. 그리고 더 놀라운 건 연습을 자투리 천이나 싸구려 원단에 하지 않고, 딱 봐도 비싸 보이는 셔츠에 연습했다는 점이었다.

"그 원단이라도 제가 물어드리겠습니다."

"이거 아직 시중에 나온 게 아니라서 못 구해요. 그리고 야드당 300만 원 정도 해요."

"헛……"

범찬은 놀람과 동시에 역시 I.J라는 생각을 하게 되었다. 실력도 실력인데, 300만 원짜리 원단에 연습하는 걸 보면 언제 문 닫을지 걱정할 필요는 없어 보였다.

*   *   *

응접실에 남아 있던 테일러들은 서로의 눈치를 살폈다. 최범찬이 안으로 들어간 지 한참이 지났는데도 나오질 않았다. 게다가 이상한 기계들까지 자리하고 있어서 공간이 좁다 보니, 직원으로 보이는 사람들이 지나갈 때마다 자리를 비켜줘야 했다.

그러다가 막내로 보이는 사람이 조심스레 입을 열었다.

"저 그런데, 윤 매니저님이 저희를 그렇게 챙겨주셨는데……"

"음……"

다들 그제야 윤 매니저가 생각났는지 미안한 표정을 지었다. '이장호 디자인'에 있을 때도 자신들을 누구보다 잘 챙겨주던 사람이었기에 미안함이 더했다. 그곳을 나온 것은 자신들의 선택인데, 준식은 자신의 탓이라고 생각하며 끝까지 책임지려던 사람이었다.

　그때 먼저 들어갔던 최범찬이 나왔고, 우진이 다음 사람을 불렀다. 먼저 들어갔던, 테일러들의 가장 대표 격인 최범찬은 땀을 닦으며 소파에 앉았다.

　"실장님, 왜 이렇게 오래 있었어요? 안에서 뭐 했어요?"

　"아……."

　"왜 그러시는데요? 우리도 좀 알려주세요."

　"나 이제 실장 아니다. 후… 너무 놀랐더니 정신이 하나도 없다."

　최범찬은 앞에 놓인 커피를 단숨에 들이켜더니 입을 열었다.

　"저 사람, 아니, 저분. 장난 아니다. 왜 유명한지 알겠다……."

　"왜요?"

　"일단 들어가 봐. 실력을 잠깐 보여주는데… 솔직히 내가 그동안 뭐 한 건가 싶을 정도다."

　"디자이너잖아요."

　"그냥 봐. 이장호 생각하고 들어가면 나처럼 놀라서 어리바

리하니까 놀라지 말고. 이장호랑 비교하기도 부끄러울 거야. 휴."

최범찬은 다시 우진이 떠오르는지 머리를 흔들었다.

"그런데 너희들 표정이 왜 그래?"

"그게……."

얘기를 듣고 난 범찬 역시 다른 테일러들의 표정과 다를 바 없었다. 자신 역시 준식에게 도움받은 게 이만저만이 아니었다. 전에 있던 실장이 나가고, 그 빈자리를 추천해 준 사람도 준식이었다. 그동안 '이장호 디자인'을 유지해 자신들을 먹여 살린 거나 다름없는 사람도 준식이었다.

응접실의 침묵은 두 번째로 들어간 최도형이 나오고 나서야 풀렸다. 최도형 역시 넋 나간 얼굴로 소파에 앉아, 최범찬과 같은 반응을 보였다.

"무슨 실습 면접을 그런 최고급 원단에 해……. 미쳤나 봐……. 왠지 죄짓는 느낌이야. 막 죄짓는 느낌이 들어서 최대한 안 망치려고, 범찬이 형이 새긴 자수 옆에다 바짝 붙여서 했어. 후……."

최범찬은 최도형이 말하는 원단이 자신이 버려놓은 원단이라는 것을 단번에 알아차렸다. 이왕 버린 김에 다른 사람도 같은 조건을 준 것 같았다.

전부 다 한 명씩 들어갔다 나왔다. 전부 같은 반응을 보였지만, 테일러들은 그 와중에도 윤준식에 대해 생각하느라 이곳에서 일했으면 좋겠다는 생각은 차마 내보이지 않았다.

응접실로 돌아온 우진은 테일러들을 주욱 둘러봤다. 여섯 명 중 유니폼이 보인 사람은 단 한 명도 없었다. 그래도 테일러들의 실력이 만족스러웠기에, 밝은 얼굴로 소파에 앉았다.

"다들 정말 실력이 좋으세요. 그럼 다음 달, 그러니까 내년부터 출근하셨으면 하는데. 어떠세요?"

우진은 진심으로 만족스러웠다. 기존에 함께하던 사람들이기에 팀워크도 문제없을 것이고, 무엇보다 자신의 색이 없어서 아제슬 옷을 제작하는 데 문제가 없다는 점이 만족스러웠다. 속도가 느리긴 하지만, 그건 연습하면 늘 수 있는 부분이었다.

그때, 최범찬이 대표로 입을 열었다.

"저, 선생님."

"네, 말씀하세요."

"이런 말을 하는 게 실례라는 걸 알지만… 혹시 윤준식 씨에 대해서 다시 한번 생각해 주시면 안 될까요? 면접에서 실수를 했다고 듣긴 들었는데, 정말 안타까워서 그럽니다. 같이 일했던 동료라서가 아니라 정말 능력 있는 친구거든요. 이장호… 그 사람한테 쌓인 게 많아서 오해를 한 모양인데… 분명히 I.J에 큰 도움이 될 겁니다."

여섯 명이 모두 같은 얼굴을 하고 우진을 바라봤다.

우진은 내색하지 않았지만, 약간 놀랐다. 테일러들은 윤준식의 면접에서 생긴 일을 이미 알고 있는 것 같았다. 그런데도 이야기를 꺼내는 것을 보면, 굉장히 가까운 사이거나 정말 실력이 좋다는 얘기였다.

준식을 제외해 두긴 했지만, 면접을 보면서 빛이 나던 사람이 준식뿐이었기에 내심 아쉬웠다. 하지만, 면접 당시 모습이 마음에 걸린 것도 사실이었다. 면접을 왔던 다른 사람들도 전부 능력 있는 사람들이어서, 우진은 고개를 흔들었다. 그 모습을 본 최범찬이 급하게 입을 열었다.

"뭐 때문에 걱정하시는지 충분히 알고 있습니다. 준식 씨 실수가 크다는 것도 충분히 알고 있습니다…… 그런데 만약에 준식 씨가 평소에도 그런 사람이었다면 고객들과 11년 동안 연락을 지속할 수 있었을까요? 1년에 한 벌 꼭 맞추는 사람이라면 그렇구나 할 수 있지만, 단 한 번 옷을 맞춘 고객과도 계속 연락을 하는 사람입니다."

"진짜 그래요. 옆에서 보면 미련해 보일 정도예요. 아! 정말 미련하다는 건 아니에요. 딱 한 번 이용한 손님들도 툭하면 중요한 자리에서 어떻게 입어야 하냐고 묻거든요. 그럼 윤 매니저님은 자료들도 찾아보면서 답장해 주고… 답답하다는 건 그런 의미예요."

"윤 매니… 아니, 윤준식 씨가 아니었으면 '이장호 디자인'은 예전에 망했을 거예요. 이번 일이 터졌을 때도 윤준식 씨가 담당한 고객들은 오히려 응원해 주셨거든요."

"준식 씨가 실수한 것도… 이장호 출신이라는 딱지 때문에 그동안 저희는 어디에도 갈 수가 없었어요. 협회 소속 디자이너들 사이에서는 내부고발 한 저희를 좋지 않게 봐서……."

앉아 있던 사람들이 모두 준식을 옹호하자, 우진도 대체 그가 어떤 사람인지 궁금해졌다. 하지만 일단 면접부터 마무리했다.

우진에게 윤준식에 대한 확답을 듣지 못한 테일러들은 아쉬운 얼굴로 돌아갔다.

면접을 마무리하고 사무실로 돌아온 우진은 매니저들의 서류를 뒤적거렸다.

"할아버지, 이거 빼놓으신 분들 말고 다른 분들 거는 어디 있어요?"

"누구를 찾는 게냐. 누구인지 말하면 찾아서 다시 뽑아주마."

"윤준식 씨요."

"윤준식이라… 그 녀석? 그놈은 왜 찾는 게야."

장 노인도 윤준식에 대한 기억이 좋지 않았는지 언짢은 얼굴로 물었다. 우진은 테일러들이 한 얘기를 털어놓았다.

"사람 관리는 잘하나 보고만. 그래서 어쩌려고 찾는 게야. 고용할 생각인 게냐?"

"그냥 어떤 사람인지 궁금하기도 하고요. 매장 전체를 조율하는 역할이니까, 아무래도 같이 일했던 사람이면 일하기 편할 것 같아서요."

"그렇고만. 그때는 너답지 않게 왜 그렇게 칼같이 자른 게냐?"

우진은 장 노인이 건넨 윤준식의 서류를 살피며 멋쩍은 미소를 지었다. 점점 딸린 식구들이 늘어가는데 그 중심에 자신이 있었다. 그러다 보니 좀 더 괜찮은 사람을 뽑고 싶었다.

물론 테일러나 디자이너를 뽑는 자리였다면, 빛이 보인 윤준식을 당장 뽑았을 것이다. 하지만 자신을 대신해 고객을 맞이하는 중요한 일을 맡을 사람이 버럭거리는 모습에, 아쉽지만 I.J와 어울리지 않다고 생각했다. 그런데 테일러들의 얘기를 들으면 그 사람처럼 고객을 아끼는 사람도 없는 것 같았다.

차라리 빛 대신 유니폼이 보였으면 좋았을 텐데. 유니폼에 의존하지 않고 사람을 뽑는 것이 이렇게 어려운 줄은 몰랐다. 조용히 한숨을 뱉은 우진은 한참을 고민하던 끝에 전화를 걸었다.

*   *   *

숍 윈도우 밖으로, 정장을 말끔하게 차려입은 윤준식이 보였다.

"안녕하십니까! 선생님!"

"네, 들어오세요."

윤준식은 면접실에 처음 들어왔을 때처럼 큰 소리로 인사하며 숍으로 들어왔다. 우진은 그런 준식을 물끄러미 보고 소파로 안내했다. 장 노인은 아예 준식을 보지도 않고 서류만 뒤적거렸기에, 우진이 입을 열었다.

"면접을 제대로 보지 못한 것 같아서 오시라고 했어요."

"네! 다시 한번 기회를 주셔서 감사합니다."

"어떻게 보면 갑질이라고 생각하실 수도 있는데… 잘 아시겠지만, 매니저가 매장의 얼굴이라고 생각하거든요. 그럼 면접을 시작할게요."

"아닙니다. 특혜라고 생각하고 있습니다. 정말 감사합니다."

장 노인이 면접을 시작했다. 면접은 기존에 면접을 봤던 사람들과 비슷하게 진행되었다. 영어는 세운이 바빴기에 우진이 직접 확인해야 했다. 일단 준식의 외국어 능력은 매우 뛰어났다.

"제가 스페인어는 잘 모르지만 잘하시는 거 같네요. 영어도 그렇고요."

"필리핀에서 꽤 오래 살았거든요. 영어하고 스페인어를 사용하는 사람들이 모인 곳에서 살다 보니까 저절로 배우게 됐습니다."

면접을 봤던 사람들이 전부 유능한 사람들이다 보니 그들과 큰 차이가 없었다. 그래서 면접만으로는 판단하기 어려웠다. 우진의 표정을 읽었는지 준식이 급하게 입을 열었다.

"며칠이라도, 아니, 한 달 정도 근무하는 거 보고 결정하셔도 됩니다."

자신이 있다는 건지 아니면 그만큼 열심히 하겠다는 건지, 의욕이 넘치는 말에 우진은 장 노인을 쳐다봤다. 그러자 장 노인도 약간 당황한 얼굴로 우진을 보다가 이내 고개를 끄덕거렸다. 준식에게 미안하지만, 우진도 그편이 낫다고 생각했다.

"그럼 내일부터 출근할 수 있으세요?"

"네! 물론입니다."

"그럼 내일 숍으로 오세요. 그다음에 청담동 매장을 안내해 드릴게요."

"네! 네! 감사합니다!"

준식은 웃음이 터져 나오려는 입술을 꽉 깨물었다. 우진은 그 모습을 보며 피식 웃었다.

문득 저번에 빛이 나던 모습이 떠올랐다. 그때와 다른 옷이지만, 오늘도 상당히 잘 어울리는 옷을 입고 와서, 우진은 단안경 렌즈를 위로 올렸다.

역시 준식에게서는 빛이 보였다. 어떻게 자신에게 어울리는 옷을 잘 알고 있는지 궁금할 정도였다. 성격만 문제없다면 반드시 잡아야 할 사람이었다.

　　　　　*　　　　　　*　　　　　　*

작업실에 자리한 우진은 원단들을 보며 생각에 잠겼다. 아제슬이라는 이름의 부담감 때문인지 쉽게 디자인이 쉽게 나오지 않았다.

"하아……."

한숨을 뱉은 뒤 다시 펜을 들었지만, 펜이 움직이질 않았다. 결국 우진은 펜을 놓고 그동안 자신이 어떤 디자인을 했는지 살피기 시작했다.

그다지 많은 양은 아니었기에 우진은 반복해서 디자인을 살폈다. 보고 또 보고. 그러다 안 되겠는지 다시 스케치북에 그려도 보고. 아이디어를 쥐어짜 내는 중이었다.

"우진아, 벌써 12시야. 안 올라가?"

"벌써요?"

"그래, 다 퇴근했어. 난 피곤해서 먼저 잘 테니까 조금만 하다 올라와."

내일을 위해 자야 했지만, 이 상태로는 잠이 올 것 같지 않았다. 우진은 계속 스케치북을 덮었다 열었다를 반복했고, 그러다가 어렸을 때 책에다 그림을 그려두고 페이지를 촤르륵 넘겼던 것처럼 종이를 한 장씩 빠르게 넘겼다.

한참을 그러고 있던 우진은 순간 이상함을 느꼈다.

여성복은 대체로 블라우스를 디자인해 두어 이상하지 않

았는데, 남성복에서 이상한 점이 느껴졌다. 우진은 스케치북에서 여성복 디자인만 떼어냈다. 지금까지 그렸던 옷들까지 포함되어 있어 양이 꽤 되었다. 우진은 스케치북을 다시 스르르 넘겼다. 우진은 몇 번이나 반복해서 넘겨보다 이내 움직임을 멈췄다.

"칼라가 다 다르구나! 하⋯⋯."

파슨스를 다닐 때 배웠던 내용이 떠올랐다. 기본 중의 기본이었는데, 그걸 잊고 그저 왼쪽 눈에 보이는 대로 그리고 있었다. 그런 것도 기억하지 못하면서 정성껏 옷을 만든다고 한 스스로가 한심했다.

우진은 자신의 머리를 쥐어박고는 스케치북에 그림을 그리기 시작했다.

칼라만 해도 엄청 다양한 종류가 있었다. 얼굴이 조금 각진 사람이나 큰 사람은 칼라가 보통 사이즈여야 했다. 칼라가 많이 벌어지면 얼굴이 커 보이고 부각되기 때문에 피해야 했다. 그 외에도 턱이 뾰족한 사람, 얼굴이 작은 사람 등 어울리는 칼라가 다 따로 있었다.

우진은 그동안 그린 스케치를 보며 허탈하게 웃었다. 그래도 디자인에 대한 힌트를 얻은 것 같았다.

'칼라만 사람에 따라 다르게 해도 괜찮을 거 같아. 같은 디자인, 다른 느낌.'

아제슬 운영 팀과 얘기를 해봐야겠지만, 크게 문제 될 것 같진 않았다.

우진은 여러 종류의 옷을 그린 뒤 또다시 생각에 잠겼다. 이제 스타일은 잡았으니 세부 디자인을 정해야 했다. 하지만 우진은 디자인보다 먼저 원단이 걱정됐다. '제프란'으로는 옷이 너무 하늘거려서 자신이 생각한 디자인이 나올 리가 없었다.

우진은 저번에 만들었던 원단을 꺼내왔다. 테일러들이 자수를 놓았던 그 원단이었다.

우진은 일단 원단을 작업대 위에 펼쳐놓았다. 그러고는 내려다봤다.

"어? 괜찮은데?"

테일러들이 새긴 자수가 조밀하게 붙어 있었다. 왜 이렇게 다닥다닥 붙어서 자수를 했는지 모르겠지만, 길이만 조금 다른 6줄은 마치 줄무늬 셔츠처럼 보였다.

제6장

아제슬 디자인

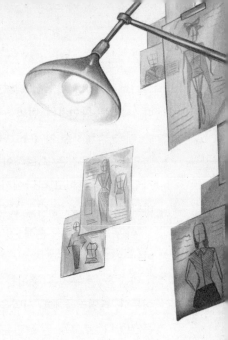

　'줄무늬 셔츠. 좀 밋밋한데. 배색은 좋네. 연하늘색 바탕에 남색 줄.'

　우진은 칼라별로 그렸던 스케치북을 펼치고 똑같은 스케치를 몇 개나 더 그렸다. 그러고는 스케치 위에 줄무늬를 그리기 시작했다.

　'어닝 스트라이프는 너무 흔하고. 뱅골은 너무 촘촘해서 자수로 새기기도 어렵겠는데.'

　스트라이프 종류만 해도 세로, 가로, V자, 대각선에, 간격이나 줄 굵기에 따라 종류가 다양했다. 우진은 묵묵히 스케치 위에 하나하나 칼라를 종류별로 그리기 시작했다.

그때, 조용한 작업실 너머로 차가 지나다니는 소리가 들렸다. 시계를 확인하니 벌써 5시가 넘어 있었다. 그럼에도 우진은 계속 스케치를 이어나갔다.

얼마 뒤, 우진은 스트라이프만 그린 스케치를 가위로 오려 작업대는 물론이고 바닥에까지 늘어놓았다. 우진은 작업대와 바닥에 깔아놓은 종이를 물끄러미 보다 말고 고개를 저었다.

"아무래도 너무 흔해. 900만 원을 주고는 안 살 거 같아……. 뭐가 좋을까."

한숨을 쉰 우진은 종이를 정리해서 뒤편 칸막이 벽장에 넣어두다, 테일러들에게 시범을 보이느라 자수를 새긴 I.J 로고를 보았다. 로고를 본 우진은 순간 환하게 웃었다.

"팬시 스트라이프! 로고로 선을 그리면 되겠네!"

기존에도 로고를 길게 늘어뜨려 선으로 만든 적이 있었다. 우진은 다시 펜을 잡고 스케치하기 시작했다. 이제는 간격도 정해야 했기에, 끊임없이 스케치를 이어갔다. 결국 우진은 선 굵기는 15㎜로 잡고, 간격은 그보다 넓은 20㎜로 잡았다.

작업을 끝낸 우진은 기지개를 켜다 말고 얼굴을 찡그렸다. 산 넘어 산이라고 '제프란'에 이 정도로 많은 자수가 박힌다면 원단이 버티지 못할 것 같았다.

시계를 보니 벌써 7시가 다 되어 있었다. 결국 밤을 새웠음에도 문제를 해결하지 못하자 우진은 답답함이 밀려왔다. 우진은 일단 조금이라도 자야겠다는 생각으로 정리를 한 후 3층으로 올라갔다. 그러고는 씻지도 않고 바로 침대에 누웠다.

'제프 우드 선생님이나 데이비드 선생님은 어떻게 했을까.'

침대에 누워 눈을 감았지만, 두 사람이 어떻게 해결했을까 생각하다 보니 잠이 오지 않았다. 생각하지 않으려 해도 머릿속에 생각들이 계속 떠다녔다. 그러다가 세운이 일어났는지 거실에서 소리가 들렸다.

우진은 도무지 잠이 올 것 같지 않았기에 침대에서 일어나 버렸다. 거실에 나가자 소파에 앉아 TV를 보는 세운이 보였다.

"아, 아침 뭐 먹냐."

세운은 하품을 하면서 바지 속에 손을 넣고 사타구니를 벅벅 긁었다. 그 모습에 우진은 피식 웃고는 정신도 차릴 겸 씻으러 가기로 했다.

"어? 산 지 얼마 되지도 않았는데 구멍 났네."

"꿰매 드려요?"

"됐어. 수면 바지 이거, 오천 원인가 주고 산 거야. 이참에 하나 더 사야겠다. 우진이 너도 하나 사줄까?"

우진은 피식 웃다 말고 멈춰 섰다.

침대에 누워 계속 제프를 생각해서인지, 구멍 얘기에 제프와 처음 만났을 때가 떠올랐다. 교복에 난 구멍을 메우던 제프. 교복을 뒤집어 남는 천을 잘라 거기서 실을 뽑아내던 모습.

"거기 서서 뭐 해?"

"아! 아니에요. 저 먼저 내려갈게요."

＊　　　＊　　　＊

제이슨은 우진이 요청한 목록을 보며 얼굴을 찡그렸다. 예상이 빗나갔다. 아직 정해진 건 아니지만, 주문한 걸 보면 '제프란'은 아니었다.

I.J가 요구한 원단은 '골든란아'였다.

'제프란'도 요구하긴 했지만, 원단이 아닌 실을 주문했다.

그래서 I.J에서 도대체 뭘 하려고 하는지 전혀 감이 잡히지 않았다.

제프에게 물어보면 또 한국으로 가겠다고 할 것 같아 디자인 팀을 몰래 불렀지만, 그들도 뭘 하려고 하는지 알지 못했다.

"조셉 씨도 모르십니까?"

"이 실로 바느질을 하면 금방 뜯어질 텐데… 왜 주문했을까요?"

"제가 물어본 거 아닙니까!"

"아, 그렇죠? 저도 궁금해서……."

주문한 실의 종류만 해도 상당했다. 230수 고정에 3합, 4합, 5합까지 전부 남색으로 주문했다.

"뭐 원단을 직접 짜려나 본데요……?"

제이슨은 말도 안 되는 소리에 고개를 저었다. 실을 주문하지 않았다면 원단이 마음에 안 든다고 생각했을 텐데, 실 때문에 더 혼란스러웠다.

"이러면 결국 제프란을 사용하는 건 우리뿐인가."

"그렇죠. 이게 만지기가 워낙 어려워서 그럴 수도 있을 것 같습니다. 제가 한국에서 몇 번 봤는데 직원도 없더라고요. 혼자 제프란으로 옷을 만들려면 1,000벌 정도 만드는 데 몇 년은 걸릴 거 같으니까 포기한 게 아닐까요? 하루에 한 벌씩만 만든다 해도 3년인데. 저희도 통으로 쓰는 건 아니거든요."

"그런 건가……. 제프가 그렇게 칭찬하는데 못 만질 리도 없고. 후… 아쉽지만 어쩔 수 없죠."

제이슨은 아쉬움에 한숨을 뱉은 뒤 헤슬까지 살폈다. 예상했듯이 '제프란'은 아니었다. 거기까진 이해하겠는데, 헤슬이 선택한 옷감도 예상 범위를 빗나가고 있었다.

"다들 왜 이러는 건데."

＊　　　　　＊　　　　　＊

며칠 동안 작업실에서 꼼짝도 안 하던 우진은 작업대 위에 놓은 결과물을 보며 씨익 웃었다. 그동안 공부한 것들을 최대한 녹여 만든 것이었다.

제프 우드가 원단에서 실을 뽑아 쓴 방법에서 힌트를 얻어 만들었다. '제프란'보다 조금 더 빳빳한 원단에 자수를 제프란 실로 새기는 것. 그것이 우진이 생각한 것이었다.

그렇게 되면 기존보다는 싸지만, 그래도 단가가 확 올라갔다. 옷 가격이 너무 비싸다는 생각으로 시작한 고민이었기에, 우진은 단가가 올라간 것이 오히려 만족스러웠다.

'이 정도면 바지까지 해서 400만 원 정도 들겠네.'

남녀 모두가 입을 수 있는 스트라이프 셔츠. 연하늘색 원단에 남색 실을 사용해 I.J 로고로 된 줄을 새긴 디자인. 전체적으로 들어가는 줄 수는 체형에 따라 다르겠지만, 기본 20줄에서 많아도 25줄 밑이었다.

아직 제프 우드에서 실이 도착하지 않아 임시로 만든 것이지만 우진은 상당히 만족스러웠다. 그때, 커튼이 열리면서 미자가 고개를 내밀었다.

"선생님, 제프 우드에서 원단이 왔어요."

"아, 그래요? 실은요?"

"상무님이 확인하셨어요."

우진은 곧바로 응접실로 나갔다. 아직 원단 초이스 중이기에 샘플을 보낸 상자였다. 상자를 열어보니 실타래가 가득 들어 있었다. 우진은 씨익 웃으며 곧바로 박스를 들어 올렸다. 그러자 장 노인이 우진을 붙잡았다.

"오늘은 그만하고 눈 좀 붙이거라."

"맞아요……. 좀 쉬시는 게 좋을 거 같아요……."

다들 우진이 몇 날 며칠 작업실에 틀어박혀 있었던 것을 알기에 하는 말이었다. 하지만 우진은 쉬고 싶은 마음이 없었다. 기다리던 실이 도착해서인지 오히려 몸에 힘이 넘쳐났다.

"이것만 만들어보고 쉬려고요."

우진은 박스를 들고 곧바로 작업실로 들어갔다.

*　　　　　*　　　　　*

옷 하나만 만든다며 작업실에 가더니, 우진은 하루가 지나고 이틀이 지나도 작업실에서 나올 생각이 없어 보였다. 그러다 보니 다들 우진을 걱정하기 시작했다. 벌써 일주일 정도 저러고 있었기에 쓰러져도 이상하지 않았다.

"억지로라도 쉬게 해야 하는 거 아니야?"

"그게 좋겠고만."

그때, 매장에 가 있던 매튜가 돌아왔다. 매튜의 옆에는 첫 출근 날부터 매장 일을 한 준식이 있었다. 매튜와 준식은 응접실에 나와 있는 사람들을 보며 의아해했다.

"왜 다들 나와 계십니까?"

"아! 매튜, 우진이 좀 데리고 나와. 아직 작업실에 있어."

세운의 말에 매튜는 이해했다는 듯이 고개를 끄덕였다. 매튜가 생각하기에도 과할 정도여서 말릴 필요가 있었다.

그때 갑자기 작업실 커튼이 열렸다. 응접실에 있던 사람들의 고개가 전부 작업실로 향했다. 그러자 옷이 걸린 행거를 밀고 나오는 우진이 보였다.

우진이 퀭한 눈으로 미소를 짓자 다들 흠칫 놀랐다.

"어? 안 그래도 다 부르려고 했는데. 잘됐다."

"너… 지금 네 상태가 어떤지 알아? 좀비 같아. 좀비! 몸도 좀 생각하면서 해야지!"

"아, 이것만 보고 좀 쉬려고요."

다들 우진을 빨리 쉬게 해야겠다는 마음으로 행거를 봤다. 행거에는 똑같은 옷이 여러 벌 걸려 있었다.

"뭐 어떻게 하면 돼? 빨리 말해."

"거기에 이름 적혀 있거든요. 이름대로 좀 입어봐 주세요."

"오케이. 내가 나눠 줄게! 넌 앉아 있어."

세운은 행거로 가더니 이름을 불러가며 옷을 나눠줬다. 억지로 소파에 앉은 우진은 옷을 다 받은 걸 확인하고선 입을 열었다.

"이번 아제슬에 쓸 디자인을 보려고 만든 거거든요. 모두 한번만 입어봐 주세요."

"한 벌만 만들지 뭐 하러 이렇게 잔뜩 만들었어?"

"전체적으로 보고 싶어서요. 그냥 입지 마시고, 안에 티셔츠 벗고 제대로 입어주세요."

홍단아와 미자는 옷을 들고 사무실로 향했고, 다른 사람들은 응접실에서 옷을 갈아입었다. 준식만 멀뚱히 서 있자 우진은 약간 미안한 마음이 들었다.

"제가 잊고 있었어요. 미안해요."

"아닙니다! 저는 선생님들이 옷 입으시는 걸 돕겠습니다. 어떤 식으로 입혀야 할까요?"

우진은 머쓱하게 웃고는 태블릿 PC를 보여줬다. 그러자 준식이 한참을 들여다보더니 I.J 식구들에게 달라붙었다.

"제가 좀 만져도 될까요? 셔츠 단추 하나를 더 잠그셔야 스케치대로 나오겠어요. 그리고 제가 옆에 잡고 있을 테니, 만세한 번만 해보세요. 그럼 자연스럽고 편하게 빠질 거예요."

한 명씩 붙어가며 옷을 만져주는 준식의 모습에 우진은 가볍게 웃었다. 응접실에 있던 사람들이 옷을 다 입고 매무새를 정리 중일 때 홍단아와 미자까지 나왔다.

홍단아와 미자까지 밖으로 나오자, 우진은 혹시 이 옷을 입고 빛이 나는 사람이 있을까 하는 마음에 단안경을 들어 올렸다. 그렇게 직원들을 보려던 우진은 곧바로 허리를 숙였다.

"우, 우웩!"

"우진아!"

"선생님!"

또 속이 울렁거리며 뒤집어졌다. 서둘러 렌즈를 내렸지만, 이미 뒤집어진 속은 진정되지 않았다.

"물 좀 드십쇼."

"우진이, 너! 그러니까 무리하지 말라고 했잖아! 이럴 게 아니라 진짜 병원에 가봐야 하는 거 아니야?"

우진은 눈을 감은 채 물을 마시고는 크게 숨을 들이켰다. 전에는 한 번에 많이 보더라도 이 정도까진 아니었다. 스위스 때도 그러더니, 지금도 고작 8명을 봤을 뿐인데 천장이 빙빙 돌았다. 다들 걱정스럽게 보는 중이었기에, 우진은 애써 어지러움을 참고 입을 열었다.

"괜찮아요. 그동안 무리해서 그래요."

"내가 그럴 줄 알았지! 일주일 동안 잠도 제대로 안 잤으니, 몸이 성해?"

우진은 애써 미소를 짓고는 옷매무새를 고친다는 명목으로 한 사람씩 살폈다. 하지만 빛이 보이는 사람은 한 사람도 없었다.

그럼에도 우진은 피식 웃었다.

배운 지식을 최대한 녹이고 지금 자신이 할 수 있는 모든 것을 쏟아부어 만든 옷이었기에 실망보단 뿌듯한 마음이 더 컸다.

우진은 다시 단안경을 내리고 아직 울렁거리는 속을 달래려 물을 마셨다. 그러고는 입을 열었다.

"옷은 다들 어떠세요?"

우진을 걱정하느라 옷에 대해선 신경 쓰지 않던 I.J 직원들은 그제야 자신들의 옷을 살폈다.

"뭐야. 이거 라인 자수야? 이걸 어떻게 새겼냐."

"같은 옷인데도 좀 차이가 있는 거 같고만."

그러자 다들 같은 느낌을 받았는지 옆에 있던 사람들을 살펴봤다.

"진짜 느낌이 다르네. 아! 칼라. 성훈이하고 미자는 차이나풍이고, 홍단아는 그냥 일반적이고."

"맞아요. 조금씩 달라요."

같은 듯, 다른 듯한 느낌에 I.J 직원들은 전부 신기해했다.

"대단하고만."

"진짜 대단하세요. 어떻게 천이 하나도 안 울었지? 디자인도 엄청 깔끔하고! 전 딱 마음에 들어요. 자수라고 해서 안이 엄청 꺼칠꺼칠할 줄 알았는데 완전 부드러워요!"

"홍 대리, 가져갈 거 아니니까 김칫국 마시지 말고. 다른 사람들도 마찬가지니까 다 가져갈 생각 말게나. 가져가서 나중에 문제 생길 수도 있으니까, 다들 벗어두게."

홍단아는 옷을 뺏기기 싫다는 듯 더욱 여몄다. 그때, 옷매무새를 정리하던 준식이 셔츠에 새겨진 줄을 보며 감탄했다.

"우와……."

"뭘 그 정도로 그러시나. 우리 임 선생이 일주일을 밤새웠는데 이 정도는 당연하지."

"이런 옷은 처음 봐서요… 와. 그런데… 조금 걱정이네요."

우진도 준식의 말에 귀를 기울였다.

"테일러 그 친구들이⋯ 이걸 할 수 있을까요?"

우진도 직접 해보니 난이도가 높다는 생각이 들어, 이미 방법을 생각해 둔 상태였다.

"아! 손자수로 하면 하루에 하나 완성할까 말까 해요. 그렇게 하면 기간이 6개월인데 도저히 답이 안 나오더라고요. 그래서 아예 자동 자수가 되는 재봉틀을 구하려고요. 직접 하면 좋겠지만, 그러면 아예 맞출 수가 없을 거 같아요."

"아⋯ 그럼 다행이네요. 정말 대단하십니다."

우진은 주머니에서 종이를 꺼내 장 노인에게 건넸다.

"이 제품으로 여섯 대를 구매해야 해요."

"왜 여섯 대냐. 테일러가 여섯 명인데. 너까지 7대 아니냐."

"전 저게 편해서요."

장 노인은 피식 웃더니 직원들에게 옷을 갈아입으라고 지시했다. 옷을 전부 갈아입은 사람들은 다시 원상태로 옷을 행거에 걸어두었다. 그러고는 우진에게 한마디씩 했다.

"선생님, 이제 쉬셔야죠."

"맞아요! 쉬세요!"

"안 그래도 쉬려고 했어요. 이것만 작업실에 넣어두고 올라갈게요. 바쁘신데 일하세요."

다들 각자 할 일을 하러 돌아갔고, 아직 응접실에 남아 있던 준식이 입을 열었다.

"선생님, 작품 정리할까요?"

"아, 제가 할게요. 볼일 보세요."

"아닙니다! 다시 매장으로 가기 전까지 쉬라고 하셨거든요. 제가 정리하겠습니다."

준식은 곧바로 옷을 정리해 행거에 걸기 시작했다. 그 모습을 보던 우진은 피식 웃었다. 문득, 자신에게 잘 어울리는 옷을 입고 있는 준식은 어떤 평을 내놓을지 궁금해졌다.

"준식 씨."

"네! 선생님, 필요한 거 있으세요?"

"아니요. 조금 전에 제 옷들을 보시면서 어떠셨어요?"

"아… 놀랐죠. 보통 마네킹에 작업하시거나, 아니면 모델을 부르시는데."

"그런 거 말고요. 그냥 옷 자체만으로."

"아! 너무 좋죠. 판매한다면 당장에라도 사고 싶을 정도예요. 저는 아까 한 실장님 입고 계셨던 차이나칼라가 좋더라고요."

우진은 가볍게 미소를 지었다. 역시 자신에 대해서 잘 알고 있는 사람다웠다. 우진이 웃자 준식도 조금 편안해졌는지 입을 열었다.

"이 원단이 테일러들이 사고 쳤다는 그 원단입니까?"

"아, 들으셨어요? 하하, 근데 그 원단은 아니에요. 그리고 사고도 아니고. 오히려 도움을 받았는걸요."

"하하, 다행이네요. 전화 와서 엄청 비싼 원단에다가 실수했다고 그러더라고요."

"비싸긴 비싸죠. 이거 자수로만 들어간 실이 3타래 정도인데, 타래당 백만 원 정도 하더라고요. 그나마 다른 원단들이 그렇게 비싼 편이 아니라 다행이에요."

옷을 만져보려던 준식은 손을 슬쩍 뺐다. 우진은 그 모습을 보고는 피식 웃었다.

"괜찮아요. 만져도 안 뜯어져요. 앞으로 그 옷도 파시게 될 텐데."

"하하… 제가 이 옷을 팔 생각을 하니 벌써 두근거리네요."

피식 웃은 우진은 입을 열었다.

"이걸 어떻게 파실 거예요?"

"맞춤옷이라고 들었는데… 그게 아닙니까?"

"하하, 맞아요. 그냥 매니저님이 어떻게 파실지 궁금해서 물어보는 거예요."

"음… 아직 제가 제품에 대해서 잘 모르지만, 그래도 판매하게 되면 장점을 고객에게 어필해야 합니다!"

매튜와 함께 다니면서 들은 모양이다. 아직 정식 직원이 아니어서인지 질문을 받은 준식은 약간 긴장한 듯 보였다. 우진은 그런 준식을 보며 다시 가볍게 웃었다. 준식이 너무 굳어 있어서 편안하게 해주고 싶은 마음도 있었고, 옷에 대한 판단도 들어보고 싶었던 우진은 질문을 이었다.

"장점이 뭔데요?"

"음… 그건 선생님이 제품에 관해서 설명해 주셔야지… 제가 알 수 있을 것 같습니다."

"그냥 준식 씨가 느낀 장점이 뭔지 말씀해 주세요."

"음… 전 좋게 보였는데……. 남자가 입으면 남자 옷 같고, 여자가 입으면 여자 옷 같고……. 칼라를 선택할 수 있으니 디자인도 변하는 느낌이고……. 솔직히 나쁜 점이 하나도 안 보였습니다."

그 부분을 가장 신경 썼기에 그렇게 보이는 건 당연했다. 우진이 씨익 웃었고, 준식은 우진이 자신의 대답에 만족하지 못했다는 느낌을 받았다. 아직 채용이 확실한 게 아니었기에, 준식은 조심스럽게 자신을 어필했다.

"저 옷을 판매하면서 다른 것도 같이 판매하면 시너지효과가 날 것 같습니다! 보통 매장에서 옷을 판매하면서 모자나 신발, 벨트도… 아… 죄송합니다."

I.J에선 따로 판매하는 액세서리가 없었기에 준식은 급히 입을 다물었다. 다른 숍이라면 모자나 구두, 벨트 같은 액세서리를 진열해 놓고 판매하는데 I.J는 그런 것이 없었다. 벨트나 구두도 전부 수작업이었다.

준식이 괜한 말을 한 것은 아닐까 걱정하며 우진을 살폈다.

그런데 우진이 환하게 웃고 있었다.

"어? 맞다! 바보였어! 어휴……."

웃는 얼굴로 갑자기 자책하는 우진 때문에, 준식은 당황해하며 어쩔 줄 몰라 했다.

"아! 아니에요. 하하, 저한테 한 말이에요. 볼일 보세요."

우진은 당황해하는 준식을 뒤로한 채 행거를 끌고 작업실로 향했다. 디자인만 생각하다 보니 머리부터 발끝까지 가장 어울리는 옷을 입었을 때 빛이 난다는 걸 잊고 있었다. 준식 덕분에 보완점을 깨달은 우진은 조금 전까지 자책하던 얼굴 대신 환한 얼굴로 걸음을 옮겼다.

*   *   *

며칠 뒤, 우진은 사무실 책상에 신발을 올려놓고 이리저리 살폈다. 바쁜 와중에도 자신의 부탁으로 세운이 제작한 신발이었다.

신발은 옷과 최대한 어울리도록 디자인되었다. 가볍고 시원한 느낌을 주는 가죽 샌들과, 색으로 조합을 맞춘 보트슈즈였다. 둘 다 생각한 대로 잘 나와서 만족스러운 얼굴로 이리저리 살피고 있는데, 매튜가 소포를 들고 사무실로 들어왔다.

"선생님, 스위스에서 소포가 왔습니다."

"벌써요? 잘됐네요. 매튜 씨, 지금 바쁘세요?"

"네, 청담동 매장에 가야 해서 바쁩니다."

"할아버지랑 세운 삼촌 계시잖아요?"

"어제 신발 만드시고 곧바로 가셔서 쉬지도 못하셨을 겁니다."

"아……."

"인테리어부터 빨리 마무리 지어야 합니다. 미스터 윤, 일어나시죠. 택시 도착했습니다."

우진은 바쁘게 움직이는 매튜에게 미안한 마음이 들어 밖까지 나가 배웅했다. 여전히 숍 밖에는 구경하는 사람들이 있었지만, 매튜는 그런 사람들은 개의치 않고 택시에 올라탔다.

차라고는 하얀 트럭이 전부였는데, 그것조차 세운의 차였다. 우진은 차도 구매해야 할 것 같다는 생각을 하며, 인사를 하고 나서 숍으로 들어왔다.

매튜뿐만이 아니라, 한꺼번에 일을 많이 벌인 탓에 숍의 모든 식구들이 무리하는 중이었다. 그중 시계 매장이 가장 큰 문제였다.

아제슬과 거의 비슷한 시기에 오픈하다 보니 두 곳 모두 신경 쓰기가 너무 버거웠다. 아제슬이야 함께하는 브랜드들이 대단하다 보니 디자인만 잘 뽑으면 문제 되지 않을 것 같은데, 시계는 I.J의 이름으로만 판매하는 제품이었다.

그래도 이번 일이 잘된다면 한시름 놓을 수 있을 것 같았다. 아직 확신이 없어서 모두에게 말을 하진 못했지만, 생각대로 된다면 시계 판매에 관한 일은 해결될 것 같았다.

우진은 신발과 소포를 들고 작업실로 향했다. 소포 상자를 내려놓은 우진은 곧바로 옷을 갈아입은 뒤 거울 앞에 섰다. 자신의 모습을 확인한 우진은 그제야 소포 안에 든 내용물을 꺼내놓았다.

스위스에서 보내온 시계였다. 우진의 디자인으로 만든 시계들이 홍단아가 디자인한 박스에 담겨 있었다. 우진은 그중 자신의 이름이 붙은 박스를 꺼냈다.

아벨이 만든 시계였다. 자신에게 가장 잘 어울릴 것 같은 시계였다. 우진은 시계를 착용한 뒤 샌들까지 신고 거울 앞에 섰다.

그 뒤로도 옷을 계속 갈아입으면서, 올린 머리카락을 내려보기도 하고 넘기기도 하며 자신의 모습을 확인했다. 확실히 그냥 옷만 입었을 때보다 느낌이 좋았다. 다만 자신의 모습에선 빛을 확인할 수 없었기에, 우진은 다시 사무실로 향했다.

"유 실장님!"

"네?"

"잠시만 도와주세요."

I.J 식구들 대부분이 청담동 매장에 가 있는 중이어서 숍 안에는 성훈과 미자만 남아 있었다. 우진은 미자를 끌고 작업실로 향했다. 그러고는 미자의 이름이 붙은 시계 박스를 건넸다.

"이거 착용하시고, 이 옷 좀 입어보시겠어요?"

"…며칠 전에 손목 치수를 재신 게 이것 때문이에요?"

시계까지 착용해야 빛이 보일 거라는 생각에, 각자 어울리는 시계 디자인을 골라 손목 치수까지 측정한 뒤 스위스로 보냈었다. 따로 할 말이 마땅치 않았던 우진은 그냥 고개를 끄덕였다.

미자가 착용한 시계는 어머니께 드리려고 하던 시계와 같은 디자인이었다. 미자는 시계를 착용하고선 옷을 들고 사무실로 갔다.

잠시 뒤 미자가 옷을 갈아입고 왔고, 우진은 미자를 가만히 살폈다. 그러고는 미자에게 다가갔다.

"잠깐만요. 소매를 접어서 올릴게요. 아, 제가 잡고 있을게요. 만세 한 번만 해주세요."

준식이 했던 방법대로 우진은 미자의 옆구리를 잡았다. 그러자 미자가 붉어진 얼굴로 만세를 했다. 옷매무새를 모두 살핀 우진은 작업대 위에 놔둔 샌들을 들고선 미자의 앞에 가만히 내려놨다.

예전에 하이힐을 신겨주다 머리를 맞았던 기억이 문득 떠올라, 우진은 움찔하며 뒤로 물러나 조용히 기다렸다.

미자가 샌들까지 신는 것까지 본 뒤, 천천히 단안경 렌즈를 올렸다. 하지만 빛이 보이지 않았다.

그럼에도 우진은 전과 다르게 당황하거나 실망하지 않았다.

그저 미자를 물끄러미 볼 뿐이었다.

'이 정도로 했는데 안 보이면 할 수 없는 거지.'

최선을 다했는데도 빛이 보이지 않는 건 어쩔 수 없었다. 지금 미자의 모습만 봐도 이보다 좋은 옷을 만들 수 있을 것 같진 않았다.

"저 선생님, 다 됐나요?"

"아, 네! 바쁘실 텐데 도와줘서 고마워요."

미자는 우진의 인사를 받자마자 급하게 작업실을 나섰다.

"저기! 옷은 갈아입고 가셔야……."

우진의 말에도 미자는 사무실이 아닌 화장실로 곧장 향했다. 그러고는 문을 잠근 뒤 거울 앞에 섰다.

"아! 왜 하필 오늘! 목욕도 안 했는데! 냄새나는 거 아닐까? 아니야! 안 날 거야! 아니지! 그럼 왜 물러섰지? 만세 할 때 물러섰던가? 아니야……. 신발을 신을 때였으니까… 혹시 발 냄새가 나나……?"

미자는 그동안 기른 머리카락을 잡아당겨 냄새를 맡았다. 그러고는 몸 곳곳의 냄새를 맡아가며 확인했다. 샌들을 벗어 놓고 발까지 올려가며 냄새를 확인하고 나서야 미자는 거울을 봤다.

"이 더러운 년! 아… 슬프다……."

거울에 보이는 스스로에게 욕을 한 미자는 물을 틀어놓고 세수를 시작했다. 그나마 세수라도 해야 마음의 안정이 올 것 같았다. 미자는 세수하는 김에 머리카락도 조금 적셔 약간의 기름기만 뺀 뒤, 되도록 티가 안 나게 마구 털었다. 그러자 아까보단 깔끔해 보였다.

미자는 한숨을 내쉬고는 조심스럽게 화장실을 나왔다. 그러고는 발소리라도 들릴까 봐 뒤꿈치까지 들고 작업실을 지나쳐 사무실 문을 열었다.

사무실에 들어선 미자는 울상을 지었다. 언제부터 와 있었는지 우진이 바로 자신을 맞이했다.

"이제 오세… 요?"

우진은 머리를 뒤로 넘긴 미자를 보며 단안경을 만지작거렸다. 머리카락을 뒤로 넘기자 상당히 정돈되어 보였다. 같은 옷을 입고 있었지만 아까와는 또 다른 느낌이 들었다. 우진은 혹시 빛이 보이진 않을까 하는 생각에 단안경으로 손을 올렸다.

"아… 하하, 유 실장님! 최고예요! 정말 최고예요! 역시 헤어 디자이너세요!"

우진은 미자를 보며 엄지를 내밀었다.

*　　　*　　　*

집으로 돌아와 샤워를 마친 미자는 밝은 얼굴로 거실에 털썩 앉았다.

"리모컨."

"아, 왜! 나 이거 보고 있잖아! 씻었으면 들어가라!"

"리모컨."

"아, 짜증 나."

미숙이 리모컨을 던지고 부엌으로 가자 미자는 슬그머니 휴대폰을 꺼냈다. 그러고는 I.J 식구들이 있는 단체 톡방에 들어갔다. 그러고는 미소가 가득한 얼굴로 계속해서 스크롤을 올렸다. 사진 하나를 찾고서야 미자의 움직임이 멈췄다.

우진이 찍어준 미자의 사진이었다. 다른 직원들의 반응을 본다며 휴대폰으로 찍어서 단체 톡방에 올린 것이었다.

[유 실장은 머리 모양에 따라 사람이 확확 변해.]

[정말요, 와! 실장님 너무 예뻐요! 머리만 넘겼는데 분위기가 확 달라 보여요!]

"언니 너 미쳤어? 뭐 보는데 그렇게 실실 쪼개냐?"

"들어가라."

미자는 미숙이 방으로 들어가는 것까지 확인하고선 대화창을 내렸다. 그러고는 아까보다 더 활짝 웃었다.

[매장에서 옷을 주문한 고객들에 한해서, 머리까지 만져주는 건 어떨까요? 유 실장님처럼 예쁘게 나오면 그것도 도움이

될 것 같은데. 다들 어떠세요?」

"유 실장님처럼 예쁘게……."

미자는 혼자 중얼거리며 계속 실실거렸다. 방문 틈으로 그 모습을 훔쳐보던 미숙은 소름이 돋았다.

"뭐야……? 무섭게 왜 저래……. 언니 저년 진짜 미친 건 가……?"

＊　　　　＊　　　　＊

우진은 LJ 식구들을 불러놓고 자신이 생각한 의견을 내놓았다.

"그러니까 시계를 같이 팔자는 게냐?"

"네. 사실 마음 같아서는 시계를 그냥 주고 싶거든요. 사은품 같은 거 있잖아요. 아무리 생각해도 옷값이 너무 비싼 거 같아서요. 900만 원이면……."

"미쳤어? 그럼 안 되지! 자재비가 워낙 많이 드는 데다 우리 인건비, 유통비, 그런 거 생각하면 900만 원도 싸지!"

"그래서 저도 그냥 판매하는 게 나을 거 같아요. 구매하려는 사람만 구매할 수 있는 방식으로요."

준식에게서 전해 듣던 매튜도 고개를 끄덕이며 입을 열었다.

"그렇게만 된다면 확실히 큰 도움이 될 것입니다. 저희도 자금 여유가 생길 거고, 시계 홍보도 되겠군요. 이번에 스위스에 가면, 물량을 감당할 수 있는지 알아보겠습니다."

"네! 여기서 치수를 재고 저희가 알려주는 식으로요. 그리고 신발도 마찬가지예요. 미리 자재를 많이 준비하셔야 해요."

그러자 세운이 고개를 끄덕였다.

"아, 이번만 고생하자. 이번만 할 거지? 계속할 건 아니잖아."

우진은 피식 웃고는 말을 이었다.

"그리고 2층에 헤어실을 따로 만들 수 있대요?"

"2층보다는 3층을 추천하더군요. 1층에서 2층이 보이도록 발코니 형식으로 만들다 보니, 좁은 느낌일 수 있다고 합니다. 3층이 꽤 넓어서, 마 실장님 작업실을 빼고도 여유 공간이 많습니다. 저도 그게 좋을 거 같습니다."

"네! 제가 내일 가서 확인할게요. 매튜 씨는 내일 매장에 가지 말고 스위스 다녀오시고요."

"부품 계약 때문에 가는 거니 보름 정도 걸릴 겁니다."

"알았어요. 그럼 다음 주에 사무실부터 이사할 거니까 준비 잘하시고요. 아, 그리고 삼촌은 잠시 저 좀 봬요."

다들 우진을 보며 활짝 웃고는 볼일을 보러 나갔고, 우진은 성훈과 함께 작업실로 향했다.

"무슨 일로 보자고 했어?"

"아, 괜찮으신가 해서요."

"왜? 나 혼자 여기 남아서? 하하."

"조금 미안해서요."

"미안하기는. 어차피 집이 여기니까 퇴근은 여기로 할 거 아니야. 그리고 이사 가면 같이 있을 건데, 뭐. 신경 쓰지 마. 별걸 다 신경 써."

청담동 매장에는 성훈의 기계가 들어올 곳이 없었다. 기계 가 무겁다 보니 위층에서 작업하기에도 무리가 있었다. 결국 성훈은 당분간 이곳에 남기로 했고, 우진은 그것이 내심 마음 에 쓰였다. 성훈은 그런 우진을 보며 기분 좋은 미소를 지었 다.

"참 우리 조카님 많이 변했네."

"네?"

"하하, 그냥 대견해서. 오늘 보니까 알겠더라고. 예전에는 듣 기만 하더니 요즘은 전부 주도해서 지시하잖아."

"아, 제가 벌인 일이잖아요."

"그래도 대단하더라. 정말 대표 같았어. 우진이 널 따라오 기 잘한 거 같아."

우진은 성훈의 말에 기분이 좋은지 미소가 가득했다.

* * *

며칠이 지나 한 해가 지나고 2019년이 되었다. I.J는 신설동에서 청담 패션 거리로 이사를 시작했다. 신설동에 있을 때는 꽉 찼던 짐들이, 이곳에 옮기자 굉장히 초라해 보였다.

"조금 부담스러울 정도로 넓다. 창고가 남는다, 남아."

"그러게요. 조금 어색해요."

"나도 어색해. 그런데 걔들은 언제 와? 원단도 좀 같이 옮기게 일찍 오라고 하지."

"이제 올 때 됐어요."

"휴, 야, 야. 우진아, 저기 카우 봐봐. 미쳤어. 매튜만큼 이상한 거 같아."

"하하, 아침에 출근해서 먹는다고 사다놓은 거예요. 두 박스를 한 번에 사면 50%는 더 싸대요."

"참 나, 무슨 사골국을 박스로 사다 먹어. 참, 저래서 큰 건가?"

우진은 자신의 물건을 열심히 정리 중인 팻사라곤을 보며 피식 웃었다. 집이랑 멀어서 걱정하던 모습과 다르게, 자신만의 자리가 만족스러운지 열심히 정리 중이었다.

우진은 사무실 정리가 끝나자 2층으로 내려갔다. 2층에는 재봉틀 및 가위 등 장비들로 채웠다. I.J 숍과 다르게 재봉틀만 해도 7대였다.

왠지 어렸을 때 본 공장 같은 느낌에 피식 웃던 우진은 로비가 보이는 자리에 앉았다. 1층 로비에서 2층 작업실이 보이는 구조였다.

로비에는 스위스에 간 매튜 대신 준식이 있었고, 그는 아직 정리되지 않은 로비를 치우는 중이었다. 고객을 어떻게 맞이하는지 지켜봐야 했지만, 옷 매치를 잘하는 것 하나만으로도 함께하고 싶은 사람이었다.

그때 누군가 들어와 크게 소리를 쳤다. 1층이 텅텅 비어 있다 보니 우진의 귀에도 선명하게 들렸다.

"어! 준식이 형!"

"윤 매니저님!"

"쉬쉬! 좀 조용히 말해요. 다 울리네! 휴, 그런데 다들 엄청 일찍 왔네?"

"만나서 다 같이 왔어요, 하하."

"잘했네. 일단 올라가서 선생님께 인사부터 드리세요. 위에 계실 거예요."

"알았어요. 이따 봬요!"

"그쪽 말고 여기에 엘리베이터 있어요."

"오… 좋다……. 맨날 계단으로 뛰어다니고 그랬는데."

같이 근무했던 준식도 피식 웃었다.

"그래도 별로 쓸 일은 없을걸요? 저기 2층이 작업실이라……. 앗, 선생님 내려오셨어요?"

2층을 가리키며 설명하던 준식은 멀리서 구경하는 우진을 발견하고 멈칫거렸다. 그러자 테일러들이 동시에 인사를 건넸다.

"안녕하세요!"

그 모습을 지켜보던 우진은 너무 경직된 인사에 오히려 당황했다.

"그렇게 90도로 인사하지 않으셔도……."

＊　　　　＊　　　　＊

드르르르르—

재봉틀 소리가 요란한 작업실에 있던 우진은 복잡한 얼굴이었다. 헤슬 장인들을 가르쳐 봐서 그다지 어렵지 않을 거라 생각했는데, 차이가 너무 많이 났다. 기본기야 보고 뽑았으니 문제는 없었다. 다만 너무 기본에만 충실해서인지 조금 다른 작업 방식에 애를 먹고 있었다.

"저기, 순태 씨."

"네!"

"그렇게 하시면 원단이 울어요."

"죄송합니다. 그런데… 라인도 안 긋고 자수를 하다 보니 줄이 비뚤어……."

"원단에 라인이 있잖아요. 원단이 직모라서 그 결만 잘 보고 하시면 돼요. 일부러 연습하시라고 완벽하게 일자로 만들었어요."

"아……."

"결을 잘 보시고… 15칸을 띄우면 15㎜라서 간격도 딱 맞아요. 등 라인도 어깨선에 너무 신경 쓰시지 마시고 집중하세요. 그래야 옷감이 더 팽팽해요."

매직 아이도 아니고 결을 세는 우진이 더 신기했다. 하지만 다들 우진의 시범을 본 뒤였기에 변명하지도 못했다. 본인들의 실력에 어느 정도 자신감이 있었는데, 우진의 시범을 본 뒤론 겁이 났다.

우진은 그런 테일러들의 마음도 모른 채 자수 연습을 하라고 지시한 뒤 1층으로 향했다.

그러자 테일러들이 동시에 숨을 뱉었다.

"아… 죽음이다……. 기계로 하는 것도 아닌데 이걸 어떻게 안 끊어먹지? 우리가 백만 원짜리 실을 쓰려고 연습하는 거 알고 있어?"

"그래서 더 떨려요……. 친절하게 가르쳐 주시긴 하는데… 가르쳐 준다고 금방 되는 게 아니니까요. 저희한테도 자동 자수 말고 직접 하라고 하는 건 아니겠죠?"

"절대 못 하지. 도대체 몇 살 때부터 했길래 저렇게 잘할까? 아까 봤지? 손바느질하는데도, 나는 무슨 손에 미싱 달린 줄 알았다니까. 간격 봐."

"그래도 우린 저기 저 팀보다 낫잖아요."

테일러들은 세 명씩 두 팀으로 나뉘었다. 처음에는 재봉, 재단, 패턴으로 나눠서 분업화 작업을 하는 줄 알았다. 예전이라면 분업도 당연하게 받아들일 수 있었다. 하지만 모든 걸 전부 해내는 우진을 보자 자신들도 우진처럼 되고 싶은 욕심이 생겼다. 그래서 상당히 아쉬웠다.

그런데 알고 보니 그게 아니었다. 각각 상의와 하의로 팀을 나눈 것이었다. 테일러들은 그때까지만 해도 옷 전체를 만들고 싶다는 욕심이 있었다.

하지만 막상 작업에 들어가니 자신들의 생각이 틀렸다는 걸 깨달았다. 기존과 다른 방식도 문제였고, 특히나 하나하나 세밀하게 해야 하는 작업 방식에는 치가 떨렸다. 순태가 가리킨 다른 팀은 아직 바느질은 해보지도 못한 상태였다.

"여기 맞아요? 여기를 왜 재는 거지?"

"이거 패턴을 처음 봐서 그런가……. 봐도 눈에 잘 안 들어오네."

I.J에서 유명한 패턴을 새로운 방식으로 제작한 바지였다. 그렇기 때문에 바지를 맡은 팀은 처음부터 모든 걸 배워야 했다. 그래서 여전히 치수 재는 방법을 연습하는 중이었다.

하지만 하루, 이틀이 지났음에도 좀처럼 눈에 익지 않았다. 바지 팀은 일주일이 지나서야 겨우 우진이 고개를 끄덕거리는 모습을 볼 수 있었다.

바지 팀은 이제야 겨우 치수 재는 걸 통과했고, 셔츠 팀은 고작 라인 한 줄을 완성했을 뿐이었다.

"나이가 어려서 좀 가깝게 지낼 줄 알았는데… 이장호보다 더 어려워."

"이장호는 그냥 나이 때문에 어려운 거고요. 디자이너님은… 너무 열정적이라서……. 저기 봐요. 지금 윤 매니저님도 당하고 있어요."

"당하기는. 매니저님 웃고 있잖아."

"그런가? 아무튼 대단한 거 같아요. 그리고 잠을 안 자나 봐요. 저 스케치 보셨죠?"

"봤지. 실물 같은 스케치……."

"저걸 하루에 많게는 10개도 그린대요."

테일러들은 2층에서 로비를 내려다봤다. 로비에서는 우진이 스케치북을 들고 있었고, 준식은 그 앞에 서 있었다. 누가 보면 스피드 퀴즈라도 하는 것 같은 모양새였다.

"이건 뭐가 어울려 보여요?"

"음… 제 생각에는 바올 씨가 제작한 시계가 어울릴 것 같습니다. 어깨가 둥근형이라 조금 처져 보이는데, 시계까지 무거워 보이면 더 처진 느낌을 줄 것 같네요."

우진은 만족한 듯 고개를 끄덕거렸다.

스위스에 연락을 해보니 손목 치수만 보내면 바로 제작할 수 있다는 대답이 왔다. 오히려 스위스에 있는 장인들이 더 반겼다고 했다.

그때부터 우진은 스케치를 그리기 시작했다.

스케치에는 그동안 I.J를 이용했던 고객들도 있었고, TV에 나오는 연예인들도 있었다. 전부 이번에 아제슬에서 나올 옷을 입혀놓은 스케치였다.

직접 보고 그린 것이 아니기에 차이가 있을 수 있었지만, 우진은 준식이 제대로 된 시계를 추천할 수 있는지 알아야 했다.

우진은 준식을 볼수록 그가 마음에 들었다. 자신이 생각한 내용과 일치하는 부분이 상당히 많은 사람이었다. 어떨 때는 자신보다 괜찮은 의견을 내놓기도 하는 통에, 우진의 마음은 상당히 기울어진 상태였다.

우진이 매일같이 질문을 해대는 통에 준식도 준식 나름대로 바빴다. 처음에는 도대체 왜 이런 문제를 내는 건지 의아하기만 했다.

하지만 시간이 지나면서 알 수 있었다. 점점 질문 횟수가 늘다 보니 우진과 함께할 기회가 많아졌고, 자신의 답변에 따라 우진의 표정이 변한다는 것을 눈치챘다.

만약 매니저로 인정하지 않았다면 이런 문제도 내지 않았을 것이었다. 그러다 보니 준식은 우진의 기대에 맞추기 위해, 퇴근 후에도 최신 트렌드와 앞으로 유행할 것들은 물론이고 액세서리를 조합하는 방법까지 공부했다.

자신의 대답에 저렇게 만족하고 좋아하는데, 공부를 안 하려야 안 할 수가 없었다.

오늘도 여전히 만족스러운 얼굴을 한 우진은 질문을 마치더니 바쁜 일이 있는지 사무실로 올라갔다. 그러자 테일러들이 2층 난간으로 몰려들었다.

"매니저님! 디자이너님하고 어떻게 친해졌어요?"

"맞아, 지금 폼을 보면 우리는 친해지기는커녕 잘릴 거 같은데."

2층을 올려다본 준식도 테일러들이 우진을 어려워하는 걸 알고 있었다. 자신만 하더라도 아직까진 어려운데 저들이야 오죽할까 싶었다. 다만 시간이 지나면서 방법을 조금은 알 것 같았다. 그래서 저들의 고민에 피식 웃음이 나왔다.

"웃지만 말고 좀 알려주세요. 진짜 죽겠어요."

"하하, 제가 해드릴 말은 정말 죽었다고 생각하고 열심히 하라는 말밖에 없어요. 실력이 늘면 좋아하면서 인정하실 거예요. 지금까지 봐온 바로, 선생님 관심은 오로지 옷뿐이거든요."

준식은 우진을 떠올리며 피식 웃었다. 가만히 생각하던 테일러들도 수긍한다는 듯 고개를 끄덕였다. 얼마 되진 않았지만, 회식은커녕 우진과 사적인 대화를 한 적이 단 한 번도 없었다.

*　　　　*　　　　*

늦은 밤까지 사무실에 있던 우진은 이어폰에 달린 마이크를 입에 대고 열심히 설명했다. 모니터에는 저번 아제슬 회의에 참여했던 사람들이 상당수 비치고 있었고, 다들 우진의 말을 경청 중이었다.

그렇게 우진의 설명이 끝나자, 한 명씩 돌아가며 입을 열었다.

—그건 각자 브랜드 재량이니까 시계를 취급하든 신발을 취급하든 문제 되지 않습니다.

—맞습니다. 우리 헤슬만 해도 이번 디자인과 어울릴 만한 백을 내놓을 예정입니다.

나름 말을 할까 말까 고민하다 왠지 반칙하는 것 같은 기분에 말을 한 건데, 다들 비슷하게 옷에 곁들일 무언가를 준비하고 있다고 말했다.

미리 말을 안 해준 게 약간 섭섭했지만, 한편으로는 스스로 알아냈다는 생각에 뿌듯한 마음도 있었다.

그때, 회의를 진행하던 사람이 입을 열었다.

—그럼 각 브랜드에서 내놓을 디자인을 보도록 하겠습니다. 먼저 제프 우드의 디자인입니다.

그러자 제프 우드 쪽에서 한 명이 일어났다.

─디자이너 제프 우드 씨가 직접 디자인한 제품으로, 바지는 저번과 마찬가지로 I.J의 패턴을 사용했습니다. 인위적인 것보다 자연스러운 것을 선호하는 무첨가 시대에 맞춰 제작했을 뿐 아니라 개인의 개성도 신경 썼습니다. 번잡함보다 여유가 중시되는 요즘, 가장 어울릴 만한 옷이라고 생각합니다.

말이 끝남과 동시에, 스크린에 제프의 옷이 나왔다. 그걸 보던 우진은 약간 놀랐다. 우진과 마찬가지로 셔츠과 데님바지였다. 다만, 바지 일부분이 원단의 뒷면을 사용한 것처럼 보였다.

특히 우진이 놀란 것은 셔츠였다. 모델에 입혀놓은 모습을 보니 제프란을 사용했다는 걸 단번에 알 수 있었다. 우진이 세로줄 셔츠인 반면, 제프 우드는 커다란 가로줄 하나가 전부였다.

남색 바탕에 가슴 부위로 주황색 줄이 가로질렀다. 주황색 줄은 다른 원단이었다.

'옷이 구겨지는 걸 저렇게 잡을 수도 있구나. 그래도 관리하기 어려울 텐데⋯⋯.'

우진은 자신도 모르게 제프 우드를 평가하고 있었다. 화려한 색감을 자랑하고 있지만, 왠지 저 옷을 보자 자신감이 생겼다.

*   *   *

제프와 제이슨은 회의를 녹화한 영상을 보며 대화 중이었다.

"내가 이걸 봐서 뭐 해."

"좀 봐. 헤슬에서 무슨 디자인을 내놓을지 봐야 할 거 아니야."

"볼 거면 I.J 거 봐야지. 무슨 헤슬을 봐."

화면에서 제프 우드의 옷을 소개하는 장면이 나왔다. 제프도 사람들의 반응이 궁금했는지 화면을 힐끔 봤다.

"반응들하고는."

시원찮은 반응에 제프는 콧방귀를 꼈다. 사실 당연한 반응이었다. 아제슬이라는 이름으로 묶여 있지만, 그 안에서 경쟁하는 구도이다 보니 상대 브랜드의 옷을 봐도 반응을 쉽게 드러내지 않았다. 헤슬이야 말할 것도 없었다. 헤슬보다 우진의 반응을 보고 싶었는데, 영상으로 참석했기에 모습이 나오지 않았다.

제프 우드에 이어 I.J의 옷이 소개되었다. 제프는 자신의 옷보다 더 관심 있게 지켜봤다.

"단순한데? 얘가 이럴 애가 아닌데. 뭘까? 뭐가 숨어 있을까?"

"숨어 있기는 뭐가 숨어 있어. 이 디자이너, 원단도 골드란아 골랐다."

"그래? 만들기는 그게 편하지. 나도 네가 사정만 안 했어도 그걸로 만들었을 텐데."

그때 우진의 말이 들렸다.

―저기 보이는 줄들은 그냥 줄이 아니라 I.J 로고를 사용해서 만든 줄이에요. 자수로 새길 예정이에요.

"오, 하긴 몇 번 봤지. 아이디어는 좋네. 만들기가 번거롭긴 하지만, 괜찮아. 좋은데?"

남 칭찬 안 하기로 유명한 제프가 칭찬을 해대자 제이슨은 속이 쓰린지 얼굴을 찡그렸다. 자신의 앞이라 일부러 더 칭찬하는 게 눈에 보였다.

"내 말대로 데리고 있었어 봐. 저 디자인도 제프 우드 거고, 바지 패턴도 우리 거지. 그럼 네가 좋아하는 돈도 쓸어 담을 거고. 하하."

제이슨의 표정을 보며 이죽대던 제프는 마구 웃더니 입을 열었다.

"그래도 문제점은 있네, 크크."

"문제점? 무슨 문제점! 문제가 있으면 큰일이잖아. 아제슬 이름으로 나오는데!"

"야, 입가에 미소나 좀 어떻게 하고 큰일이라고 해라."

입꼬리가 올라가긴 했지만, 제이슨도 당연히 좋기만 하진 않았다. 아제슬 이름으로 나오는데 문제가 있으면 안 되니까.

그때, 헤슬에서 나온 사람이 하는 말이 들렸다.

—자수로 새길 거면 속옷을 반드시 입어야겠군요? 요즘은 속옷을 안 입는 사람도 많아서 원단 자체에 신경을 많이 쓰는데.

"우리 애들은 저런 것도 지적 안 하고. 그러니까 우리보다 작은 헤슬하고 동급이네, 마네 그런 소리 나오지. 셔츠에 자수를 새기면 껄끄러워서 못 입어. 지금 화면에 우진이 얼굴이 안 나와서 그렇지, 당황하고 있을 거야."

"그렇지!"

제프는 피식 웃고는 다시 화면을 봤다. 우진이 무슨 대답을 할지 궁금했다. 그때 우진의 목소리가 들렸다.

—줄만 확대해 주실 수 있나요? 좀 더요. 네, 됐어요. 보시면 자수를 새길 때 같은 방향으로만 채우는 새턴스티치 방식이에요. 작업 시간도 줄어들고요.

—그렇다고 해도 마찰이 조금 적어질 뿐 아닙니까?

—아, 저도 그럴 줄 알았는데 다행히 안 그렇더라고요.

제이슨은 얘기를 듣다 보니 문득 뭔가 떠올랐다.

"아! 그거였어?"

"시끄러워!"

―제프란 아시죠? 제프 우드에서 이번에 나온 원단.

"우리 제프란? 우리 제프란 말하는 거 맞아?"

제프가 무슨 말인가 싶어 제이슨에게 묻는 사이, 우진의 말이 이어졌다.

―제프란 원사로 했어요. 제프란 원사로 자수를 놓으면, 오히려 골든란아만 사용했을 때보다 더 부드러워요.

―제프란이면… 머리카락보다 가늘 텐데?

―아! 그래서 4합으로 했어요. 가늘긴 한데 끊어지진 않더라고요. 3합도 가능하긴 한데, 아무래도 입는 사람이 조심조심 입으면 불편할 거 같아서요.

영상 속에 보이는 헤슬 사람들도 제프란에 대해서 연구를 한 모양인지 우진의 말이 끝나자 동시에 웅성거리기 시작했다. 영상을 보던 제프도 마찬가지였다.

"저건 알아도 못 하니까 눈독 들이지 마라."

"그런 거 아니다, 하하."

"너 웃고 있는 거 보면 수상하다고. 생각 접어. 기계로 해도 끊어지기 십상이야. 그 말은 즉, 계속 사람이 붙어 있어야 하는데 인건비가 더 나온다."

"그런 거 아니라니까."

"그럼 왜 수상하게 웃어! 아까부터 계속!"

"하하, 대단하잖아. 이제 우리랑 I.J 옷이 나와서 잘 팔리기 시작하면! 제프란이 날개 돋친 듯이 팔려 나갈 거야. 이름 좀 있다 하는 디자이너가 안 해보고 못 배기지. 원단도 나가고, 원사도 나가고. 생각하지 못한 이득이야."

"어휴, 장사꾼 놈아."

제이슨은 오히려 좋아하고 있었다. 제프는 화면을 보더니 살며시 웃으며 일어났다.

"나 간다. 우진이 샘플 도착하면 부르고."

"어디 가, 아직 헤슬이 남았는데."

"저 녀석한테 따라잡히지 않으려면 노력해야지."

제이슨도 이제는 제프의 마음을 조금 알 것 같았다. 지금이야 제프 우드의 이름으로 위에 있다지만, 디자인만 놓고 보면 사실 큰 차이가 없어 보였다. 오히려 I.J가 압승이었다.

하지만 이것도 나쁘지 않았다. 우진을 만나고 올 때마다 제프는 자극을 받았고, 덕분에 제프 자신은 몰라도 제이슨이 느끼기엔 그 역시 발전 중이었다.

제프가 나가자 화면에 헤슬에서 출시할 옷이 나왔다

─헤슬 고유 패턴의 중심을 다이아몬드로 장식했습니다. 파괴할 수 없는, 파괴되지 않는, 영원한 헤슬이라는 의미를 담았습니다.

검은색 티셔츠 가슴 한가운데 유럽의 성 모양을 한 헤슬 로고가 새겨져 있고, 가운데에는 다이아가 박혀 있었다. 물론 단가를 맞추려다 보니 전체가 다이아는 아니었다. 그래도 성 모양 로고 꼭대기에 다이아를 박아 상당히 눈에 띄었다.

"저 미친놈들."

그제야 헤슬이 왜 원단을 코튼으로 정했는지 알 것 같았다.

영상이 끝날 때쯤, 우진의 말이 들렸다.

─저희는 가격을 조율했으면 좋겠어요. 한국에서 900만 원이면 상당히 큰돈이거든요. 원단이나 실이 최상급이라고 해도, 사실 너무 비싼 것 같아요.

아마 제프란 실을 사용한 것도 옷에 들어가는 기본 자재값을 올리기 위함이었을 것이다. 아직 어려서 너무 양심적이라는 생각에 제이슨은 피식 웃었다. 운영 팀에서도 제이슨과 같은 답변을 내놓았다.

─아쉽게도 들어드릴 수 없는 제안입니다. 마케팅 전문 기업과 기획 전략 팀이 책정한 금액입니다. 한국까지 고려해서 책정한 금액이니 걱정하지 않으셔도 됩니다. I.J가 한국에 있다 해도 중국이나 일본 등 가까운 나라까지 고려한 금액입니다. 만약 I.J만 가격을 내려 버리면 제프 우드나 헤슬에도 영향이 있을 수 있으니 금액은 내리지 않는 게 옳다고 봅니다.

우진이 더 말이 없는 걸 보면 이해한 모양이었다. 진행자의 말이 이어졌다.

─아제슬 광고는 운영 팀에서 제작할 예정입니다. 당연히 디자인에 대한 이야기는 일절 나오지 않고, 신비스러움을 강조할 예정입니다. 각 브랜드들도 디자인이 유출되지 않도록 신경 써주시기 바랍니다. 그럼 회의는 광고 최종본이 나오는 이 주 뒤에 이어가겠습니다.

"그렇지. 이제 브랜드별 광고를 시작할 때야. 하하, 여기서 차이를 좀 느끼게 해줘야겠네."

제이슨은 회의가 만족스러운지 환하게 웃으며 영상을 껐다.

*　　　*　　　*

우진은 회의를 해보고 나서야 제프나 데이비드가 왜 직접 기업을 운영하지 않고 디자이너로 남아 있는 건지 조금씩 이해가 되었다. 옷만 신경 써도 시간이 모자라는데 경영에 관련한 일까지 하다 보니 정신이 없었다.

준식에게 볼일도 볼 겸, 정신도 차릴 겸 우진은 가장 편안한 2층으로 향했다. 2층에선 여러 대의 재봉틀 소리가 들렸다. 우진은 재봉틀을 돌리고 있는 테일러들을 주욱 둘러봤다. 테일러들 중 셔츠를 맡은 팀은 첫 줄을 완성시킨 뒤 보름이 지나서야 작업에 익숙해졌다.

다소 느린 감이 있었지만, 휴일도 반납해 가며 연습한 결과가 슬슬 나오고 있었다. 그건 팬츠 팀도 마찬가지였다. 셔츠 팀보다 느리긴 했지만, 이제는 패턴은 물론이고 재단까지 어렵지 않게 해냈다.

우진은 스스로 만족해하는 테일러들을 보며 씨익 웃었다.

"이제 다들 잘하시네요. 그럼 이제 한번 완성해 보세요. 아! 그게 좋겠다. 연습할 겸 한 명씩 짝을 맞춰서 업무를 수행할 때 입는 옷을 만들어보세요. 상대방 치수까지 측정해서. 원단은 창고에 있으니까 할아버지한테 말씀하시면 돼요. 재고 수량을 맞추느라 고생하시거든요."

"네……."

"잠시만 기다리세요. 올라가서 제가 만들었던 슈트 패턴을 가져올 테니, 참고해서 만드세요."

잠시 뒤 우진이 내려오더니 슈트 패턴만 건네주고는 1층으로 가버렸다. 테일러들이 곧장 패턴을 보러 모여들었다.

"정장이네……."

"그렇지……. 난 유니폼 만들어주실 줄 알았는데……."

"우리 실력이 마음에 안 드시나? 휴… 열심히 했는데. 뭐가 잘못된 거지? 말을 잘 안 해주니까… 조금 답답하다."

"우린 언제쯤 유니폼을 입을 수 있을까……."

그동안 자신들의 실력이 꽤 늘었다고 생각하던 테일러들은 우진이 남기고 간 숙제를 생각하며 침울해했다. 그때, 1층 로비로 내려간 우진의 목소리가 들려왔다.

"일단 신발을 한번 벗고 서보세요."

"신발이요……?"

"네, 허리가 굉장히 가느시네요. 다리 좀 벌려보세요."

"제 스케치를 왜……."

2층에서 그 모습을 훔쳐보던 테일러들은 의아한 얼굴을 했다. 왜 갑자기 단안경을 올리고 윤준식을 스케치하는 건지. 게다가 자신들을 시켜도 되는데 왜 직접 내려가서 저러고 있는지 이해가 되지 않았다.

그때, 준식의 스케치를 마친 우진이 단안경을 내리며 입을 열었다.

"유니폼을 만들어 드릴까 했는데, 매장에 있으면 유니폼보다 정장이 나을 것 같아서요. 다른 매장에서는 대부분 매니 저하고 테일러분들이 정장을 입고 계신다던데."

"제 정장이요……?"

"네, 스케치 한번 보세요. 스타일이 조금 비슷하죠? 빳빳한 브리티시 원단을 사용하면 되겠어요. 어때요?"

"정말 멋있긴 하지만… 그냥 제 옷을 입어도 되는데……."

"I.J에서 일하면서 다른 옷을 입으면 이상하잖아요. 유니폼 은 아제슬이 끝나면 그때 만들어 드릴게요. 그럼 전 만들러 가볼게요. 수고하세요."

윤준식은 얼떨떨한 얼굴로 닫힌 엘리베이터 문을 한참이나 쳐다봤다. 2층에 있던 테일러들도 그제야 이유를 알았다. 생각해 보면 당연한데, 유니폼에 너무 꽂힌 나머지 자신들이 고객 앞에 서는 사람들이란 걸 잊고 있었다.

"하하, 아제슬 기간만 잘 넘기면 우리도 유니폼 받는다!"

"그러게요! 그래도 유니폼부터 입고 싶지 않아요?"

"조금 참아! 하하, 일단 나부터 치수 좀 재자. 그런데 이거 심지가 왜 이렇게 많이 들어가?"

그러는 사이, 우진이 원단을 들고 2층에 나타나 곧바로 작업을 시작했다. 바로 패턴을 그리더니 순식간에 오리기까지 했다. 그러고는 원단을 펼치고 재단을 시작했다. 그 모습을 훔쳐보던 테일러들은 서로의 치수를 재던 것도 잊고 멍하니 바라봤다.

"진짜 빠르네……."

"빠르기만 한 게 아니지. 정확하기까지 하니까……."

"우리가 치수 잴 동안 옷 다 만들겠다. 저 봐! 벌써 재단을 끝냈어!"

그리고 한 시간이 조금 안 됐을 때, 우진이 1층에 있던 준식을 불렀다.

"벌써 가봉한다……."

"가봉이 아닌데? 그냥 저대로 만들어도 되겠다."

우진도 테일러들이 보고 있는 것이 느껴졌다. 테일러들도 스케치를 해주려고 했지만, 모두가 정장이 보이는 것은 아니었다. 누군 그려주고, 누군 안 그려줄 수 없었기에 슈트 패턴만 주고 스스로 만들어보길 권했다.

우진은 준식이 다시 1층으로 내려가고 얼마 지나지 않아, 슥슥 옷을 다리더니 슈트 커버에 넣었다. 그러고는 1층으로 내려가다 말고 멈춰 서서, 자신을 보는 테일러들을 향해 입을 열었다.

"제가 만들어 드리고 싶은데, 아무래도 다들 테일러이신데 남이 만들어주면 좀 그런 것 같아서요. 직접 만들어 입는 게 좋을 거 같아요. 완성하는 대로 입으시고요. 하지만 유니폼은 제가 만들어 드릴게요."

테일러들은 붉게 상기된 얼굴로 계단을 내려가는 우진의 뒷모습을 바라봤다. 다들 어떤 옷을 만들어줬을까 궁금한 마음에 난간으로 향했다.

우진에게 옷을 받은 준식이 탈의실로 들어갔다. 잠시 뒤 준식이 나오자 테일러들은 입을 쩍 벌렸다.

"저게 지금 뚝딱 하고 만든 거라고……?"

"와! 대박… 그냥 딱 윤 매니저님 옷이네!"

테일러들이 감탄하는 사이 우진이 단안경을 올리고 준식을 살폈다. 그러고는 만족스러운지 피식 웃고는 말을 뱉었다.

"신발은 3일 정도 걸린다고 했어요. 세운 삼촌이 만들어주실 거예요. 그리고 축하해요. 윤 실장님."

"네?"

우진은 멍한 얼굴의 준식을 보며 활짝 웃더니 엘리베이터를 타고 올라갔다. 그러자 난간에 기대고 있던 테일러들이 환호했다.

"윤 매니저님! 축하해요! 아니, 실장님!"

준식은 그제야 2층을 쳐다보고는, 미소가 가득한 얼굴로 손을 흔들었다.

"하하, 저 취직했어요……. 하하……."

"축하드려요!"

준식은 자신의 기쁜 마음만큼 테일러들이 좀 더 축하해 줄 줄 알았는데, 다들 난간에서 순식간에 사라졌다. 순간 의아했던 준식은 곧이어 저들끼리 하는 대화에 웃고 말았다.

"실장님! 제 바지는 실장님이 만들어주시면 안 돼요? 순태가 만들면 좀… 준식이 형 옆에 어떻게 서 있겠어요."

"야, 내가 왜! 너나 자수 똑바로 박아! 막 삐뚤기만 해봐!"

테일러들은 그 어느 때보다 열정적으로 서로의 치수를 쟀다.

제7장

델핀

〈2019년, 화려한 시작을 알리는 I.J〉

〈'아제슬'의 새 브랜드. 각자의 디자인을 내놓다〉

〈I.J(서울), 제프 우드(뉴욕), 헤슬(런던) 당신의 선택은?〉

운영 팀에서 광고를 시작했고, 그와 동시에 한국의 언론도 기사를 쏟아내기 시작했다. 세계적인 브랜드 사이에 한국의 브랜드가 끼어 있는 걸 무척이나 자랑스러워하는 기사들이었다.

하지만 대중들의 반응은 확연히 갈렸다.

―900만 원이면 1년 등록금임ㄷㄷ

―명품이면 당연한 건데, 한 번도 사본 적 없음여?

―미친ㅋㅋㅋ 900만 원짜리 입는다고 뭐가 변함?

―괜히 살 능력 안 되니까 남들도 못 사게 깽판 치네.

―이번엔 무슨 일이 있어도 산다!

역시 비싼 가격이 문제였다. 기대한다는 사람과 비싸서 안 산다는 사람이 거의 반반이었다. 언제나처럼 원단 및 부자재 가격을 모두 공개할 예정이지만, 그렇다고 해도 사람들이 비싸다고 생각하는 건 변함없을 것이다.

들어오는 돈이 많기라도 하면 억울하지 않을 텐데, 900만 원이라는 금액에서 사실상 들어오는 돈은 그렇게 크지 않았다.

일단 금액의 반을 차지하는 자재비, 명품이라 불리는 양쪽 브랜드에 지급해야 할 라이선싱 비용만 제외하면 I.J에 돌아오는 금액은 고작 150만 원 정도였다. 거기에 인건비, 유지비, 부자재 비용 등 나갈 곳은 수두룩했다.

그래도 다행히 패턴으로 꽤 많은 금액이 들어왔다. 이번 디자인에서도 사용하지만, 엄밀히 따지면 I.J의 고유 특허로 받은 금액이었다.

그만큼 양심적으로 옷을 만들었기에 사람들이 알아봐 주는 수밖에 없었다. 하지만 가만있으면서 알아봐 달라고 할 순 없었다. 제프 우드와 헤슬은 이미 모든 준비가 끝난 상태였다.

그때, 세운이 우진의 어깨를 툭 쳤다.

"무슨 생각을 그렇게 해? 어제 회의에서 뭐 안 좋은 얘기 나왔어?"

"아, 오셨어요?"

"그래. 상무님하고 있다가 너 멍한 거 보니까 계속 기다려야 할 거 같아서 불렀어. 회의에서 무슨 얘기 나왔어?"

"아, 할아버지도 계셨네요."

사무실에는 아직 소파가 아직 없었기에, 우진은 의자를 끌고 장 노인의 자리로 갔다.

"그럼 뭔 일 때문에 오라고 해놓고 멍한 게야?"

우진은 머쓱하게 웃더니 입을 열었다.

"어제 운영 팀에서 보낸 광고 보셨죠?"

"봤지. 실루엣 효과로 호기심을 불러일으키는 게 잘 만들었더구나. 그게 마음에 안 드는 게냐?"

"그런 건 아니고요. 저희도 홍보를 해야 할 것 같아서요."

"홍보?"

"네, 어제 회의에서 나온 얘기인데 제프 우드하고 헤슬이 저 광고 말고도 알아서 홍보하자고 그러더라고요."

"그래? 그럼 잘된 거 아니냐."

"그게… 각자 자기들 것만 홍보하겠다고 그래서요."

장 노인은 얼굴을 찡그리며 생각에 잠겼다. 잠시 뒤 피식 웃으며 말을 뱉었다.

"지네들 거 안 팔릴까 봐 조마조마한가 보고만?"

"아, 그런 건 아닐걸요? 디자인 보셨잖아요."

"봤으니까 하는 말이다. 내가 보기에는 우진이 네 옷이 최고야. 그나저나 어떤 식으로 홍보를 한다는 게냐?"

"네, 운영 팀에서 알려주더라고요. 제프 우드는 벌써 얘기가 끝났다고 했어요. 조엘 린데만이라고 아세요?"

"나야 모르지. 왜, 유명한 사람인 게냐?"

"네. 할리우드 배우인데 엄청 유명해요. 얼굴 보면 바로 아실 거예요. 아무튼 그 사람이 지금 영화를 촬영 중인데, 그 사람한테 입히려나 봐요. 개봉도 3월 초라서 딱 맞나 보고요."

장 노인은 혀를 차더니 입을 열었다.

"그럼 그 전부터 얘기가 나왔던 거고만. 그런데 그놈은 허구한 날 들락날락하면서 입을 다물고 있었다는 말이네. 괘씸한 놈."

우진도 처음에는 서운한 생각이 들었지만, 아무리 생각해도 제프가 그랬을 것 같진 않았다.

"제프 선생님은 모르고 계셨을걸요. 옷만 만드시고 운영은 다른 분이 하시잖아요."

"하긴. 그렇겠고만. 그런데 3월 초에 영화가 나온다고 하면, 벌써 완성되어 있어야 하는 거 아니냐?"

"아, 영화에서 나오는 게 아니라요. 그 무대 인사 하잖아요. 세계를 돌아다니면서 인사하는 거. 그때 입힐 건가 보더라고요."

그러자 듣고 있던 세운이 놀랍다는 듯 혀를 내밀었다.

"대단하네, 대단해. 그럼 자연스럽게 홍보도 되고, 머리를 엄청나게 썼구나."

"저도 어제 듣고 조금 놀랐어요."

"그럼 헤슬은? 데이비드는 그런 거 싫어할 텐데."

"헤슬도 미리 준비하고 있었던 것 같아요. 얼마 뒤에 열리는 런던 패션위크에서 공개한다고 하더라고요."

"데이비드가 쇼에 나간다고?"

"아니요. 런던 패션위크에 헤슬이 참가하긴 하는데, 소속 디자이너분이 참가하신대요. 그분이 입고 나오신다고."

"와! 치사하네! 그거 데이비드가 네가 만든 옷을 입었을 때, 그거. 그거! 따라 한 거잖아!"

우진도 듣자마자 그 생각이 났었기에 머리를 긁적거렸다. 하지만 덕분에 크게 성공했으니 왜 따라 하냐고 할 수 없는 상황이었다. 우진의 얘기를 들은 세운과 장 노인은 한참 말없이 생각에 잠겼다.

"아주 협력이라고 해놓고 경쟁이 치열하네. 치사하게. 같이 하면 끝까지 같이해야지."

"당연한 게야. 저번처럼 한 곳에서만 판매하면 모를까, 각자의 디자인으로 판매를 하는데 우위에 서고 싶겠지. 어차피 팔리긴 다 팔릴 것 같네만, 그래도 어디가 가장 먼저 팔렸다는 건 차후에 분명 도움이 될 게다."

"참 나, 옷이 좋아야지. 그래도 조금 기분이 이상하다. 왠지 같은 선상에서 견제받는 거 같은데? 치사하긴 해도 기분은 좋네, 하하."

"실없기는. 아예 우리는 제쳐두고 지들끼리 경쟁한다는 생각은 안 드는 게냐?"

"좋게 생각하자고요!"

세운과 같은 생각을 하고 있던 우진도 장 노인의 말을 듣고 움찔거렸다.

"그래서 그거 때문에 보자고 한 게야?"

"네, 우리도 어떻게 하긴 해야 할 것 같은데 어떤 식으로 해야 할지 몰라서요."

장 노인은 우진을 물끄러미 보더니 씁쓸하게 웃었다.

"참, 그런 것까지 생각하게 하고. 네가 고생이 많아."

"아니에요. 제가 대표잖아요."

"껄껄. 그래, 네가 대표지. 우리가 숫자는 부족해도 머리를 맞대고 생각해 보면 좋은 수가 나겠지."

그때, 가만히 생각하던 세운이 손가락을 튕기며 말했다.

"우리도 슈퍼스타를 알고 있잖아! 우진이 네 친구!"

"아… 후 씨요? 그 사람은… 그냥 좀 그래요."

"왜? 아까 누구라고? 영화배우보다 훨씬 인기 많잖아."

"그렇긴 한데… 그 사람은 좀 그래요."

우진도 잠깐 후를 떠올리긴 했지만 이내 생각을 접었다. 후의 소속사 대표가 옷을 입혀주는 대신 어려운 조건을 내걸게 뻔했다. 가뜩이나 여러 가지 일을 벌여놓은 상태라 직원들 모두 쉬지도 못하는 상태인데, 또 다른 일까지 벌이면 직원은 둘째 치고 자신부터 나가떨어질 것 같았다.

후 본인도 문제였다. 무슨 짓을 벌일지 예상할 수 없는 사람이었기에, 차라리 다른 연예인을 알아보는 게 나았다.

세 사람이 고민 중일 때, 전화가 왔다. 우진은 휴대폰에 뜬 매튜의 이름을 확인하고는 곧바로 통화 버튼을 눌렀다.

"안 주무셨어요?"

—지금 들어왔습니다.

"지금요? 스위스는 지금쯤 밤 아니에요? 무슨 일 있으세요?"

—오마르 씨한테 문제가 약간 있었습니다.

우진은 문제라는 말에 불안한 마음이 들어 자세를 고쳐 잡았다.

"무슨 문제인데요?"

—오마르 씨가 자신이 제작한 시계를 오픈도 하기 전에 다른 사람한테 주길 원하고 있습니다.

"네?"

─저도 당연히 안 된다고 했습니다. 그런데 오마르 씨가 워낙 고집을 피우는 바람에.

"누구한테 준다고 그러시는데요?"

─아들이라고 했습니다.

"아들이요? 아… 좀 곤란하게 됐네요. 그런데 왜 갑자기 그러시지……."

우진도 오마르라는 노인을 겪어봐서 어떤 사람인지 잘 알고 있었다. 오래 겪어보진 않았지만, 얼굴에 항상 미소가 가득했고 누구보다 이번 일을 지지해 준 사람이었다. 아무리 가족이라도 사리 분별을 못 할 것 같은 사람은 아니었다.

"혹시 왜 그런지 아세요?"

─아들이라는 사람이 영화에 출연한다고 하더군요.

"영화요? 오마르 씨 아들이 영화배우예요?"

─그렇다고 들었습니다. 바이에르 씨가 얘기해 주더군요.

"그래요?"

우진은 영화배우라는 말에 제프 우드가 하려는 일이 떠올랐다. 혹시 유명한 배우라면 I.J도 같은 방식을 사용하는 것도 나쁘지 않을 것 같았다.

"그분 이름이 뭐예요?"

─델핀이라고 했습니다. 델핀 루이즈.

누군지 떠올려 봤지만, 전혀 기억에 없는 생소한 이름이었다. 그래도 영화배우들의 이름을 다 꿰고 있는 건 아니니, 혹시나 하는 기대감이 생겼다.

　―듣기로는 40살 가까이 단역만 하다가 이번에 처음으로 비중 있는 역할을 맡았다고 들었습니다. 그래서 오마르 씨가 선물을 주고 싶어 한다고 하더군요.

　"아… 그렇구나."

　단역이라는 말에 우진은 허탈하게 웃었다. 이번에 얼마나 큰 역할을 맡았는지는 모르겠지만, 단역과 주연은 비교할 수도 없는 차이였다. 약간 기대하던 우진은 머쓱한 미소를 짓고는 말했다.

　"오픈하고 주시면 안 된대요? 그때면 협찬 식으로 드려도 괜찮을 거 같은데."

　―저도 그 생각을 하고 얘기를 꺼내봤지만, 저희가 끼어드는 게 부담되시나 봅니다. 그냥 아버지가 아들에게 주는 선물, 그 이상, 그 이하도 아니길 바라십니다. 그거 때문에 얘기가 길어졌습니다.

　"음… 일단 좀 생각을 해봐야 할 거 같아요. 오마르 씨의 시계만 먼저 풀리면 다른 분들도 내놓고 싶어 하실 거 같은데."

　형평성을 고려해 조금 더 생각해 보자고 말한 뒤 통화를 마쳤다.

　어쩜 이렇게 계속해서 생각지도 않은 곳에서부터 자잘한 일이 쉬지 않고 터지는지, 대표라는 자리가 피곤하게 느껴졌다.

*　　　　*　　　　*

　하루 내내 작업실에서 시간을 보내던 우진은 다시 사무실로 올라왔다. 그러고는 컴퓨터 앞에 앉아 모니터를 멍하니 봤다.

　'우리는 어떻게 하는 게 좋을까…….'

　일과를 보는 내내 그 생각이 머릿속을 떠나지 않았다. SNS로 광고를 해도 문제는 없을 테지만, 제프 우드와 헤슬이 홍보를 한다고 하자 자신도 무언가를 해야 할 것만 같았다.

　우진은 뭐가 좋을지 찾아보다가 결국 제프 우드에서 영입한 영화배우 조엘을 검색했다. 프로필에 나오는 영화들만 해도 엄청났다. 전부 굉장한 흥행을 기록한 영화들로, 심지어 우진이 본 영화도 있었다. 이번에 출연한 영화도 한국에서조차 굉장한 인기를 끌고 있는 시리즈물로, 흥행이 보증된 상태였다.

　'Judge4'라는 영화였는데, 한국에서 상영한 제목은 'Judge4: 분노의 추격'이었다. 기존 편들은 마니아와 대중들을 전부 사로잡았다는 평을 받고 있었고 성적도 좋았다. 이번 편 역시 많은 기대를 불러 모으는 중이었다. 주연인 조엘은 당연히 모든 스포트라이트를 받았고, 이 시리즈물로 몸값이 천정부지로 올라갔다.

그러다 보니 우진은 어쩔 수 없이 부러운 마음이 생겼다. 거기에다 기사들을 보니 매튜가 왜 셀럽들과의 친분이 중요하다고 한 건지 이제야 조금 알 것 같았다.

우진은 부러운 마음으로 기사들을 읽어 내려갔다. 한참을 읽어 내려가던 우진이 지금 이걸 보고 부러워하고 있을 때가 아니라는 생각에 기사를 끄려 할 때, 배우가 아닌 영화에 대한 평가를 작성한 기사가 보였다.

'어떤 내용일까. 재미없었으면 좋겠다.'

기사를 클릭하려던 우진은 자신의 생각에 흠칫 몸을 떨었다. 금액으로 환산하기도 어려울 만큼 제프에게서 많은 도움을 받았는데, 그런 생각을 한 자신이 못나게 느껴지는 한편 놀랍기도 했다. 스스로를 제프 우드, 헤슬과 동등한 경쟁 관계로 여기고 있었다.

사무실에 혼자 있음에도 괜히 머쓱해진 우진은 주위를 둘러봤다. 그러고는 목을 한 번 긁적이고는 기사를 읽어 내려갔다.

*   *   *

〈남성미가 물씬 풍기는 영화 세계를 구축해 온 '스티븐 로스틴'의 신작은 영화광들의 꾸준한 호기심의 대상이었다. 총 12편의 장편영화 중 흥행에 실패한 적은 단 한 번도 없다. 상업영화의 왕이

라는 칭호답게 이번에 제작하는 'Judge4' 역시 많은 기대를 받고 있다.〉

  칭찬 일색의 기사였다. 우진은 약간 실망한 자신을 스스로 다독이며 웃었다. 그러지 말자고 다짐했지만, 감정은 쉽게 변하지 않았다. 우진은 경쟁에선 진다고 해도 아제슬이 잘되면 I.J에게 좋은 일이라는 생각을 다시 되새겼다.

  〈전편에 이어 후속편 역시 주연을 맡은 '조엘 린데만'은 더욱 탄탄해진 연기력으로 극 중 CIA '스미스' 역을 소화했다. 또한 태국의 국민 여배우 '제니퍼 마리사'가 영화에 출연하여 화려함을 더했다. 태국을 배경으로 신선함을 더한 이번 영화는 무엇보다 기존 스크린에서 보지 못했던 배우들이 대거 출연한다. 그중 단연 돋보이는 배우는 '델핀 루이즈'로, '조엘'과 대립 구도를 형성한 악역을 맡은 신인배우다. 그의 연기를 현장에서 본 사람들은 실제로 소름이 돋았다고까지 말하며 놀라움을 전했다.〉

  기사를 보던 우진은 고개를 갸웃거렸다.
  "델핀 루이즈? 델핀 루이즈… 어디서 들어봤더라."
  분명 익숙한 이름이었다. 하지만 우진은 영화를 자주 보는 편이 아니어서 언젠가 들어봤던 배우들 중 한 명이라고만 생각했다.

그때, 매튜에게서 전화가 왔다. 우진은 전화를 받으려다 말고 눈을 동그랗게 떴다.

"오마르 씨 문제 해결… 아! 델핀 루이즈! 오마르 씨의 아들!"

우진은 놀라는 와중에도 휴대폰을 들어 올렸다.

"매튜 씨, 오마르 씨 아들이 델핀 루이즈 맞아요?"

—그랬던 것 같습니다.

"Judge4 출연하는 배우 맞아요?"

—그건 잘 모르겠습니다. 알아볼까요? 마침 바이에르 씨가 옆에 계시니까 물어보겠습니다.

우진은 물어보다 말고 머쓱해졌다. 아는 사람의 가족이 배우라는 게 신기했다. 물론, 경력이 눈에 띄지 않아 도움이 안 될 것은 분명했다.

잠시 뒤, 바이에르에게서 답을 들은 매튜가 말을 이었다.

—맞다고 합니다. 이번에 각국으로 무대 인사를 하러 간다고 하더군요. 그래서 오마르 씨가 선물을 주려고 한 것 같습니다. 그런데 왜 그러십니까?

"무대 인사요? 아… 무대 인사?"

—왜 그러십니까? 무슨 문제가 있으십니까?

매튜는 스위스에 있느라 어제 회의에 대해 알지 못했다. 그에 우진은 매튜에게 회의 내용을 설명했다.

—예상하지 못한 문제라 조금 당황스럽군요. 일단 최대한

빠르게 이쪽 일을 마무리 짓고 돌아가겠습니다.

매튜 역시 협력관계 속에서 대놓고 경쟁이 이뤄질 거라고는 생각지 못한 모양이었다. 매튜 역시 바로 답이 떠오르지 않는지, 생각해 보겠다는 말을 끝으로 통화를 끝냈다.

우진도 다른 방법을 떠올리기 위해 애를 썼다. 그러다가 운영 팀에서 참고하라고 보낸 자료를 프린트해 놓은 것이 보였다.

겉표지에 제프 우드, 헤슬, I.J의 로고가 박혀져 있고, 그 밑으로 삼등분한 원에 세 곳의 로고를 담아놓은 아제슬의 로고가 보였다.

'그래도 여기는 나란히 있네.'

우진은 표지를 보며 피식 웃고는 페이지를 넘겼다. 그때, 갑자기 우진이 페이지를 다시 맨 앞으로 넘기더니 로고를 물끄러미 바라봤다.

"나란히⋯⋯?"

*   *   *

며칠 뒤.

I.J 식구들이 우진을 중심으로 모였다. 그 가운데에 서 있던 우진은 자신이 생각한 내용을 정리해 꺼내놓았다. 우진의 얘기를 듣던 사람들은 놀란 눈으로 우진을 바라봤다. 한국으로

돌아온 매튜도 세운에게 내용을 전해 듣고 박수를 보냈다.

"어깨를 나란히 하는 만큼 옷도 나란히. 정말 좋은 생각 같습니다."

"비교할 수 있게 하는 건 좋은데, 왜 하필이면 악역이야? 다른 배우들도 있잖아."

우진은 살며시 웃더니 입을 열었다.

"제가 조엘이라는 사람의 일정을 봤거든요."

"그걸 어디서 봐?"

"영화사 홈페이지에 있더라고요. 2월 마지막 주부터 뉴욕을 시작으로 한국, 일본 등 총 6개 나라에 무대 인사가 잡혀 있더라고요. 세 명, 아니면 네 명씩 무대 인사하는데 조엘은 전부 참석하고요. 그리고 똑같이 스케줄이 잡혀 있는 사람은 딱 한 명 있더라고요. 델핀 씨."

우진이 말을 끝내자, 매튜가 바로 이었다.

"확실히 같이 다니면 대중들이 비교를 하겠군요. 역시… 선생님은 대단하십니다."

이번만은 매튜의 오해가 아니라 정말 우진이 스스로 생각해 낸 것이었다. 우진은 매튜의 칭찬에 어깨를 올라갔다.

"맞아요. 확실히 비교 대상이 있어야 더 눈에 띌 것 같아서 생각해 봤어요."

그러자 장 노인이 우진을 기특하다는 얼굴로 보더니 크게 웃었다.

"껄껄, 네 디자인이 더 좋다고 확신하고 있고만?"

"아, 그런 건 아니에요. 어차피 같이하니까 비교하면 더 좋을 거 같아서 그런 거예요. 그게… 아! 옷 가게만 가더라도 여러 벌 걸려 있잖아요. 그런 것처럼 아제슬에도 여러 종류 옷이 있다는 거죠."

우진이 뭔가 들킨 것처럼 당황해했고, I.J 식구들은 조용히 웃었다. 수첩에 우진의 말을 메모하던 매튜가 고개를 들고 입을 열었다.

"그럼 델핀 씨하고 연락해 보겠습니다. 다음 회의 때 저희도 배우를 통해 홍보한다고만 알리시면 됩니다. 아니, 이번 회의에는 저도 참석하죠."

*　　　　*　　　　*

촬영을 끝내고 잠시 휴식차 고향에 돌아온 델핀은 적잖이 당황했다.

조용하다 못해 적막하다는 말도 부족한 마을이었는데, 어째서인지 많은 사람들이 보였다. 마을 사람뿐만이 아니라, 시계 가게들마다 외지인들이 들락날락했다. 게다가 아버지는 어디 갔는지, 가게 문은 물론이고 집도 굳게 잠겨 있었다.

델핀은 아버지도 기다릴 겸 오랜만에 마을 사람들과 인사하기 위해 걸음을 옮겼다. 그때, 가게에서 나오는 아벨이 보였다.

"어! 델핀! 이게 얼마 만이야!"

"아벨 아저씨, 오랜만이에요."

"영화 찍었다고 오마르가 엄청나게 자랑하던데!"

"하하, 별거 아니에요."

"그런데 혼자 왔어? 카메라는 안 데리고 왔어? 하하."

"하하! 온다는 걸 제가 떼어놓고 왔어요."

델핀은 아벨의 농담에 맞장구쳤다. 누구 하나 알아보는 사람도 없는데, 카메라맨이 있을 리 없었다. 그래도 영화가 개봉하고 나면 알아보는 사람이 조금은 생기지 않을까 싶었다.

"그런데 아저씨, 마을에 무슨 일 있어요? 다들 엄청 바쁘신거 같은데. 아버지도 가게에 안 계시고요."

"아! 오마르가 얘기 안 해? 그럼 우리 마을에서 매장 새로낸 것도 모르겠네?"

"매장이요?"

"그래, 하하. 네 아버지는 지금 매장에 있어. 오늘은 매장 담당이거든. 하하."

"그래요? 매장이 어딘데요?"

"어, 반호프 거리 근처에. 하하. 야, 배우가 표정이 그렇게 드러나도 되는 거야? 하하, 걱정하지 마. 우린 I.J하고 함께하니까."

델핀은 아벨을 통해 마을에 일어난 일에 대해 대충 들었다. I.J라면 델핀도 모르려야 모를 수가 없었다. 최근 들어 계속이야기가 들리는 브랜드였다.

촬영 당시 주연배우 조엘이 아제슬에서 협찬받는다는 소문을 들었다. 그것도 연예인에게 협찬하지 않기로 유명한 제프 우드라는 말에 무척이나 부러웠다. 그런데 부러워만 하던 자신과 달리, 고향 마을이 아제슬의 한 곳인 I.J와 함께 일한다는 말을 듣자 약간 멋쩍어졌다.

그동안 영화에서 맡은 배역이 변변치 못해 고향에 오기를 꺼렸다. 이번엔 나름대로 비중 있는 역할이었기에 기쁜 마음으로 돌아왔는데, 마을이 자신보다 더 커진 느낌이 들었다. 그래도 어려서부터 봐왔던 사람들인지라 잘됐다고 생각하니 기분이 좋았다.

"밥 안 먹었지? 좀 있으면 오마르도 올 거니까 우리 집에서 밥이나 먹으면서 기다려."

"하하, 그럴까요? 그럼 실례 좀."

"실례는 무슨! 가자!"

델핀은 아벨을 따라 들어가며 기분 좋게 웃었다. 오랜만에 오는 고향인데 마치 어제 본 것처럼 반겨주는 마음이 고마웠다. 마당을 지나 집으로 들어가자 집 거실에 청년이 보였다.

"알지? 바이에르야."

"와… 그 꼬마가 이렇게 컸어요?"

델핀은 놀란 듯 바이에르를 봤다. 하지만 바이에르는 자신이 온 줄도 모른 채 누군가와 통화 중이었다.

그때 바이에르의 입에서 익숙한 이름이 들렸다.

"오마르 할아버지는 지금 매장에 계세요. 제가 지금 매장으로 갈까요? 아… 곧 오실 거 같긴 한데."

델핀은 왜 자신의 아버지 얘기가 나오는지 궁금해 바이에르를 가만히 쳐다봤다. 그러자 같이 들어온 아벨이 가볍게 웃으며 얘기했다.

"I.J일 거야. 우리 바이에르가 I.J 스위스 총책임자거든, 하하."

"아… 그래요?"

델핀이 웃어넘길 때, 통화하던 바이에르와 눈이 마주쳤다.

"어? 아저씨? 어! 아저씨! 잠깐만요, 선생님, 선생님! 잠시만요. 본인 바꿔 드릴게요!"

델핀은 순간 당황했다. 바이에르는 어렸을 때 본 게 다인데, 자신을 무척이나 반가워했다. 그러더니 휴대폰을 들고 갑자기 뛰어 내려왔다.

"아저씨, 받아보세요."

"응? 누군데……?"

"아! I.J 디자이너신데요. 아저씨를 찾고 계셨어요."

"나를?"

"네! 한번 받아보세요! 아! 영어 할 줄 아세요?"

할리우드 생활을 하면서 늘은 거라고는 빚과 영어였다. 델핀은 얼떨떨한 얼굴로 고개를 갸웃거리더니 휴대폰을 건네받

왔다.

"여보세요……?"

―어? 혹시 델핀 루이즈 씨세요?

"네, 제가 델핀 루이즈 맞는데… 누구세요?"

―와, 직접 연락이 됐네요. 전 한국 I.J에서 디자이너를 하는 임우진이라고 해요.

바이에르에게 전해 들었기에 이름을 듣고 놀라지는 않았다. 다만 왜 유명한 디자이너가 자신을 찾는지 이해할 수 없었다.

＊　　　＊　　　＊

한참을 통화한 뒤 식사를 하게 된 델핀은 지금 음식이 어디로 넘어가는지 모를 정도로 정신이 나가 있었다. 조금 전에 통화하면서 들은 말 때문이었다.

―아제슬에서 I.J가 만든 옷을 델핀 씨가 입어주셨으면 해요.

도대체 '왜?'라는 생각만 들었다. 조엘만큼 유명하다면 모를까, 아직까지 자신은 나이 많은 신인일 뿐이다. 그런데 왜 그런 자신에게 부탁을 하는지 쉽게 이해가 되지 않았다. 일단 생각해 본다고 말하긴 했는데, 아직 얼떨떨하기만 했다.

"아저씨! 아저씨!"

"어? 응?"

"몇 번을 불러도 대답이 없어서요. 어떻게 하실 거예요?"

"아… 모르겠네. 어떻게 하는 게 좋을지 모르겠어."

"하세요! 분명 멋질 거예요."

"그래?"

"네! 지금 할아버지들이 만드시는 시계도 그 자리에서 디자인한 거거든요. 진짜 그런 사람은 처음 봤어요. 장난 아니에요."

바이에르는 이미 I.J의 열성적인 팬인 것 같아 별 도움이 되지 않았다. 에이전시라도 있으면 상의라도 해볼 텐데, 어디 상의해 볼 만한 곳이 아무 곳도 없었다.

에이전시를 해주겠다고 제의를 받긴 했지만, 그동안 혼자 움직이면서도 별 어려움을 겪지 않았기에 거절했다. 하는 일이라고는 연기 영상을 찍은 오디션 테이프를 만들거나 직접 오디션을 보러 가는 게 다였으니, 굳이 있을 필요가 없었다. 동료 배우들도 에이전시가 없는 경우가 많다 보니 대수롭지 않게 넘겼다. 그런데 지금은 그 거절이 아쉬웠다.

잠시 뒤, 매장에 갔다던 오마르가 연락을 받고 돌아왔다.

"하하하! 델핀!"

"아버지, 건강하셨죠?"

"그럼, 그럼! 일어나지 마. 밥부터 먹자. 아벨, 나도 빵 좀 줘."

아벨도 오랜만의 부자 상봉이란 것을 알기에 군소리 없이 식사를 가져다줬다. 그러다 자연스럽게 I.J에서 받은 제안이 화제에 올랐고, 오마르는 환하게 웃었다.

"참, 사람들하고는……. 그냥 시계만 주면 되는데. 뭘 그렇게까지."

"네? 무슨 말씀이세요?"

"하하, 내가 너한테 시계를 줘도 되는지 물어봤더니 신경 써서 그런 모양이야."

"아, 그래요?"

델핀은 그제야 이유를 알았다는 듯 피식 웃었다. 혹시 자신을 알아보고 부탁하는 걸까 싶었지만, 역시 그건 아니었다. 조금 서운한 마음도 들었지만, 그래도 아버지의 부탁을 들어주는 것을 보면 I.J란 곳에서 아버지를 상당히 중요하게 생각하고 있는 것 같아 뿌듯했다.

*　　　　*　　　　*

오마르도 델핀에게 I.J를 적극적으로 추천했다.

"웬만하면 꼭 해. 그 사람한테 간 김에 옷도 더 맞추고. 비싸더라도 그거 입고 TV에도 나오면 좋을 거다. 하하."

돌핀이 환하게 웃을 때 지켜보던 아벨이 끼어들었다.

"그래서 영화에서 역할이 뭐야?"

"내가 말했잖아! 사진에서 항상 정장 입고 있었다니까! 사장, 그런 거야!"

"하하……."

마흔 넘은 자식을 자랑하는 오마르의 말에 델핀은 약간 난감해하며 입을 열었다.

"악당이에요."

"악당? 무슨 악당? 악당도 종류가 많잖아. 살인자 그런 거?"

"살인도 하고… 뭐… 그래요. 하하… 하. 그래도 악당 대장이긴 해요."

"하긴 나이가 있는데 쫄따구를 하는 것도 웃기지."

그러자 약간 당황하던 오마르도 이내 미소를 지으며 대화에 끼어들었다.

"그래도 어딜 가더라도 대장 하는 거 봤지? 내 아들이다. 하하하."

델핀은 하나도 변하지 않은 마을 사람들과 아버지의 모습을 보니 진작 올걸 하는 생각에 씁쓸하게 웃었다. 그러고는 고개를 숙여 손에 쥐고 있던 휴대폰을 물끄러미 바라봤다. 휴대폰에 우진의 전화번호를 띄워놓은 채.

*   *   *

며칠 뒤, 델핀은 서둘러 한국에 입국했다.

해외 무대 인사 일정이 얼마 뒤에 잡혀 있었다. 티저 영상이 풀렸기에 알아보는 사람이 있을까 내심 기대했지만, 인천공항에 도착했음에도 자신을 알아보는 사람은 한 명도 없었다.

I.J에서 픽업을 나온다고 했지만, 옷을 협찬해 주는 것만으로도 충분히 부담스러웠기에 주소만 받아왔다. 공항을 나와 택시에 올라탄 델핀은 기사에게 주소를 건넸다.

해가 질 무렵이라 자연과 어우러진 도시의 풍경을 구경하는 동안, I.J가 있는 건물 앞에 도착했다.

택시에서 내린 델핀은 거리에 서서 주변을 두리번거렸다. 한 번씩 이름을 들어본 적 있는 명품 브랜드들이 보였다. 그런 브랜드들이 도로를 중심으로 양쪽 거리를 채우고 있었다. 델핀은 명품을 구매해 본 적이 없어 약간 위축되는 기분까지 들었다. 거기에다 건물들 중 자신이 들어갈 건물이 유독 넓어 보였다.

아직 불이 꺼지지 않은 2층으로 사람들이 돌아다니는 게 보였다. 델핀은 마음을 가다듬고선 걸음을 옮겼다. 문 앞에 도착하자 커다란 문이 자동으로 열렸다. 그러자 로비에 있던 사람이 다가왔다.

"아직 오픈 전인데, 어떻게 오셨어요?"

"오마르 씨 아들입니다……."

"오마르 씨가… 아! 혹시 델핀 씨? 델핀 씨 맞으세요?"

"네? 네. 제가 델핀입니다."

"죄송합니다. 오마르 씨라고 해서 못 알아봤어요. 잠시만 기다려 주시겠어요?"

델핀은 아버지의 이름을 모르는 사람 때문에 당황한 얼굴로 고개를 끄덕거렸다. 남자는 소파로 자신을 안내하더니 카운터로 가서 어디론가 전화를 걸었다.

잠시 뒤, 엘리베이터가 열리며 몇 사람이 내렸다.

델핀은 한국에 오기 전, I.J에 대해 검색을 좀 했다. 그래서 이상한 안경을 쓰고 있지만, 가운데 가장 젊어 보이는 사람이 우진이라는 것을 알았다. 상대방도 자신을 알아봤는지 웃으며 다가왔다.

"델핀 씨, 안녕하세요. 전 I.J의 디자이너 임우진입니다."

"처음 뵙겠습니다."

"이쪽은 같이 일하는 분들이세요."

우진은 함께 따라 나온 세운과 매튜, 미자까지 소개했다. 그러고는 맞은편 소파에 앉아 자신을 뚫어지게 살폈다.

델핀은 괜히 긴장했다. 무슨 말이라도 해야지 긴장감이 사라질 것 같다는 생각에 입을 열었다.

"제가 조금 이상하죠? 그냥 혼자 입고 다니다 보니까."

"아, 아니에요. 괜찮으신데요? 스타일리스트가 없다고 들었는데, 역시 배우라 그런지 옷을 잘 입으시네요."

"하하, 아닙니다."

그러고는 또 말없이 자신을 한참이나 살폈다.

"아, 죄송해요. 제가 고민 중인 게 있어서, 그거 때문에요."

우진은 갑자기 사과를 하더니, 심각한 얼굴로 자신의 발을 보며 옆에 있는 사람과 대화를 나눴다. 그러고는 둘이 뭔가 합의를 봤다는 듯 고개를 끄덕이고 나서야 입을 열었다.

"제가 인사도 제대로 못 드렸네요. 저희 제안에 응해주셔서 감사해요."

"감사하긴요! 제가 감사드려야죠. 아버지 덕분에 이런 곳에서 협찬도 받고. 감사드립니다."

"네? 오마르 씨요?"

"아, 네. 얘기 다 들었습니다. 아버지가 부탁하신 거 때문에 저한테 신경 써주셨다는 거. 다시 한번 감사드립니다."

우진은 무슨 소리인지 잘 몰라, 무슨 말인지 아냐는 얼굴로 세운을 쳐다봤다. 하지만, 세운이 알 리가 없었다.

"아… 네. 뭐… 그런데 맡은 역할이 청부 살인자라고 들었는데, 맞나요?"

"정확히는 청부 살인을 받는 업체의 대표죠. 제 인상이 조금 날카로워 보여서. 하하."

우진도 처음 역할을 듣고 내심 고민했다. 하지만 기회라고도 생각했다. 영화사에서 싫어하겠지만, 극 중 역할과 다르게 보이면 대중들이 관심을 가질 거라고 판단했다. 그러자 오히려 잘됐다는 생각까지 들었다.

"일단 저희 옷부터 보여 드릴게요."

미자가 들고 온 박스를 우진에게 건넸다. 그러자 우진이 박스를 열고는 옷을 보여주기 시작했다.

"스트라이프 셔츠하고 데님바지예요."

"와, 멋지네요. 입어볼까요?"

"멋지다고 해주시니 감사하네요. 이 옷이 이번에 아제슬 이름으로 출시할 옷이에요. 그런데 이건 치수가 안 맞으실 거예요. 그럼 오늘은 치수부터 잴게요. 괜찮으세요?"

"물론이죠."

대답과 동시에 우진이 2층을 봤다. 그러자 2층에서 대기하고 있던 사람들이 부리나케 내려왔다.

"치수 좀 재주세요."

델핀은 굉장히 깔끔한 정장을 입은 여섯 명이 자신에게 달라붙자 당황했다. 이런 걸 겪어본 적이 없었기에 어떻게 반응을 해야 할지 몰랐다.

하지만 테일러들의 행동은 굉장히 정중했다. 델핀은 그제야 안심을 하고는 여섯 명이 시키는 대로 움직였다. 맞춤옷을 맞춰본 적이 없어 그저 멍한 얼굴로 자세를 바꿨다.

치수를 재는 일이 끝나자 여섯 명이 또 우르르 빠져나갔다. 그리고 우진이 입을 열었다.

"상, 하의 총 3벌씩 드릴 거예요. 세탁은 그냥 세탁기로 돌리셔도 돼요. 아, 찬물로만 빠셔야 하고요. 그리고 이게 가장 중요한데, 여기 이 줄이 실이거든요. 입다 보면 실밥이 튀어나올 수가 있을 거예요. 그럼 절대로 라이터로 지지지 마세요. 근처 실까지 녹아버려요. 가위나 칼로 톡 자르시면 돼요."

"네? 아, 네……."

"그런데 신발이 문제네요. 저희가 이번에 함께 내놓는 신발이 샌들이거든요. 봄, 여름을 겨냥해서 내놓는 제품이라서. 그런데 무대 인사 일정을 보니 다른 곳은 몰라도 뉴욕, 한국, 일본은 샌들을 신기엔 아직 추울 거 같더라고요. 독일은 샌들을 신어도 괜찮을 거 같은 날씨였고요. 추워서 안 되겠다 싶으면 무리하지 마시고요. 싱가폴, 독일, 호주에서 무대 인사할 때만 입어주세요. 다른 나라는 좀 따뜻하다 싶으면 부탁드려요."

델핀은 고개를 끄덕거리다 말고 흠칫 놀랐다. 아버지 때문이라고는 하나 자신의 일정을 미리 알아보고 날씨까지 고려해주는 마음이 고마웠다. 또한 굉장히 섬세한 사람이라는 생각이 들었다.

"그럼 잠시만요."

델핀이 만족한 얼굴을 하자 우진은 가볍게 웃고는 단안경에 손을 올렸다. 아무리 무대 인사를 다닌다고 해도 같은 옷을 계속 입고 있으면 문제가 될 것 같았다. 그래서 I.J 식구들과 회의 끝에 맞춤옷을 한 벌 더 제작하기로 했다.

우진은 델핀이 멋져 보이길 바라는 마음으로 단안경을 들어 올렸다.

"오……."

델핀은 갑자기 자신을 보며 감탄사를 보내는 우진의 행동에 어떻게 반응해야 할지 몰라 그냥 가만히 앉아 있었다. 그때, 우진이 입을 열었다.

"일어나 보시겠어요?"

"네? 아, 네."

"뒤로 한 번만 돌아보세요."

우진은 왼쪽 눈으로 비친 델핀의 모습이 상당히 만족스러웠다. 진한 파란색 재킷과 풀어 헤친 하얀 와이셔츠. 넥타이 대신 재킷 주머니에 포켓스퀘어를 꽂고 있었다. 감색의 바지는 두꺼운 면인 듯 보였다. 치노 팬츠였지만 허리에 주름이 없어 슬림해 보였다. 몸매 관리를 한 걸로 보이는 델핀과 맞아떨어졌다.

거기에 카키색 구두를 신고, 머리까지 뒤로 넘겨 3자 모양이 보이는 이마가 굉장히 멋들어졌다. 덧붙여 선글라스와 정리된 수염까지. 전체적으로 보면 정돈한 듯하면서 무심한 느낌이었다.

우진은 델핀이 입은 옷의 조합이 흥미로웠다. 거칠어 보이면서도 거칠지 않은 분위기가 묘했다.

오랜만에 보는 특별함에 우진은 한참 델핀을 들여다봤다. 그러다 이 사람이 뭐 하는 사람인지가 떠올랐다.

역시 배우는 배우였다. 저렇게 입혀놓으면 누가 봐도 배우라고 할 것 같았다. 거기에다 추운 날씨 문제도 해결할 수 있을 것 같았다.

"혹시 지금 시간 되세요? 다른 옷을 만들려면 스케치가 필요하거든요."

"아, 네. 시간 많습니다. 하하."

우진의 말이 끝나기 무섭게 준식이 스케치북과 태블릿 PC를 가져왔다. 우진은 고맙다는 인사를 하고선 펜을 잡았다.

*　　　*　　　*

델핀은 옷이 완성되려면 며칠 걸린다는 말에, 기다리는 동안 한국을 여행했다. Y튜브나 영화 사이트에 'Judge4' 티저 영상이 꽤 많이 올라왔지만, 여전히 알아보는 사람은 없었다. 그 덕분에 자유롭게 움직일 수 있었다.

그래도 서울을 벗어나진 않았다. 우진이 가봉을 이유로 부르기도 했고, 서울의 관광지도 다 구경하지 못했으니까.

찰칵—

델핀은 이동하면서도 휴대폰으로 사진을 촬영했다. 그동안 맡았던 배역이 전부 단역이라 SNS에 팬은 없었지만, 이번 영화로 팬이 생길 수도 있다는 생각에 미리미리 사진을 업로드할 계획이었다.

남산에서 찍은 사진, 전쟁 기념관에 방문한 사진, 경복궁 및 각 종교로 유명한 조계사와 명동성당까지 방문했다. 여행하느라 옷을 기다리는 데 전혀 지루하지 않았다.

가봉하고 딱 일주일이 지났을 때, 우진에게서 연락이 왔다. 스케치를 처음 봤을 땐, 멋있어 보이긴 해도 자신이 평소에 입던 스타일이 아니라 내심 걱정했다. 하지만 가봉할 때 보니 미완성임에도 멋있다고 느껴졌다.

어느새 택시가 I.J 앞에 멈췄다. 밤과는 또 다른 분위기에 델핀은 주변을 살펴보고는 I.J로 향했다. 자동문이 열리고 저번에 봤던 매니저가 다가왔다.

"일찍 오셨네요! 선생님은 2층에 계세요. 잠시만 계세요."

잠시 뒤, 우진과 함께 테일러 여섯 명이 상자들을 들고 따라 내려왔다. 그러고는 다들 곧바로 탈의실에 들어갔다.

"안녕하세요."

우진도 델핀에게 인사를 건네고 탈의실 앞에서 테일러들과 몇 마디를 나누더니 다시 밖으로 나왔다.

"일단 이 셔츠와 바지 먼저 입어보세요. 탈의실에 준비해 놨으니까 신발까지 신고 나오시면 돼요."

델핀은 고개를 끄덕이고 탈의실로 들어갔다. 탈의실에는 줄무늬 셔츠와 검은색 바지가 걸려 있었고, 구두까지 준비되어 있었다. 깔끔한 스타일이라 델핀도 부담 없이 입을 수 있을 것 같았다.

옷을 갈아입은 델핀은 밖으로 나와 거울로 된 벽 앞에 섰다. 그러자 우진이 달라붙어 옷매무새를 고쳐주더니 뭔가 불

만족스러운 얼굴로 거울을 유심히 쳐다봤다.

자신이 보기에는 굉장히 멋있기만 한데, 무엇 때문에 저러는지 궁금했다.

그때, 한참을 쳐다보던 우진이 입을 열었다.

"델핀 씨, 혹시 다른 영화도 촬영하세요?"

"네? 아, 하하. 오디션 테이프는 보냈는데 아직 연락은 없네요."

"그럼 머리를 조금 잘라도 될까요?"

"머리요? 여기서요?"

"네, 그때 스케치에서 보셨던 것처럼 이마가 보이도록 완전히 넘겼으면 좋겠어요. 숍에 헤어디자이너분이 계시거든요. 괜찮으면 저를 따라오시겠어요?"

제8장

홍보 작전 |

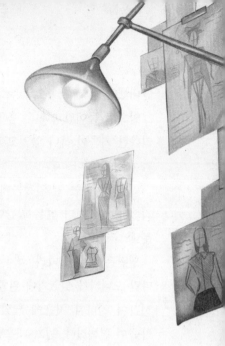

  아무리 자신이 인기 없는 배우라고 해도, 아무 곳에서 머리 카락을 자르고 싶진 않았다.

  델핀은 약간 걱정이 들었지만, 그래도 한번 믿어보자는 생각으로 우진을 따라갔다.

  엘리베이터를 타고 3층으로 올라가자 유리 벽이 설치된 사무실이 보였다. 그곳을 지나 반대편으로 걸어가니 검은색 벽이 설치된 곳이 나타났다.

  델핀이 여기가 뭐 하는 곳인가 싶었을 때, 우진이 문을 노크했다.

  그러자 안에서 어려 보이는 여자가 나왔고, 안으로 일행을 안내했다.

안으로 들어간 델핀은 흠칫 놀랐다. 밖이 보이는 창 쪽으로 커다란 거울이 하나 있었고, 그 앞에는 미용실에서 보던 의자가 하나 있었다.

미용실이라는 건 알겠는데, 숍에 이런 곳이 있다는 것이 신기했다. 무엇보다 넓은 공간에 자리가 딸랑 하나만 있다 보니 부담스러웠다.

델핀은 안내에 따라 의자에 앉았다. 거울의 오른쪽으로 커다란 모니터가 있었기에 왼쪽 유리 벽을 통해 밖을 쳐다봤다. 시간이 지나자 처음에 느꼈던 부담스러움이 조금 사라지고 마음이 편해졌다. 뭔가 대우받는 느낌까지 들었다.

자신만을 위한 숍. 톱스타들이 아마 이런 삶을 살진 않을까 하는 생각이 들었다.

그때, 여자가 다가오더니 자신에게 말도 걸지 않고 모니터부터 켰다.

델핀은 머리를 자르는 동안 TV를 보라는 뜻이라고 생각했다. 그런데 화면으로 TV 프로그램 대신 익숙한 그림이 보였다.

바로 우진이 그린 스케치였다. 곧이어 델핀은 스케치를 봤을 때보다 더 놀라야 했다.

3D 입체영상이었다. 자신의 머리만 동동 뜬 상태의 영상이 화면에서 빙빙 돌아가고 있었다. 목이 잘린 것처럼.

델핀이 멍한 얼굴로 미용사를 쳐다보자, 미용사가 화면을 보며 씨익 웃는 것이 보였다. 그러고는 곧바로 머리에 손을 대는 바람에, 델핀은 자신도 모르게 몸을 부르르 떨었다.

걱정과 달리, 시간이 지날수록 거울에 비친 모습과 3D 영상이 비슷해지기 시작했다.

머리까지 감고 오자 아직 마무리가 덜 되었음에도 확실히 변한 느낌이 들었다.

머리를 말리며 뒤로 넘길수록 델핀의 입가에 미소가 지어졌다.

스스로 보기에도 상당히 멋있었다. 어쩔 수 없이 스케치와 조금 다를 거라고 생각했는데, 거의 흡사했다.

이렇게 멋있었나 생각이 들 정도로 마음에 들었다.

미용이 모두 끝나자 미용사가 자신을 보며 무언가를 말하려고 했다. 델핀은 고마운 마음에 알아듣기 위해 열심히 귀를 기울였다.

미용사는 답답한지 모니터를 가리키며 보디랭귀지를 했다. 그러자 델핀은 당황했다.

"머리를 뽑겠다는 건가……? 저 모니터처럼……? 뽑아서 먹겠다고……?"

그때, 다행히 우진이 돌아왔다. 그러자 미용사는 우진에게 설명하고서 슥 사라져 버렸다. 우진은 피식 웃으며 델핀을 바라봤다.

"지금 탈모가 진행 중이래요. 저 영상처럼 하려고 볼륨을 조금 넣었다네요. 탈모에 검은 콩이 좋다니까 그거 많이 드시래요."

"아! 하하……."

*　　　　　*　　　　　*

델핀을 데리고 다시 1층으로 온 우진은 그를 보며 피식 웃었다.

자신의 모습이 만족스러운지 델핀은 계속 거울을 힐끔거리는 중이었다.

"델핀 씨."

"네? 아, 하하. 머리를 이렇게 해본 게 처음이라서……."

"잘 어울리세요. 그리고 이 시계들 좀 보시겠어요?"

우진은 델핀의 손목 치수대로 만든 시계들을 내밀었다.

"어! 아버지가 만드신 시계도 있네요. 시계를 차야 하는 거면 전 이걸로 착용할게요."

"일단 한번 착용해 보세요."

우진은 확인을 위해 단안경 렌즈를 위로 올렸다. 그러고는 오마르가 만든 시계를 착용한 델핀을 봤다. 역시 빛이 나지 않았다.

그때, 옆에 서 있던 준식이 고객 접대용 미소를 보이며 입을 열었다.

"제가 추천해 드려도 될까요? 배우님은 팔에 털이 매우 많은 편이세요. 그래서 흰색 줄로 된 그 시계를 착용하시면 털이 더 도드라져 보이거든요. 아! 물론 남성미가 물씬 풍기고 멋지세요."

"하하, 조금 이상한가요?"

"아닙니다! 절대 이상하진 않죠. 그것도 잘 어울리시는데, 조금 무거운 느낌을 줄 수 있는… 디그로 씨가 만든 이 시계는 어떠실까요?"

"디그로 아저씨요?"

"네. 메탈로 된 시계입니다. 디자이너님의 이번 작품이 셔츠 소매를 접어 올려서 입는 형태예요. 입는 사람에 따라 약간씩 느낌이 다르지만, 델핀 씨 같은 경우엔 이 시계를 차면 샤프하면서도 남성미가 강조될 거예요. 한번 착용해 보시겠어요?"

"그럴까요?"

"여기 시침이랑 분침이, 방향이 다른 톱날처럼 보이죠? 하하, 한번 돌려볼까요? 이게 12시 정각이 되면 합쳐지면서, 이렇게!"

"넥타이네요? 오, 하하. 재밌네요."

역시 오랫동안 고객을 상대해서인지, 고객을 대하는 준식의 모습은 굉장히 매끄러웠다. 델핀도 준식에게 넘어갔는지, 자신의 아버지가 만든 시계를 벗어놓고 준식이 추천해 준 시계를 착용한 후 거울을 살폈다.

시계만 바꿨을 뿐인데도 한층 더 멋있어진 느낌이 좋은지, 팔을 올려보기까지 했다.

그 모습을 보던 우진은 굉장히 만족했다.

IJ 식구들 중 미자에게서만 빛이 보였는데, 지금은 델핀에게서도 빛이 보였다.

전부 착용시켜 볼 생각으로 시계를 몽땅 가져오긴 했지만, 빛이 보이지 않아도 실망하지 말자 다짐했었다. 그런데 뜻밖에 빛이 금방 보이자, 우진의 얼굴엔 미소가 가득했다. 분명 빛이 나면 델핀에게 어울리는 옷일 테니, 주연배우인 조엘 옆에서도 꿀릴 것 같지 않았다.

우진이 기뻐한 또 하나의 이유는 바로 준식이었다. 많은 시계들 중에서 델핀에게 어울리는 시계를 바로 고른 준식이 대단해 보였고, 그런 준식을 뽑은 스스로가 대견했다.

우진은 여전히 거울을 살피는 델핀을 보며 미소를 지었다. 그러다 또다시 비싼 가격이 머릿속에 떠올랐다. 시계 가격만 해도 한국 돈으로 300만 원인데, 옷값까지 하면 1,200만 원이었다. 물론 IJ 수량인 천 벌은 어떻게든 팔릴 테지만, 비싸다는 댓글들이 조금 신경 쓰였다.

그때, 엘리베이터 문이 열리면서 팻사라곤이 등장했다. 팻사라곤을 처음 보는 델핀은 커다란 덩치를 보고 흠칫 놀랐고,

우진은 웃으며 직원이라고 소개했다.

팻사라곤은 무슨 할 말이 있는지 뒤에 가만히 서 있었다. 우진은 팻사라곤이 영화배우인 델핀을 구경하러 왔다는 생각에, 등 뒤로 다시 올라가라고 살짝 손짓했다. 그러자 팻사라곤이 입을 열었다.

"오늘 야근해야 해서 댕 데리러 갑니다? 가는 김에 사골국사 올 예정입니다? 다녀올까요?"

"아… 네. 다녀오세요."

사골국을 음료수처럼 먹고 있으니 두 박스가 아직 남아 있는 게 이상했다.

허락을 맡은 팻사라곤이 밖으로 나가자 우진은 멋쩍게 웃었다. 델핀의 시계를 마저 보려던 우진은 갑자기 손가락을 퉁겼다.

"오픈 기념 바겐세일! 원 플러스 원!"

*　　　　*　　　　*

델핀이 돌아간 뒤 사무실로 올라온 우진은 매튜, 세운과 장 노인을 불러 모았다. 그러고는 생각을 정리해서 적어놓은 종이를 보며 설명했다.

"음……."

매튜는 우진이 따로 생각해 둔 게 있겠지 생각하며 입을 다물었고, 장 노인은 인상을 찡그리며 입을 열었다.

"그래, 신발까지는 이해한다. 신발이야 우리가 원래 취급하던 제품이니. 하지만 이것 좀 보거라. 시장조사를 한 자료이니라. 그걸 보면 알겠지만, 품질 평가에서 최우수로 판정받았는데도 비슷한 시계들에 비해 굉장히 낮은 가격이지. 그런데 아무리 오픈 기념이라고 해도, 다른 이벤트를 넣는다면 모를까 가격을 내리는 건 아니라고 본다."

"전부 그렇게 팔자는 게 아니에요. 이번 아제슬 옷을 구매하는 사람에게만 할인해 주는 행사를 하자는 거예요. 시계 오픈 행사 겸 홍보로, 우리가 스위스에서 받을 금액만큼만 할인해 주자는 거예요."

장 노인은 우진을 물끄러미 바라봤다. 꽤 오랜 시간 함께했음에도 우진이 신기했다.

그동안 이 바닥에서 겪어본 바로는 백이면 백, 어떻게 하면 조금이라도 비싸게 팔지 궁리하는데 우진은 그런 게 없었다. 받을 만큼만 받으면 끝이었다.

하지만 그건 어디까지나 사람만 놓고 보았을 때고, 대표로서는 너무 안일한 생각이었다. 우진이 꺼낸 의견 자체는 상당히 괜찮았다. 하지만 여러 가지 조건을 충족했을 때나 가능한 얘기였다.

그때, 우진이 말을 이었다.

"그전에 할 일이 있어요! 아직 우리 시계에 대해서 모르는 사람이 많잖아요. 일단 우리가 시계를 제작한다는 걸 알리는 게 우선인 거 같아요. 어떤 시계인지 알아야 특별한 행사라는 걸 알 수 있을 테니까요."

"오, 그럼 어떻게 홍보하는 게 좋겠느냐?"

"일단 두 가지 정도를 생각했어요."

"두 가지나!"

"일단 하나는 델핀 씨를 모델로 삼는 거예요."

델핀에게서 빛이 보였기에 사람들이 분명 관심 있게 볼 것 같았다.

우진이 그런 부분까지 생각하고 있다는 점이 놀라운지 세 사람은 눈썹을 씰룩였다.

그렇지만 그들이 보기에 델핀은 적합한 모델이 아니었다. 모델 역시 브랜드가 자리를 잡는 데 중요한 역할을 하다 보니, 지금의 델핀은 부족한 감이 있었다.

그때, 거기까지 생각한 우진이 입을 열었다.

"델핀 씨가 앞으로 인기를 얻을 수도 있고요. 하지만 제가 생각하기에는, 오히려 지금이 더 좋은 거 같아요. 아까 델핀 씨가 옷 입은 거 보셨죠?"

"봤지. 잘 어울리더구나."

"맞아요. 그러니까 모델을 맡겨도 괜찮을 것 같아요. 인기가 아직 없어도요. 인기가 많으면 모델료가 비싸질 거 아니에요. 물론 추후에 영화 잘돼서 인기가 많아지면 더 좋고요."

"델핀 그 양반하고 얘기해 봐야겠고만. 이건 미안하지만 매튜가 맡는 게 좋겠네. 전해주게."

장 노인은 여러 감정이 뒤섞인 얼굴로 우진을 바라봤다. 날이 갈수록 변해가는 모습이 신기하고 대견스럽기도 하지만, 한편으로는 자신들이 제대로 커버하지 못했다는 생각에 미안한 마음도 들었다.

매튜도 얘기를 다 듣고는 장 노인과 같은 생각이 들었는지 입가를 씰룩였다.

"그럼 두 번째는……."

"두 번째는……."

"뭐야! 동시통역하는 줄 알았네."

세운의 농담에 장 노인은 피식 웃더니 매튜에게 양보했다. 그러자 매튜가 입을 열었다.

"두 번째는 품질에 대해서 홍보를 하시려는 거겠죠?"

"어! 맞아요."

"그건 상무님께서 이미 팸플릿에 넣어달라고 요청하셨습니다."

"저번에 말씀하셔서 알아요. 그런데 그거로는 조금 부족한 거 같아서요."

"따로 생각해 둔 게 있으십니까?"

"아예 직접 비교를 하면 좋겠어요. 완전 비싼 시계들로 말이에요. 'Ciel'이나 'Rusa', 이런 비싼 시계들하고 대놓고 비교하는 거예요."

"좋은 방법이긴 하나, 한국에서는 광고 규제에 걸립니다."

세운에게 전해 듣던 장 노인도 고개를 끄덕였다.

"스위스에서도 통과 안 될 게 뻔해. 아무리 스위스에 매장이 있다 하더라도 우린 엄연히 한국 브랜드인데, 자국 브랜드와 비교하는 걸 허가해 줄 리가 없지."

"인터넷이 있잖아요. 인터넷으로 하면 될 거 같은데. 아! 우리가 몇천만 원 하는 'Rusa' 같은 시계를 사줄 수는 없지만, 혹시 시계를 리뷰하는 사람들 중에 직접 분해해 본 사람이 있지 않을까요?"

"그런 게 있겠느냐……?"

장 노인은 인터넷이 여전히 어렵게 느껴졌다. 그렇기에 쉽게 판단하지 못하고 매튜를 쳐다봤다. 그러자 매튜가 고개를 끄덕이며 박수를 보냈다.

"역시 대단하십니다. 그럼 품질은 물론이고 자연스럽게 홍보도 되겠군요."

"네! 그거예요. 그런데 그런 사람들하고 어떻게 연락해야 할까요?"

이대로 두면 전부 우진이 나서서 할 것 같았다. 그렇기에 매튜는 우진의 짐을 덜어주려 급히 입을 열었다.

"지금 말씀하신 것과 델핀 씨에 관한 것은 이제 제가 다 맡겠습니다. 전부 다 직접 하지 않으셔도 됩니다. 지금만으로도 매우 바쁘시니까요."

　세운과 장 노인도 매튜와 같은 생각이었는지 고개를 끄덕거렸다.

『너의 옷이 보여』 7권에 계속…

초대형 24시 만화방

신간 100%, 샤워실, 흡연실, 수면실(침대석), 커플석, 세탁기 완비

▪ 광명 광명사거리역점 ▪

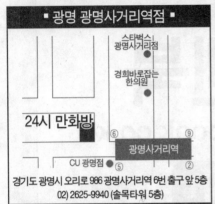

경기도 광명시 오리로 986 광명사거리역 6번 출구 앞 5층
02) 2625-9940 (솔목타워 5층)

▪ 강북 노원역점 ▪

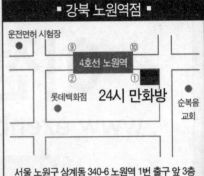

서울 노원구 상계동 340-6 노원역 1번 출구 앞 3층
02) 951-8324 (화용빌딩 3층)

▪ 일산 정발산역점 ▪

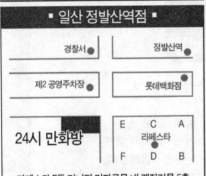

라페스타 E동 건너편 먹자골목 내 객잔건물 5층
031) 914-1957

▪ 일산 화정역점 ▪

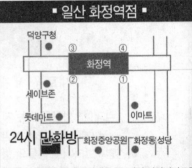

경기도 고양시 덕양구 화정동 984번지 서일빌딩 7층
031) 979-4874 (서일사우나 건물 7층)

▪ 부천 역곡역점 ▪

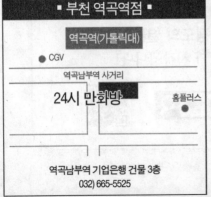

역곡남부역 기업은행 건물 3층
032) 665-5525

▪ 부평역점 ▪

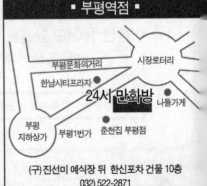

(구) 진선미 예식장 뒤 한신포차 건물 10층
032) 522-2871

스페셜 원

가장 특별한 감독

스틸펜 장편소설

FUSION FANTASTIC STORY

피치 위의 마스티프, 그라운드의 투견.

"나는 너희들을 이끌고, 성장시켜서, 이겨야 한다."
"너희는 나를 따라오고, 성장해서, 이겨야 한다."

가장 유별나거나, 가장 특별하거나.

Special one.

누구보다 특별한 감독이 될 남자의
전설이 시작된다.

Book Publishing CHUNGEORAM

인생 2회 차,
축구의 신

백린 현대 판타지 소설

MODERN
FANTASTIC
STORY

인생 2회 차는 축구 선수로 간다!

어린 시절 축구가 아닌 공부를 택했던 회사원 윤민혁.
뒤늦게 자신에게 재능이 있었음을 깨닫고 깊이 후회한다.
어느 날 술에 취해 신의 석상 앞에서
울분을 쏟아내는데……

"자네가 정말 그럴 수 있는지 한번 지켜보겠네."

회사원 윤민혁,
회귀 후 축구 선수 되다!

Book Publishing CHUNGEORAM

유행이 아닌 자유추구-
WWW.chungeoram.com